"刘宝妹，我喜欢过你。"

视力零点二一

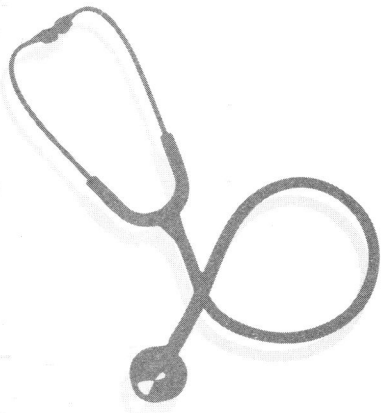

女医生日记

视力零点二一 著

江苏凤凰文艺出版社

图书在版编目（CIP）数据

女医生日记：全二册 / 视力零点二一著. -- 南京：江苏凤凰文艺出版社, 2024. 11. -- ISBN 978-7-5594-8759-9

Ⅰ. I247.5

中国国家版本馆CIP数据核字第2024KJ9541号

女医生日记：全二册

视力零点二一 著

责任编辑	王昕宁
特约编辑	刘丽波　马春雪
装帧设计	3k
责任印制	杨　丹
特约监制	杨　琴
出版发行	江苏凤凰文艺出版社
	南京市中央路165号，邮编：210009
网　　址	http://www.jswenyi.com
印　　刷	文畅阁印刷有限公司
开　　本	880毫米×1230毫米　1/32
印　　张	20
字　　数	570千字
版　　次	2024年11月第1版
印　　次	2024年11月第1次印刷
书　　号	ISBN 978-7-5594-8759-9
定　　价	69.80元（全二册）

江苏凤凰文艺版图书凡印刷、装订错误，可向出版社调换，联系电话025-83280257

目 录

「上册」

第一章　　吸引　　/ 001

第二章　　闺密　　/ 020

第三章　　怀疑　　/ 046

第四章　　是谁　　/ 073

第五章　　阿良　　/ 109

第六章　　四人　　/ 142

第七章　　为父　　/ 186

第八章　　爱恨　　/ 214

第九章　　线索　　/ 240

第十章　　行动　　/ 270

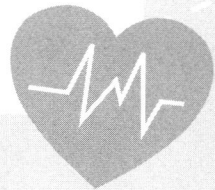

[下册]

第十一章　　证据　/ 301

第十二章　　调查　/ 346

第十三章　　日记　/ 380

第十四章　　同学　/ 412

第十五章　　二审　/ 447

第十六章　　报复　/ 490

第十七章　　幸福　/ 520

第十八章　　嫌疑　/ 542

第十九章　　结局　/ 571

番　　外　　如果　/ 628

第一章　吸引

我的姐姐死在家乡的小池塘里。

那年我十一岁,姐姐十八岁。

那段时间,家里的气氛一直很怪,妈妈背着我偷偷垂泪,姐姐整日把自己关在房间里不出来,身为海员的爸爸难得能在家里待那么久。

还有奶奶,她不再指桑骂槐,而是比任何时候都理直气壮地训斥妈妈:"女人能赚几个钱有什么用?女儿都教不好看不牢,你这是让我老刘家蒙羞。"

她也会毫不掩饰地对姐姐冷嘲热讽:"珍珠,要自爱才是珍珠,不自爱只会白瞎了'珍珠'这个好名字。"

奶奶不在的时候,爸爸妈妈就会关起门来吵架,连饭都不吃。

姐姐已经十几天没有和我好好说过话了,她变得苍白、消瘦,校服在她身上显得空荡荡的,整个人像是挂在衣服里的娃娃。

这一切都很反常,只是大家都瞒着我。那天,姐姐回来的时候脸色很难看,她趴在床上,好像又在哭。爸爸在外面急切地喊:"妞妞,我们算了吧,不要再告了,爸爸带你们离开这里好不好?我们去妈妈的家乡生活,以后你们就在那里上学,你不是一直很想去那里看看吗?到了那里,我们一起去坐游船。"

姐姐没作声,但我看到她死死地咬着嘴唇,一阵沉闷的呜咽声从她喉咙里发出来，大颗大颗的眼泪从她苍白的脸颊上滚落。

我害怕得不得了。

"姐姐，"我搂着她的脖子，"你怎么啦？"

姐姐反手搂着我，在我肩头哭得像个泪人。

我还能听到爸爸和妈妈在吵架，他们在互相埋怨。

"都怪你，一天到晚就知道赚钱，半年才回一次家，家里什么事都甩给我……"

"这能怪我？还不是你这个当妈的没当好，让人把女儿给骗了……"

"妞妞说了，她没和他耍朋友，是他在骗人……"

"那人家律师怎么拿出妞妞写的情书了？"

姐姐不知道什么时候停止了哭泣，我竟然没发现她坐起来也在听爸妈吵架。她喃喃自语："那不是情书，那是诗词竞赛的作业。我从来没有给任何人写过情书，他骗人……"

我搂着她的胳膊："姐姐，你怎么啦？"

"宝珠，你信不信我？我不说假话的，是他在骗人……"姐姐的眼睛像在燃烧的火苗。

"姐姐，我信你，你从来不撒谎的，我最知道了……"

"怎么办？不该是这样的，我该怎么办？"

姐姐将惶恐不安的我箍在怀里，箍得很紧。卧室外一阵兵荒马乱，奶奶加入了战场，和爸爸、妈妈又开始了无休止的争吵。我不知道自己是什么时候睡着的，醒来的时候已经是第二天早晨，家里没有其他人。

邻居黄婶唏嘘着告诉我，我姐姐已经死了，就在昨晚，死在了小池塘里。他们都说我姐姐是自杀，我不相信。所以当我再次见到那个害了我姐姐的人时，愤怒点燃了我。

我要报复一个人，非报复不可！否则我日夜难眠、寝食难安。

可我不能因此而搭上我这一生，这不值得。

第一章　吸引

这些话很疯，更像一场醒不来的梦。而这个梦，我已经做了四百三十八天，我已经在脑海中将这个梦模拟过千百遍。

我有自信让这个人消失。你以为生命很顽强吗？不，它其实不堪一击，一次感冒、一次小意外、一次剧烈运动、一次过敏……都有可能带走一个生命。让他消失很容易，难的是我怎么脱身。

夜幕降临时，酒吧里的灯光暧昧，刚好足够让一个有心的女人释放自己的吸引力。

他走过来坐在我旁边，开场白很老套："美女，一个人？"

我连一眼都没有看过去。当他再次开口时，我起身走人了。鞋跟一定要细，肩膀要微微下垂，背要直，也不要摆臀，要让腰摇起来，幅度不要太大，这样走起来才好看。

到酒吧门口时要停下来，一边撩头发一边扭头侧身看向吧台，假装不记得自己拿没拿手机，然后抿着唇微微一笑；姿势要美，在侧身时要记得突出自己的胸；演技要好，炉火纯青地吸引目标的视线。

我相信，只要他看着我出门，下一次见面，他一定记得我。之后的某次见面，我就能实施我的计划了。

转身的时候，我看到了沉浸在热闹氛围里的他，除了老一点，一如当年那样恶心。想必他从来没见过我家乡的那个小池塘，所以他不知道，濒死的鱼离开池塘后，会在岸上徒劳无功地剧烈挣扎。它的生机就在那个小池塘里，但它被困在岸上这方寸之地等着死亡的到来，也许大睁着眼，可能死不瞑目，或者半张着嘴……

时间残忍地带走了它的生机，即使将它重新扔进池塘里，它的结局也不会再有改变。如果一直泡在水里，三个小时左右，它会开始僵硬，之后悄无声息地沉到池塘底部。它的腐烂是无声无息的。它偶尔才会发出几个气泡音，渐渐会安静而懂事地肿胀成大气球，再浮出水面……

我姐姐就是这样死的！

我在梦里将我的疯话又说了一遍：我要用我毕生所学的最擅长的手段解决了他！

醒来后我穿上了白大褂，因为我是个医生。

我曾庄重地宣读希波克拉底誓言，发誓会认真负责地对待每一个需要救治的病患。我最热爱的、最擅长的，是治病救人。

"小刘医生，走吧，今天门诊有会诊。"

刘主任笑语盈盈地看着我，就差来挽我的手了。

这位值得尊敬的老太太已经快要退休了，难得的是还有一颗年轻的心。

我拿好纸笔，接过她手里的病历夹。

患者林某，42岁，女性，停经14周零两天，孕2产1，初产为剖宫产，疤痕子宫，彩超显示孕囊下端离切口仅6cm，凝血功能、肝肾功能、心电图等结果均无异常，传染病八项阴性……

以上都不复杂，对症可请介入科实行子宫动脉栓塞术，然后再实行人工流产。

会诊的原因是彩超显示孕妇子宫肌层回声不均，可见丰富血流信号。

我的心里顿时一咯噔。这是一对中年夫妻，患者林女士苍白而憔悴，男人手上的劳力士估计能买一辆中档小车，就叫他"劳力士"吧。

劳力士很激动："这一胎我盼好多年了，这个孩子无论如何也要帮我保住啊。主任，我听说剖腹之后生孩子的多了去了，哪有你们说的危险？"

看来，在孕妇子宫内发现可疑肉瘤的事因为没确诊，还没通知患者。

门诊的诊疗意见是不建议继续妊娠。

劳力士不但激动，还吵闹起来，一再强调妻子肚子里这个孩子来之不易，并且认为医生人为地夸大了危险性。

林女士递过来一张纸：已检测到Y染色体。

哦，懂了。

我问她："你怎么想？"

"我想问发生子宫破裂大出血的可能性有多大呢？"她有点犹豫，不像劳力士那样执拗。

"没发生就是零，发生了就是百分百，这是疤痕妊娠最大的并发症。"我顺手在纸上画了个示意图，重点标注了女人子宫的切口疤痕，以及距离仅仅六毫米的孕囊的位置。

"这是你现在的情况，这是你上次B超孕囊的位置，从距离七毫米发展到现在只距离六毫米。往好的情况说，孕囊有可能会往距离切口远端发育，危险性将略微降低，你也许能坚持到孕6月；但如果继续往切口方向发育并扎根在切口上，那非常有可能在某一天，你突然出现剧烈腹痛，弥漫性疼痛，那就是子宫破裂了。"

"那还是有希望的，是吧，小医生？"劳力士插嘴问。

我很想回他一句"希望是注定破灭的"。但是我没有，这不是一个医生该说的话。

也许是我的欲言又止太明显，劳力士急了："你刚刚不是说那个东西有可能往和疤痕相反的方向长吗？"

我示意他坐下，将检查单子一个一个列在他面前："一般来说，孕囊距离切口两厘米及以上，这是绝对安全距离，而一厘米以上，这是相对安全距离。但一厘米以内，都是危险距离。你夫人的情况是这样。"

我用笔点在纸上，示意他看孕囊和切口的距离："这是非常危险的距离。"

劳力士突然暴怒着起身，扯着林女士就走："哪个女人不生孩子？就你怕疼，说了让你顺产你非要剖，娇气得要死。"

我急步跟上去："恐怕今天得直接住院。"

"老子盼了十几年才盼到儿子，老子愿意赌。"劳力士冲我急赤白脸地说。

"就算是考虑保胎，那也得住院啊，住院才能降低危险性。"我提高声音说。

大概是听到了"保胎",劳力士交钱办了住院手续,林女士被安排到了12床。

....

结束会诊刘主任就回家了,而我要上晚班。

我最喜欢晚班。在一家医院,产科的晚班是处在冰火两重天的位置,有时候忙死,有时候闲死。

忙或者闲都是我喜欢的。但今晚,我希望闲一点。刚进医生休息室,胡丽来邀请我去她男友程鹏为她办的生日会。我还有需要避人耳目的事要做,所以作势翻起了手边的书:"你还不回岗?"

"记得明天来啊。"她搂了我一下,"别在意卿卿和宋琪啊。"

我点点头:"嗯。"

胡丽下楼的脚步声踢踢踏踏地响起。

隐约听到中药房的铁门哐啷一声响,应该是她进自己科室了。

又等了三百秒,我把灯关了。

光源消失,晶状体的反射也消失,人就看不见了,普通人大概在三分钟后,杆状细胞开始工作,暗适应展开,从而在黑夜中也能看见。

而我只需要一分二十二秒。

我取来自己随身携带的包,取出我的工具,和一条未切开的猪大腿。

我最拿手的科目,是解剖。

昨晚的成绩是一千零五十片,零失误,用时十五分五十二秒。我很满意。

下午四点时,我收到了胡丽的微信:妞,五点半,宿舍门口,我们科主任会在那里等你,你跟着走就好。收到回复。

好。

我今天计划穿那件露肩的小黑裙,你记得带个小外套,晚上万一冷我能穿。

好。

第一章 吸引

下午五点十五分,我提前下楼,让人等是不礼貌的。有一两朵栀子花赶在花期前开放,暗香浮动。我只等了一小会儿,就听到有人喊我:"宝珠。"

运动场边停了一辆黑色轿车,驾驶位那边站着一个年轻人。

我有点迟疑:"黎主任?"

他露齿笑了:"你不会不认识我吧?"

我快步走了过去:"第一次见到您穿便装,一时没认出来。"

车行驶得很平稳,黎主任没说话,车里很安静。

而我很享受安静,最怕没话找话。

"不介意我直接叫你宝珠吧?"黎主任开口说,"胡丽经常在科室里说你,宝珠长宝珠短的,所以我下意识就跟着她一样喊你了。"

"她是比较话多。"我说。

黎主任哑然失笑:"这是重点?重点不应该是我能不能这样喊你吗?"

"那有什么不行?您随意。今天麻烦您来接我了。"我礼貌地说。

"宝珠,"黎主任叹口气,"我只比你大七岁,你的态度活像我是你舅公一样。"

我不知道该怎么回答了。

黎主任说:"我全名叫黎致远,'宁静致远'那个'致远',你可以叫我全名,就跟胡丽她们一样好了。"

那我真的没有听胡丽这样喊过,她一向是说"我们主任"。但我从来不给人添麻烦,于是从善如流:"好啊,黎致远,谢谢你来接我。"

"不客气。"黎致远说,"要听歌吗?"

我点点头。有音乐也好,流淌的音乐可以让人不用开口说话。

汽车穿街过巷,城市干净又漂亮,路上的行人神色匆忙,临近下班的高峰期,许多路段都开始出现拥堵。

我看了看手表,不到五点半。黎致远说:"大概还要五十分钟,别着急。"

我说:"没有着急。"

真没有着急,只是下意识而已。今天的五点半,就像以前的每个周五一样,我的目标都会准时出现在那里。

前方路段拥堵。黎致远转头看我:"胡丽一直担心你今天不去。"

我说:"我不喜欢人多。"

他说:"不是这个原因,卿卿今天会来。"

结合胡丽昨天的话,我很疑惑:"所以呢?"

卿卿是影像科的,我们三个素来走得亲近些。

"听说卿卿在和宋琪谈恋爱。"他说。

我说:"我听胡丽说过。"

我感觉他看了我一眼,所以我看了回去。他笑了,唇边荡起了大大的"括号":"宝珠,你……"

他停顿了一下,清了清嗓子:"今天程鹏准备向胡丽求婚。"

"那真的太好了。"我由衷地说。

我大概总有将话题终结的本领,所以一直到目的地,黎致远都没有再说话。我松了口气。

车里的音乐很好听,是很老的英文歌。

All my best memories come back clearly to me, Some can even make me cry, just like before……

我最好的记忆,终结在我十一岁那年,那天是姐姐的忌日。

车停稳后,胡丽大呼小叫地扑了过来,她一把抓住我的手喊:"你们来得可真够晚的啊。大牌都这样吗?压轴出场啊。"

她很开心,眼波流转,笑语嫣然,是今晚当之无愧的主角。

卿卿和宋琪也在。服务员推着蛋糕出来时,我想戒指应该就在蛋糕里。我真心替胡丽开心,没有羡慕嫉妒。

胡丽将她捧着的一大束花塞到我怀里时,卿卿和她对峙上了。

"你什么意思?这束花不是应该给我吗?她连男朋友都没有,接这个捧花有什么意义？下一个不是轮到我了吗？"卿卿埋怨说。

胡丽哼了哼，又将花从我怀里挖出来塞到她怀里："拿去拿去，祝你心想事成。"

卿卿生气了："你什么意思？先给她再给我，我又不是捡破烂的……"

她还想再说什么，胡丽已经拉着她往蛋糕那边走去："你看你，又急眼了，小仙女整天五迷三道的，你别到时候脸着地啊……"

宋琪在这时候走过来，递给我一个杯子。

"上次看你爱喝这个。"他看着我的表情有点不太对劲，扭捏着好像要开口借钱。我不认为我的工资够借给他用几天。

"你别怪卿卿，是我的错……"他似乎有点说不出口。

胡丽在说到他和卿卿的时候也有点异样，所以我很疑惑。我接过杯子直接问："宋先生，是不是有什么误会？"

宋琪支支吾吾地说："是我辜负了你的美意……"

我不知道什么时候对他有过所谓的"美意"了，但他磕磕巴巴的，又好像真有那么回事一样。好在黎致远过来打破了僵局。

"宝珠，宋琪和你可能有点误会。"黎致远看着我说，"上次在失忆清吧，刘主任安排你们相亲过……"

我终于理解了，于是我认真解释："刘主任只是说让我陪她去清吧看球赛，正好遇到宋先生。"

宋琪的脸色很精彩，但与我无关。

原来刘主任说的"老夫聊发少年狂""赶回年轻人的时髦"，其实是想做月老。但我不需要月老。更何况那次，我是有目的的。

失忆清吧对面，有一个人是我的目标，唯一坚定不移的目标。

结束后，程鹏喝得微醺，闹着要教我开车。

"哪壶不开提哪壶。"胡丽埋怨他，"早和你说过，宝珠只有不会开车这一个缺点。"

程鹏大笑起来："宝珠，你真考了三次都没考到驾照？"

胡丽嗔怪着让他闭嘴。

我说:"大概是没有开车的天赋。"

程鹏把钥匙抛给我:"我教你。"

我实在不想闻他身上的酒味,微微后退了一步。

黎致远正好移过来一步:"酒驾犯法,我送你们。"

我婉拒了:"这里离我家很近。"

大概十二岁的时候,爸爸带着妈妈和我从家乡搬到了外婆这里,一住就是十七年。公交车一路畅通无阻地往北开,经过了两个红绿灯,绕过了一个别墅区,一路走得安静又平稳。可一路有九个监控摄像头,其中一个就在我进村的路口,是我要躲避的重点对象。这里是本地人都知道的拆迁村,村里的房子都是灰墙黑瓦的小三层。母亲过世后,我就是一个人了,因为父亲带着一半的拆迁款走了。走的那天,他给了我一张卡、一把钥匙和一段话。

回家的路因为记忆而变得仿佛有了更远的距离,我走的这条路,爸爸妈妈走过,我走过,只有姐姐没有。姐姐还葬在家乡。

…………

眼前这栋灰墙黑瓦的小三层就是我家,也是我准备实施计划的地方。我自己没有带钥匙,很早以前,我把钥匙给了邻居三外婆保管。还住在村里的人不多,都是老人。这很好,老人意味着规律的生活和作息,也意味着我实施计划的那晚,被别人目击的概率将大大降低。

房子里冷冰冰的,没有人气,有一种陈旧的没有空气流动的特殊气味。

但房子里有我定做的浴缸,耐磨防腐防刮擦,以及好清扫。

一块干净的抹布足以清理浴缸表面的大多数痕迹。

我回来,是为了确认家里的用水、楼顶的蓄水池以及下水道都没有问题。这是一个完美的场地,想象着日后会在这里发生的事,我的心跳不受控制地加快了。

这种从窦房结发出的冲动传遍我整个心脏,我的手指因此而微微发麻。

今晚,我可以再去一趟酒吧了。黑发,红唇,胡丽同款露肩小黑裙,女

第一章 吸引

人天生就懂得伪装，妆容一改，气场全开。夜色四起，酒吧里的空气都弥漫着荷尔蒙，有男人的，有女人的，就像发情的猫的叫声，一声一声浅薄而撩人。

我坐在老位置，来钓一条鱼，四周的人影浮动和我没有关系。

他来的时候先拉开了我旁边的高脚凳："又见面了，美女。"

我瞟了他一眼，他还像十八年前那样，诚恳地微笑，诚恳地骗人，谁也不知道这张脸下面藏着怎样恶毒的心，我有一瞬间的冲动想现在就用刀杀了他。

这样行动会很痛快，可是众目睽睽之下，很快就会有人报警，即使混在惊慌失措的人群中跑出酒吧，出门右边五十米左右的监控摄像头也会拍得清清楚楚，没有脱身的可能，蠢人才会用这个方法。我收回了目光。

他欺身靠近，比陌生人略近，还没到危险距离。

"要不要去酒窖看看？这是私人酒窖，全场只邀请五位客人，有兴趣吗？"

我拿出钞票结了账。

欲擒故纵，坏人眼里坏人多，有戒心的人最怕没理由的信任。

他将钞票推了回来："遇见就是有缘，先别急着走，一会儿的活动不会让你失望的。"

"什么活动？"我问。

"内容可不能提前告诉你哦，得有神秘感。"他挑了挑眉。

有着好看皮囊的人多少都有些自高自大，或许他以为他在引诱我，我也愿意让他认为是他主动引诱我。我将桌面的钞票收回包里。

四十多岁的男人故意挑眉笑，油腻而不自知，很快又调了一杯酒端过来。"帮个忙尝尝这个，下个月酒吧准备用它来做活动。"

他态度热情、语气诚恳，仿佛老友。

我没有去端酒杯，反而是斜刺里伸过来一只手按住了这只酒杯。竟然是宋琪。

我的呼吸有一瞬间的凝滞。

"不好意思，我来晚了。"宋琪看着我说，"这是你朋友？"

他转过头，看着对面的男人问："未请教？"

"鄙姓柏，柏荣齐，欢迎光临酒吧。"

柏荣齐，四十岁，已婚，F市富商柏家的独生子。我姐曾作为优秀学生代表和F市的爱心人士一起前往山区进行捐助活动，因而与他相识。

相识后的第九个月，法院判决下来了。

被告人柏荣齐，强奸罪名不成立。被告人与受害人系自愿发生性关系，公诉机关指控被告犯强奸罪的证据不足，罪名不能成立，被告当庭释放。

我放下现金站起了身，等着宋琪跟上来。

最好宋琪跟上来，不要再闲聊下去，以免无意中透露我的信息。他果然跟了上来。在要出酒吧门口那一刻，我再次停下来转头看向柏荣齐，微微一笑，点头说再见。

"你怎么会来这里？"宋琪问。

我看着他："这里不能来？"

他皱眉："那倒不是，只是我没想到会在这里看见你。"

"那你怎么在这里？"我问。

他指着对面说："上次相亲约的失忆清吧是我堂哥开的，所以我十天中有七八天都在这里玩。"

十天有七八天泡在这里，夜生活真丰富，也真碍事。我在心里叹了口气。

宋琪要送我回宿舍，我婉拒了。

"宋琪，可以帮我个忙吗？"我问。

"只要你说。"宋琪挺起胸膛。

"如果可以，请帮我隐瞒一下今天的事行吗？"我说。

"刚才那个是？你不会在相亲吧？"宋琪说。

我说："不，他是不认识的人。"

而你是碍事的人，碍事到……我得换个计划。

经常让人消失的朋友知道，让人消失容易，让痕迹消失很难。

我原本的计划是在酒吧让柏荣齐人间消失。

多了一个碍事的宋琪，我不得不重新计划。

…………

林女士的肿瘤标志物检查和彩超结果都出来了。没有幸免，十万分之一的概率，被她撞上了。

刘主任很唏嘘，可我们只是医生，只能治病不能治命。

子宫肌肉瘤和子宫肌瘤只有一字之差，却是生死之别。

早上八点查房的时候，陪同林女士的是她女儿，一个名叫Lisa的花季少女，亲亲热热地挨在妈妈的身边。她快乐地玩着游戏，偶尔发出的笑声清脆又好听，带着少女特有的娇俏。但她这份快乐，还能维持多久？少年丧母和童年丧母，哪一个更痛苦呢？

据说，神因为不能无处不在，所以创造了妈妈。妈妈是每个孩子的天。

手术是势在必行的，子宫肌肉瘤界限不清，想要完全清除很难，目前最好的办法是一锅端。

我刚写好病历，就听到外面有人大声吵嚷。

是那位劳力士在拍桌子："我老婆好不容易怀的儿子，你们说危险就要流掉，你们还算医生吗？还有没有医德？小心我投诉你们。什么破医院，我们要转院，我们要去最好的医院。"

我说："作为医生，我是支持您去一趟上级医院的，不过您夫人的身体会比较吃亏，而且帮助也不大。"

劳力士不肯相信："我不想放弃，老婆我也要，儿子我也要，真的就没有办法了吗？"

是啊，世间安有两全法？在给林女士办转院的时候，我在想，有什么方法可以让我神不知鬼不觉地带走柏荣齐，又不被包括宋琪在内的人发现呢？

因为我现在很难再找到一个比那间本&色酒吧更完美的作案地点。

这个酒吧后面有条直通中央广场的路，路的中段有一条停满了"僵尸车"的岔道，其中有一辆改装过的斯巴鲁森林人，那是计划里很重要的一环。

就在我思考的时候，卿卿来了，她问我："你和宋琪说什么了？"

在哪里？胡丽的生日会？失忆清吧？

我还没开口，卿卿急了："他是我的，你不会要跟我抢吧？"

"没有谁一定是谁的，他首先是他自己的。"我说。

卿卿笑起来："刘宝珠，收起你这副自以为是的嘴脸！我比你懂你，你什么都没有，所以假装什么都不在乎。我想要什么，我自己会去争取。前天你对他说了什么都不要紧，以后看见他麻烦你离远一点，我讨厌我的男朋友身边有苍蝇。"

前天，那是胡丽的生日会。

跟酒吧没关系就好，所以我对着卿卿笑："好啊。"

卿卿理了理我的白大褂："过几天说不定又要请你喝酒，给我做个见证啊。"

"好啊。"我有点恍惚。

卿卿说得很对，我什么都没有，所以只好什么都不在乎。

不过也不对，最起码我很在乎自己医生的这个身份，还有自己这条命。

正午的太阳晒得人发懒，至少卿卿的背影显得慵懒又惬意。如果姐姐还活着，是不是比她更……

午休时，我去了拳击馆，开始和教练对打。我出右拳打他的眼睛，教练挡住了；我用手肘击他肋下，教练闪开了；我用左拳打他的鼻子，教练护住了；我试图去踢他的膝窝，教练不但躲开而且趁势抬起我的腿让我失去平衡摔在了地上。我在地上又用手肘痛击他的脚趾，他用尽全力把身体往后撤，我趁机一把拉住他的小腿，同样把他摔倒在地上。

教练哈哈大笑："今天不错啊，这么大火气。"

"再来。"我说。

卿卿说得没错，我什么都没有。从那天开始，我都在失去。

我最爱的姐姐，浮沉在池塘里时，带走了一部分的我。

家里的人忙得各有不同,好像大家都不记得我了。

我要找到姐姐,听说她在医院的太平间。我一个人一路问一路找,终于找到了医院。但一个十一岁的女孩能做到的太少了,甚至进不去太平间。

"哎哟,走走走,这是你一个小孩子来的地方吗?快回去找你妈妈。"

于是我就坐在太平间的楼梯口等着,从上午天色亮堂守到黄昏夜色降临,直到爸妈赶来将我带走。而我终于见到姐姐已经是两天之后。

她随着灵车回到奶奶家,她的脸很白也很肿,我甚至不太认得出她的样子。

在奶奶给姐姐换衣服的时候,我看到了她从右下颌一直到腹部,那一条触目惊心的像蜈蚣一样的伤口。那是姐姐尸体解剖后缝合的伤口。

我最爱干净、最注意形象、佳人一样亭亭玉立的姐姐,像个破布娃娃一样被缝了起来。我发疯地哭喊着、尖叫着,我简直不敢相信那些刺耳的声音是我发出来的。

躺在那里的不是我姐姐,我的姐姐,衣服可以不漂亮但永远干净,球鞋可以不时尚但永远雪白,她从不对我说谎,从不把我当成小孩子,她会给我留西瓜中间最甜的那一块,她会安慰被妈妈嫌弃笨手笨脚的我……

可她被害死了,哪怕世人都说她是自杀的。

只有我知道,她是不会自杀的,因为那晚我睡着前,我的姐姐说:"这本来不是我的错,我死了就会真的变成我的错,我不会让流言打倒我的。宝珠,你信不信我?"

那么,如果流言没有打倒她,她为什么死得像自杀?

…………

身体的疲惫让我有种心灵轻松的感觉。

城市车水马龙,谁的心里在想什么,隔着面具,没有人能体会,爱或者恨都纠缠在心里。我蜷缩在地上,恨像潮水一样把我淹没。

我要让一个人消失,让这世间再无他的身影,彻彻底底,完完全全。

回医院经过林荫道时,有人喊我,走近了才看清是黎主任。

"宝珠,"他递过来一个饭盒,"你还没吃饭吧?快坐下来吃两口吧。"

他在树荫下微笑,眉目清淡,眼神清亮,这是个没有侵略性的人。

饭盒里是洋葱炒羊肉,我婉拒了。

人类的悲欢并不相通,没有任何人能对别人感同身受。

胡丽喊我晚上一起吃饭,我拒绝了。晚上我有安排。

换上跑步鞋,穿上黑色夜跑衣,我就像融化在黑夜里的一个影子。

打车到达中央广场附近,我付钱下车,先绕着广场跑了两圈。四下无人时,我绕进那条岔道,经过那辆斯巴鲁,藏在树荫下的黑暗中,窥视着酒吧的后门。

半个小时之后,酒吧的灯也熄灭了。五分钟后,柏荣齐晃着手里的钥匙串哼着歌出现在我的视线里,有人走在他左手边。

是同行,还是凑巧顺路?

三分钟后,左边的人在第二个路口左拐,走上另一条路。

我藏在马路对面,看着柏荣齐刷门禁卡从侧门进入小区,那里有一个监控摄像头。晚风送来了柏荣齐不成调的歌声。

十八年过去了,我还记得他哼着歌,在爸妈面前扬长而去的画面。

记忆中,那天的阳光很刺眼。在法庭门口等了太久,我有点睁不开眼睛。

门轰然打开的时候,我看到他眉飞色舞地对别人说:"我相信法律是公正的,不会冤枉我……"

而爸爸被人拦腰抱着以防他冲过去打人,妈妈已经哭倒在黄婶身上。

扬扬得意的柏荣齐脸上有如释重负的轻松。看到妈妈在哭,他甚至走过来准备伸手搀扶,嘴里说:"可惜了,本来有缘分成为一家人的,叔叔阿姨要保重啊。"

说完,他还对着竭尽全力要挣脱的爸爸行了个礼,看着爸爸像野兽一样嘶吼,看着妈妈放声大哭,才倒退着被他的家属拉走。

他吹了声口哨，哼起歌来。

从那天起，当时十一岁的我心里就住进了恶魔。

所以在四百多天前重遇他时，我痛恨自己居然心安理得地将姐姐留在过去，任由害死她的人逍遥自在地多活了这么多年。

宋琪一开始想追刘宝珠，卿卿是知道的，这也是卿卿选择主动出击的原因。

宋琪这个人，算不上滥情花心，但也并不专一深情，他对刘宝珠没有非她不可的深情，更像是"大家都拿不下偏偏我要拿下"的那种征服欲在作祟。当然，他接受自己，也不是爱到不可自拔。

家庭条件太好的男人，本质上就是被宠坏的孩子，至死都是。

卿卿提议去吃日料，是为了偶遇胡丽和程鹏。

四个人边吃边说，不知不觉地说起了宝珠。

卿卿说："宝珠喜欢成熟的，不是大一岁两岁的那种，最好是大个十来岁，上学那会儿她还和解剖老师传过绯闻来着。"

胡丽顿时急了："子虚乌有的事，你也跟着瞎说，亏你还是宝珠的表妹。你都这样说，外人会怎么看宝珠？"

两位男士都呆住了，宋琪手里的生鱼片送到嘴边都忘记吃了，程鹏嘴里的水差点喷出来。

"刘宝珠和老师传过绯闻？"

"你是宝珠表妹？"

两人异口同声："这不可能吧？"

卿卿娇俏地点头："是啊，如假包换，我们两个人的妈妈是亲姐妹。"

宋琪诧异地问："怎么没听你们说过啊？"

卿卿耸耸肩："我们两个又不是什么重要人物，有亲戚关系难道还得来个新闻发布会啊，傻子？"

"宝珠真喜欢年龄大这么多的？"程鹏问。

胡丽狠狠地捏住他的耳朵："乱说什么，让人听见了影响多不好？"

她白了卿卿一眼，转过去对程鹏说："别学人以讹传讹。"

两对情侣不欢而散。

胡丽腮帮子鼓得像青蛙，坐在车上一直没说话。

程鹏问她："刘宝珠真跟你们院里老师传过绯闻啊？"

胡丽白了他一眼："说了是以讹传讹，你怎么尽跟卿卿这臭丫头学？"

同时，宋琪也在问卿卿。

卿卿说："我就和你说说闲话，你可千万别外传，不然胡丽又要骂我了。"

那是大一下学期的时候，卿卿还记得，解剖课需要用到的大体老师刚从老园区运到新园区，那挥之不去的福尔马林的味道让她感觉胃被瞬间暴击了一拳，想吐又吐不出来。

那天食堂的饭菜几乎剩了一半。宝珠是即使天塌下来，到饭点也要好好吃饭的那种人。不是因为贪吃，其实宝珠没有什么口腹之欲，这个卿卿知道。她们一起吃了那么多次饭，这种准时和必需，更像是一种生存的仪式。

以后的解剖课，不管是理论课，还是实验课，刘宝珠都是一骑绝尘，远远地抛开其他同学。

第一堂解剖实验课，老师要求一个同学在大体老师体内找到阑尾的时候，宝珠边回答问题边戴上手套，将手放进大体老师腹部探查的那副冷静到变态的模样，在同届校友里成为经典。

宝珠和老师有绯闻传出来，大概是在大二下学期开学时，有同学陆续多次目击到宝珠和老师单独在实验室里。

在枯燥的充斥着福尔马林味道的实验室，一个青春如花的女生，和一个大她二十几岁的壮年男老师，没什么比这样粉红暧昧的消息更满足大家的八卦欲了。

宋琪问："那这绯闻是真的吗？"

卿卿摇摇头："应该不是吧，不过，反正别人要预约的实验室宝珠随时可以去。"

第一章　吸引

同一时间，程鹏也在问："这绯闻靠谱吗？"

胡丽斩钉截铁地说："当然不靠谱，他们那是嫉妒，我们学校好几届专业技能比赛，宝珠都是第一名，理论满分，实践满分。各项缝合速度最快，打破历届学生纪录。那些人面子上过不去，就找个这样的借口抹黑她呗，我看卿卿是怕宋琪对宝珠贼心不死，才特意跟我们制造偶遇，说这样的话题。"

胡丽没说的是，很长一段时间，宝珠身上都有一串解剖实验室的钥匙。

连系主任都知道，解剖老师如果不在学校，要开实验室的门，可以找他的学生刘宝珠。

…………

今天是被宋琪撞见后的第五天，而我还在找替代方案。

在哪里下手？只能在柏荣齐下班后的那十几分钟内，远离小区门口的那片浓密的树荫下。怎么下手？怎样才能确保顺利无误地带走他还不被人看见？把车移过来，趁他走过来的时候下手？那我需要再等三个月。

三个月，是城市道路监控视频保留的时间。我没有那么多的时间，这也并不是好办法。空旷的大马路上，即使夜深人静，怎么确保他不会大声呼救，怎么制服他，又怎么将他塞进车里不留下任何挣扎打斗的痕迹？又怎么躲开这条林荫道第三个分岔口转角处那个最碍眼的监控摄像头？

这样的计划太愚蠢。所以我重新规划了路线，找到了一条新的岔道。就在离斯巴鲁森林人不远的地方。那是辆改装过的黑色二手车，车主四个月前已经过世。这辆车，是她送给我的。

车主在过世前特意将车停在了对面我指定的位置，因为怕油不够，她还用自己的身份证从加油站买了两桶油放在后备厢里。

微风徐来，树影婆娑，这个岔道，比外面任何一个热闹的地方都冷清幽静，此刻在我眼里却可爱到极点。

第二章　闺密

　　有些人的世界是喧闹的，有些人的世界是清净的。
　　而早晨的医院也是很热闹的。有专人将病号餐一个个送到病人床头，家属洗漱的声音，病号扶着墙行走的声音……
　　我已经习惯这样的热闹，也逐渐喜欢上了这种热闹。
　　不同月份的孕妇挺着大肚子，有建卡的，有做产检的，量腹围宫高、测血糖血压、做胎心监测……任何生命的诞生都值得期待。
　　实习医生扶着一位年轻孕妈进来："刘医生，孕妇自述凌晨有胎动频繁的情况，但上午起床后再没感觉到胎动。"
　　孕36周，胎动无，胎心95，自述凌晨胎动频繁后，逐渐感觉不到胎动。
　　"家属呢？"我问。
　　实习医生马上出去喊："家属马上到检查室来，谁是她的家属？"
　　一个年轻男人抬起关注着手机的头小跑过来："是我，我是。"
　　"胎儿宫内窘迫，缺氧晚期，必须马上实施剖宫产，我开好住院单，你立刻去缴费。"我对家属说，"马上去，不要耽误。"
　　年轻男人抖着唇问我："医生，宝宝没事吧。"
　　"宫内缺氧，你要有心理准备，宝宝有可能……"我停了一下，"应该早点来医院直接挂急诊的，希望现在还来得及。"
　　他懊悔地抽了自己一巴掌："都怪我，我以为没事，想着多睡一会儿。"

第二章 闺密

有胎心，胎儿还存活，但缺氧会给孩子以后带来什么影响谁也不能保证。他现在的懊恼和胎儿可能存在的后遗症相比，太微不足道了。

麻醉医师已经到位，洗手、消毒、穿戴好无菌衣帽……产妇麻醉开始生效，护士消毒铺巾备皮已完成，我手持手术刀，自脐下五厘米处起，切至耻骨联合上缘，切开腹膜，牵开膀胱，浑圆的胎膜包裹着胎儿暴露出来，小心避开大血管，再缓缓切开胎膜，阿娟马上用仪器吸净破膜而出的羊水……

没有经过产道挤压的小脑袋圆乎乎的，我小心地将他从妈妈肚子里抱出来。一个小小的生命，此刻就托在我的双手之间。我转身将他交给助产士，接下来的主要任务是处理孕妇的胎盘，然后进行缝合。

仪器提示产妇心跳加快，血压上升，她突然紧张起来。

隔着口罩，我说："别紧张，宝宝没哭是因为正在给宝宝清理口腔。"

"他不哭是不是不好了？"孕妇带着哭腔说。

话音刚落，新生儿传出微弱的哭声。

男，2.3公斤，一过性呼吸困难，皮肤苍白，哭声弱，肌张力低，喉反射低，评分7分……

7分属于临界值，轻度窒息，后面还需要综合评定。

逐层皮内缝合，反手结，半年左右伤口会愈合得只剩淡淡的痕迹。

新生儿撅着屁股趴在妈妈胸口，新手妈妈开心地笑，眼里却有泪花。

为什么要选择当妇产科医生？工作的意义在哪里？大概就在这个带泪的笑容里。我对婚姻没有期待，可我期待有自己的孩子，我会给她扎辫子，给她讲故事，就像姐姐小时候照顾我那样。

下班后，胡丽微信过来了：约饭，今晚。

不，刚手术完，想早点睡。今晚我需要去踩点。

再累也得跟我走。胡丽发了个气鼓鼓的表情过来。

有事？我问。

见面说，下班来我科室一下。

好吧，饭后再去踩点也行，更利于消化。

中药房在一楼，因为连着炮制室，所以占地颇宽，后面还有个独立的小院子。白班下班了，中药房只有两个人在值班，有股浓郁的中药香，伴着蜂蜜的甜香。

"这两天老是觉得闷得慌，好像喘不上气，药味越来越难闻了。"胡丽用手扇着鼻子。

"蜜炙甘草，还行，总比炒阿魏好。"我说。

胡丽做了个恶心欲呕的表情："终于熬到下班了。打工人就这个命啊。以前觉得还能忍受，这两天感觉真的特别难闻。"

我拉过她的手腕，往来流利，如盘走珠，如荷承露。

"你怀孕啦？"我说。

胡丽怪叫一声："你摸到脉啦？"

我点点头："给你买个试纸测一下？"

我给胡丽买来早孕试纸，她鬼鬼祟祟地去了厕所，让我在炮制室等她。

我开门的时候正好碰到黎主任，四目相对，他对我微笑着点头："来找胡丽啊？"

"是啊。"

"明天中午一起吃啊，给你尝尝最好吃的洋葱炒羊肉。"他笑着说。

"这样会不会太麻烦嫂子了？"我迟疑地问，主要是这种行为会不会让人误会？

"宝珠，你嫂子会不会嫌麻烦我不知道。第一，菜是我做。"他看着我，未语先笑，眉眼弯弯，"第二，我未婚。"

我一时不知道该说什么。

"宝珠。"胡丽大呼小叫地跑过来。

"别跑，慢慢走。"我赶紧迎上去。

胡丽遮遮掩掩地递给我："你帮我看看，是准的吗？"

一深一浅两条，预示着新生命的到来。

"恭喜恭喜。"我笑着说。

第二章 闺密

"太好了。"胡丽欢呼起来,她乐呵呵地对黎主任说,"主任,以后就不能陪你上夜班啦。"

待会儿要上夜班的大姐风趣地说:"没事,主任,风里雨里我在夜班陪你,我是主任你的忠实粉丝。"

大家都笑了。

"你不先告诉程鹏吗?"黎主任提醒胡丽。

胡丽一拍额头:"对啊,把他给忘记了,你说,他是哭还是笑呢?"

"没准会跑路。"大姐诙谐地说。

胡丽去打电话了,电话那头是哭还是笑,等明天胡丽来上班就知道了。

今晚估计她不需要我陪了,我可以去实施自己的计划了。

我的计划是这样的:在即将到来的一个下大雨的夜晚,在柏荣齐下班从中央广场回家的路上,在他和同事分开的第三个岔路口左转时,我会将他诱至树荫下,然后用药让他昏迷,再用轮椅将他从厕所前延伸出去的那条盲道,一直运到我早就准备好的车里,最后消失⋯⋯

当然,和他一起消失的,还有斯巴鲁森林人这辆车。

今晚,我需要去确认盲道的情况,选择好下手的具体位置。我换上运动衣,开始缓缓跑步。今天不急,我有时间慢慢来,还有一个问题需要解决。那里有一个高高挂起的监控摄像头,无声地记录着一切。

其实最好的办法是破坏监控摄像头,利用小孩子的篮球或者足球,伪装成打球或者踢球意外破坏的。这样能百分百地确保不会被监控摄像头拍下。

可是,这样我就得找到一个足够信任并且准头够好的孩子来做这件事,而且必须提前至少一个月,还需要确保这一个月,路政不会对它进行维护和保养,否则漏洞就太多了,容易留下人证。只能找监控的死角。

球形高清摄像机,四米高,辐射拍摄范围直径约两百米,是这条岔道里唯一的一个监控摄像头。

而这条林荫道位于中央广场的深处,因为僻静,也因为这里曾经出过血案——一对年轻的情侣在这里惨遭割喉,才有了监控摄像头。

但因为此案悬而未破，所以本来就僻静的林荫道就越发荒凉。

我抬起头，看到了一棵如同巨伞的古树，郁郁葱葱，重重叠叠。

古木荫中系短篷，杖藜扶我过桥东。

沾衣欲湿杏花雨，吹面不寒杨柳风。

看到这棵硕大无比的古树，我脑海中闪过这首诗。

然后我笑了，方法我找到了。

我爬上古树，找了一处隐蔽的枝丫。隐蔽是因为在树下看不到树上，而在树上可以清楚地看到树下。

而这所有的举动，都被古木的树荫挡住了，监控一无所知。

太好了。我躺在树上，深深地吸了一口气，空气清新，清爽宜人，是个好地方，长眠于此也不糟糕。

姐姐，就快了，我等的那天就要来了。

姐姐，十八年了，你是不是已经有自己幸福的生活了？你现在是一只猫、一只狗，还是一朵花呢？

姐姐，我好想你。

…………

晚饭后，宋琪第一次带卿卿去了失忆清吧。

卿卿刚一露面，清吧里就响起几个损友此起彼伏的打趣。

"宋琪，总算带嫂子露面啦。"

"哇，大美女，宋琪这是走了哪路桃花运啊？"

宋琪把卿卿介绍给大家："这是卿卿，我女朋友。"

卿卿享受着大家的恭维，保持着浅浅的笑，偶尔和大家调笑几句。

直到有人送过来一大盘酒，宋琪郑重地将卿卿介绍给他："哥，我女朋友卿卿。"

第二章 闺密

来人推了推眼镜:"你好,卿卿,我是宋琪的堂哥宋源。"

卿卿难得地有几分紧张,她下意识地理了理自己的鬓角。

宋源在他们身边坐了下来。清吧才开始营业,店里人少,只有他们这一桌自己人。

宋琪给卿卿贴心地递来一杯热开水:"刚吃过饭,先喝点白开水。"

大家拍着桌子起哄:"来酒吧喝开水,宋琪,你管嫂子也管得太严了吧。"

其中有人说:"这么一说,上次在对面酒吧被你拉出来的,好像就是嫂子啊。"

宋琪顿时抬起眼睛看卿卿,卿卿不动声色地对他笑了笑,转头说:"宋琪知道我酒量小,怕我在大家面前失礼呢。"

那个人继续说:"难怪呢,那天我们也坐在这里,正聊得开心呢,就看他急匆匆地出去,脸色都变了。原来是关心则乱啊。"

宋琪的笑容有点干。宋源看了宋琪一眼,招呼大家喝酒:"这是新引进的洋酒,有点烈,大家喝喝看。"

于是大家就换了话题,说起酒来。

趁着宋琪去厕所、宋源去吧台的空隙,卿卿问之前说话的人:"那天你在哪里看到我的?"

那人叫峰子。峰子示意她往窗外看,街对面"本&色酒吧"几个字就映入眼帘。"你看,这儿能看到本&色的吧台,宋琪在这看到你,急匆匆就去那边把你给拖出来了。"

卿卿捂着嘴笑:"没想到隔得这么近啊。我都不知道你们经常在这里聚呢。"

峰子说:"我们也难得见宋琪这样紧张,所以印象特别深刻。不过,嫂子,这是我第三次见到你了。"

卿卿惊讶地说:"怎么会呢?我是第一次见到你呀。"

峰子说:"第一次是你俩相亲那次,宋琪特意安排了单桌,所以你没见到我。第二次宋琪把你拉出来就走了,你也没见到我。所以啊,这是我第三次见你，而你是第一次见我。"

是刘宝珠。什么时候，刘宝珠和宋琪有这么多联系了？

卿卿的牙根都疼起来了。和宋琪分开后，卿卿打车去了医院宿舍。她很生气，所以拍门的时候没控制好力度，整层楼的声控灯都亮了。

但是刘宝珠没有回应，她居然不在家。

这么晚了，宅女居然不在家。

那么晚了，宅女居然出现在酒吧。宅女居然会一个人去酒吧！

刘宝珠步履轻快地回来时，看到卿卿，显然很惊讶。

"你怎么在这里？"她问。

卿卿翘了翘下巴，示意进去再说。

进了宿舍，卿卿看到桌上盘子里被码得整整齐齐的肉片发出一声意义不明的嗤笑。

"你有事？"刘宝珠问。

卿卿转过头上上下下地打量她："这么多年过去了，你又准备和我抢男人吗？"

刘宝珠不解地看她。卿卿坐下来，无意识地摆弄桌上的东西。

"也对，你和我同年同月同日生，不但爱好相同，对男人的喜好也一样。不过，你别忘了，现在我才是宋琪的正牌女友。"

"你没必要告诉我，我不感兴趣。"刘宝珠说。

她坐在床边，从床沿放下的小腿笔直修长。

卿卿将停留在小腿上的视线收了回来："我喜欢宋琪，认真的，冲着结婚去的，所以你离他远一点。"

刘宝珠坦诚地说："我对他没兴趣。"

卿卿开始恼火了："你是说他对你有兴趣喽？"

刘宝珠看着她，没移开视线："原先不知道，现在看你的样子，我想大概是的。"

第二章 闺密

卿卿站起来居高临下地看着她："刘宝珠，你别自以为是。你欠我的，一辈子也还不清。"

刘宝珠不说话，但是在她的视线下，卿卿瑟缩了一下，随即抬起头："你别忘了，我哥是因为什么变成现在的鬼样子。"

你欠我的，所以最好别和我抢，离宋琪远一点。

卿卿走之前对沉默不语的刘宝珠留下了这样的话，但她走在夜色里时又在想，刘宝珠欠她的吗？好像是，又好像不是。

哥哥是刘宝珠害的吗？好像是，又好像不是。

至少，哥哥挨的那个巴掌是自己打的，哥哥受到的指责是爸爸妈妈干的，刘宝珠做了什么？她不过是在洗她的澡，且被哥哥躲着偷看了。

卿卿越走越快，天好像下雨了。

她年少时第一次见刘宝珠，是宝珠搬来这里的第一天。

....

埋葬了姐姐后，我随爸妈搬来这座城市，这是妈妈的故乡。

外婆一家对我们的到来很欢迎，他们小心翼翼地照顾我们一家，生怕不小心提起姐姐。可家里还是无休止地争吵。爸爸妈妈都把姐姐出事的责任往对方身上推，仿佛这样彼此折磨自己会轻松一点。

两年后外婆去世了，等妈妈也去世后，爸爸就离开了。是真的离开了，再也没有回来过，也没有回奶奶那边，谁也不知道他的消息。

我办理了寄宿，偶尔被小姨一家接过去过周末。

卿卿是小姨的小女儿，和卿瑞是龙凤胎。我们三个人同一天出生，但他们比我晚两个小时。卿卿以前很喜欢我，不但带我熟悉这个城市，还喜欢挨着我睡，和我说她的少女心事。

那时候的她天真娇俏，眉目里有几分像姐姐，我也很喜欢她。

一开始，小姨和姨父都很欢迎我，可不知道从什么时候开始，姨父会旁敲侧击地说起拆迁款的事，再后来，姨父直接开口问我借拆迁款来周转生意，被我拒绝了。之后即使小姨来接我，我也很少去了，免得小姨左右为难。但是小姨经常炒好我喜欢吃的菜,有时候让卿卿送来,有时候会亲自送过来。她从来不问我要钱,甚至在姨父三番五次要借钱的时候,私底下偷偷地告诉我不要借。

卿瑞出事时,我已经高二了,那是我时隔一年才去小姨家。小姨查出乳腺癌,急需一笔钱做手术。我是去给小姨送钱的。那天发生的事太快太急,谁也没有反应过来,至今还有好多细节我都不知道。卿卿让我一定要在家里等她回家吃晚饭,她要给我露一手,还说要跟我一起睡。所以我想趁他们没人在家的时候先洗澡,直到我在浴室里听到外面激烈的争吵声。

等我穿好衣服出来的时候,卿瑞捂着脸,正朝小姨喊:"你知道什么?你什么都不知道。"

卿卿跳着脚,拉着他往房间里走,小姨捂着脸坐在饭桌前哭,没有人回头看我。

只有姨父大声说:"我就知道她是个惹祸精,小小年纪就会招惹人。这能怪儿子吗?你怎么不说你那个……"

他的话没有说完,卿瑞挣脱了卿卿的手,冲着姨父大声喊:"你闭嘴,你有什么资格说这样的话?"

"我没资格?我是你爸,你个小兔崽子,年纪轻轻不学好,非要做些下流的事。"姨父大呼小叫,整个客厅里都是他激烈叫骂的声音。

"我不是你,我没你这么无耻,东骗西骗,连自己人都骗……"

卿瑞的话没说完,卿卿甩了他一巴掌,这一巴掌把卿瑞给打蒙了。

"连你也打我。"他不可置信地看着卿卿,"我什么都没做,你凭什么打我?"

卿卿尖叫着:"我都看见了,你躲在那里偷看……"

她的话也没有说完,捂着脸坐在饭桌前的小姨大声制止了:"都闭嘴,让我安静会儿吧。"

卿卿和卿瑞都没有说下去,只有姨父还在得意扬扬地说:"我就说这是个惹祸精,迟早惹得家无宁日。"

第二章 闺密

卿瑞冲过去大喊着:"你闭嘴!"

他揪着姨父的衣领,高举起拳头,但没有落下去,因为小姨一个耳光扇了过去:"还不放手?你还想惹出什么祸事来,你要不要清醒点?"

卿瑞似乎被小姨打蒙了,他表情复杂地看着小姨,又回头看了我一眼,直接打开家门冲了出去。

我赶紧追了出去,追在他身后,眼看就要追上他了。一辆右拐的轿车在马路上疾驰而来。我几乎伸手就能抓住他的衣角了,然而来不及了,卿瑞笔直地冲向马路,迎头撞上了轿车。止不住的血弥漫开来,谁的尖叫声震耳欲聋。

…………

我从睡梦中醒来的时候浑身都是黏腻的冷汗。

我想,大概我是个不祥的人,身边总有这样那样的人离去。

该去上班了,我习惯提前出门,然而刚出门就被失魂落魄的胡丽吓了一跳。她悄无声息地靠在门口走廊上,双眼红肿。

"宝珠,我能在你这儿睡一觉吗?"

很少见到她这样软弱的样子,我问:"不是说婚期定好了吗?怎么,和程鹏吵架了?"

"我先睡一觉,醒来再告诉你行吗?"她可怜兮兮地说。

我没有追问,帮她向黎主任请了假。

午休时,黎主任在科室外等着我,说是去看看胡丽的情况。

他站在那里,穿着洁净的白衬衫,不是医院统一洗好消毒的那种洁净,是手洗的那种白和干净,没有一点消毒过后可能泛起的黄印和污迹,就像他的人,干净、清爽。他一左一右提着两个大饭盒,我打开门请他进去的时候,胡丽惊讶得眼睛都要瞪出来了。

"主任,你不会是特意来揪我回去上班的吧?我可让宝珠帮我请假了啊。今天科室再忙我也要休息。"她强调说。

我说:"黎主任是给你送好吃的来了。"

"你俩什么时候这么熟了？"胡丽狐疑地问。

黎致远笑眯眯地答："就现在啊，之前宝珠都没有和我多说过几句话。"

不单有洋葱炒羊肉，还有清炒芦笋、山药排骨汤。

胡丽一边吃一边感叹："都是我爱吃的。主任，可不是我奉承你，这比食堂的饭菜好吃多了，这样一对比，食堂的饭菜就是喂猪的。"

她一边吃一边把洋葱炒羊肉扒拉到离她远的那一边："有点不太想闻洋葱味，奇怪，以前最喜欢吃了，今天看到反而有点反胃。"

我说："正常，孕期荷尔蒙作祟呢。"

黎致远用公筷给她夹了一筷子芦笋，又给我夹了一筷子羊肉。

"你这样说，别说食堂李叔不能放过你了，医院多少同事都不能放过你，"他眉眼带笑，"一到中午一大群脱了白大褂的猪等着李叔开饭。"

胡丽被逗笑，差点呛到，连我都笑了。想象一下一群猪每天中午匆匆忙忙赶往食堂的画面，简直不要太搞笑！我估计要是大家听说了此事，胡丽会被大家给挠死。

差不多都吃好后，黎致远问胡丽："你和程鹏闹矛盾啦？"

哦，原来是为程鹏做说客来的。

我也看着胡丽，这也是我想问的。

"我感觉他不太想要这个孩子。"胡丽情绪低落，"虽然说好了结婚的日子，但感觉就是赶鸭子上架，硬挺着。"她拿着筷子在碗里戳来戳去，"再说，他爸妈都没表态呢，总不能让我爸妈主动去问婚礼的细节吧。"

"我跟程鹏算是一个院的，我比他虚长几岁，"黎主任抬眼看着胡丽，"你与其在这里猜，不如开诚布公地和他谈，在结婚这件事上，男人和女人本来想法就不一样。"

他比了比自己脑袋，笑着说："男人的脑电波接收不到的，因为短路。在婚礼怎么办这一点上，以我参加过多次婚礼的经历来说，男女是不同频的。"

胡丽约了程鹏下午见面。

我将两个饭盒清洗好还给黎主任时，他问："味道怎么样？"

我比了个赞，说："超级棒。"

他笑了："那明天给你带点别的。"

那过界了，所以我拒绝了："太麻烦了，真的不用。"

他这才打趣说："放心，逗你的，明天我休息。"

之后，胡丽迟疑地问我："你俩有啥想法不？要不我牵个线？"

我真的敬谢不敏："你别乱来，免得尴尬。"

胡丽挽着我的手说："有时候我不懂你，难道真要孤单到老？"

怎么会？我一定会有自己的孩子的，不会孤单到老的。

…………

5号床的准妈妈下午三点入的院，到晚上九点，宫口才开1指，阵痛从二十分钟一次到现在八分钟一次，已经维持了六个多小时，这位年轻的准妈妈已经被折磨得筋疲力尽。

她第三次开口要求剖宫产，被陪同来的婆婆和老公第三次严词拒绝了。

当然，阻力主要来自婆婆。为难女人的，为什么还是女人？

不过，始作俑者还是在婆媳之间不作为的男人。

我让护士扶她进入检查室，戴好手套小心探入产道，还是只开了1指。

她的鬓角已经被汗打湿了，可怜巴巴地黏在皮肤上，整个人就像一条濒死的鱼，无力而又脆弱。她忍着痛说："本来我也想顺产的，但是太疼了，我想早点结束这种折磨，我快要疼死了。"

我告诉她我要手动给她按摩宫颈，以软化宫颈促进宫口打开，如果有不适，要她忍耐着深呼吸配合一下。

五分钟以后，宫口开2指。半个小时以后，我又进行了一次，宫口开3指。可以考虑上无痛了。这让5号床准妈妈像抓住了救命稻草一样，但婆婆不同意，老公倒是无所谓。

这两人的态度激怒了5号床的准妈妈。激烈而短暂的交锋后，婆婆愤愤地走出病房，老公同意打无痛针了。

开3指，开5指，凌晨三点二十分，5号床准妈妈终于进产房了。

每一次的阵痛都是宝贝强烈要求来到这个世间的信号。

五点十九分，赶在我交班之前，5号床妈妈生下一个漂亮的女儿。

交接班的时候，5号床那里爆发了激烈的争吵，起因是婆婆在病友面前唠叨，说出了月子必须安排儿子媳妇赶紧怀上，再生个大胖小子，一个小孙女没什么值得开心的。

她说的这些话正好被刚回病房的5号床妈妈听见。长时间疼痛的折磨和对孩子的爱让5号床妈妈气红了眼，直接说以后不会再生。这句话让婆婆不管不顾地在病房开始数落自己的儿子和儿媳。

查房的刘主任摇摇头，对婆婆说："哎呀，小姐妹，你年龄还没我大，怎么比我还古板？小孙女多好啊！等她长大了，就是家里的贴心小棉袄。"

婆婆说："那也是要嫁出去的，是要去孝敬别人家的，儿子才是留在家里的顶梁柱。"

这时，一个穿着得体的中年女性疾步走了过来，刚进门就爽朗地笑起来。

"哎哟，亲家，"她赞成说，"可不？女孩就是嫁出去孝敬别人家父母的，你这话说到我心里去了。"

见她进来，那个儿子兼女婿赶紧站起来，喊："妈，您来了。"

5号床妈妈已经红着眼睛要哭了。

中年女性快步走到床边，先搂女儿再抱小宝："哎哟，这孩子，可真好看，跟外婆回家吧，好不好呀？你看你妈妈嫁这么远，外公外婆在家可孤单啦，带着你该多开心啊。"

她搂着孩子，对自己女婿正色说："你们结婚的时候我就说了，我家女儿要是受了委屈，我也不说你，但是我女儿我就接回去了。正好你家不喜欢女孩，我家喜欢得紧。她爸应该后天就能到，到时候也就不打扰你们家，我们老两口带着她们一起回去。"

女婿手足无措地说："妈，没有不喜欢。"

"我家女儿娇气得很，不讨人喜欢，不过没事，我自己女儿，再养个十年八年的我也不嫌弃。"

婆婆的脸黑红黑红的,有点好看。我下班了,将这一屋子的家务官司抛在脑后,医生能做的只有这么多,妇产科只能见证人间悲喜,不能解决造成人间悲喜的缘由。

胡丽发微信约我中午陪她去选婚纱,我答应了。

我正在实地模拟怎么带走柏荣齐。

最近出现在中央广场的次数有点多,这不好。但我有了进展。

柏荣齐要经过的地方有一把破旧的木椅,因为古树的原因被遮挡起来,不在监控范围内。

我将在长椅上动手。这里动手很方便。做好计划的我又试了试改装车。

是的,我会开车,我也确实没有驾照,只不过是我故意不考过关而已。

我不紧不慢地绕了几圈,从另一个方向踩着落叶走出中央广场,准备去赴胡丽的约会。

"宝珠。"居然有人喊我。

我回过头来,又是碍事的宋琪。

这一片难道都是他的地盘?这里也能碰上。

"这么巧,今天没去医院上班啊?"他喜滋滋地说。

我正眼看着他。卿卿说她是认真的,奔着结婚去的。

他不像是个居家的好男人,至少没有程鹏给人的感觉踏实,但是个好看的男人。

"下了班来晨跑一圈。"我反问他,"你呢?怎么在这里?"

"昨晚喝多了,在清吧楼上睡,现在被打发回家去。"他跟着我走,"你和卿卿是表姐妹?"

我点头。

"别说,你俩乍一看是有点像,但是仔细看,又不太像。"他坦率地说,"我和卿卿在约会,你知道的吧?"

我点头:"嗯,知道。"

他抱歉地说:"宝珠,其实我欠你一句'对不起'。刘主任安排的相亲，是我请她帮忙的。医院里有挺多年轻医生托刘主任帮忙牵线，你都没有参加过。"

他挠挠头不好意思地说："你唯独参加了我的，我还挺得意。不过我后来和卿卿好上了。"

"卿卿挺好的，和你很配。"我诚恳地说。

"嗯。"他点头得意地笑，"大家都这么说。"

这样坦诚的对话让人感到舒服，我说："希望早点听到你们的好消息。"

他迟疑地说："如果我在你这个表姐面前说还想再等几年，是不是可能会挨揍？"

我点头表示赞同他的说法。

"你经常从广场那里走吗？"我问。

"对啊，我和我朋友有时候喜欢从广场那里抄近路，反正大男人又没有什么可怕的。"

他指的是多年前一直悬而未破的情侣凶杀案，我知道。凶杀案悬而未破，又将有一桩失踪案，这里将来会更荒凉吧。

和宋琪分开后，我坐公交车找到了正在等我的胡丽。

"今天的任务就是买买买。"胡丽说，"富婆我要买到手软。"

她认真地贯彻了自己的计划，每一件都很喜欢，每一件都要试试，敬酒服、礼服、秀禾服、头纱……无视了陪同的我已经在咕咕作响的肚子。

终于能吃饭时，程鹏带上了黎主任。胡丽最近只吃牛肉，她直接把餐盘放在我面前，我帮她将牛肋眼全部分割出来，又将牛肉切成大小适宜的块，才将餐盘递回给她。

程鹏笑她："你这是皇太后的规格啊，要不要我一口一口喂你？"

胡丽笑着扭他耳朵，我也笑了。事实上，从很久以前开始，只要是有骨头的肉，都是我先处理好胡丽才开吃。其实牛排五分熟太生，七分熟又太过，最好吃的是刚断生的，没有过多的血水，只在切开时微微有一点血汁，肉嫩而不柴。不像尸体，如果处理的时机不对，留下的血迹就是抹不掉的痕迹。

因为失去生命的尸体会在半个小时后停止血液循环，逐渐开始僵硬，半天之后，全身尸僵达到顶点，并持续六小时左右，之后尸体才会开始软化，这个时候才是分解尸体最好的时机。

"宝珠，你在想什么？"胡丽喊我，用手在我眼前左右晃动。

"宝珠，真的是你。"有个迟疑的声音在喊我，带着久别重逢的激动。

我回过头去，看清是谁后，不由得呆住了。

喊我的人双手张开，表情激动，好像想摸我的脸。

是刘雅兰，雅兰姐。她是我姐形影不离的朋友，她俩曾带着我走遍了家乡热闹的集市。最后一次见她是在姐姐的葬礼上。其实不算葬礼，姐姐是匆匆忙忙下葬的，入土那天，雅兰姐偷偷地过来了，在树林后等着我。

她抱着我哭了很久，边哭边说一些道歉的话："宝珠，是我对不起珍珠。我不知道那首诗是情书。"

那首诗，就是后来被当作证据、当作情书的由我姐亲笔写下的诗。

  愿我如星君如月，夜夜流光相皎洁；不见白头相携老，只许与君共天明。

就是这首姐姐亲笔写下并签名的诗，让柏荣齐以谈恋爱自愿的理由，逃过了强奸罪，让姐姐声嘶力竭的辩驳变成了逃避责任的狡辩和倒打一耙的罪证。然后姐姐死了，我知道她不是自杀的。

我站起来拥抱了她："雅兰姐，好久不见。"

"你都长这么大了啊。"她边说边打量我，"和珍珠好像。"

这个世界上，记得姐姐的没有几个人，庆幸还有你。

雅兰姐拉着我的手，三十八岁的她笑起来还像以前那样略带腼腆："宝珠，我一直想见你……"

她还说了什么，我没听进去。因为我的视线已经被她同桌的一个男士吸引住了。

我认识他。准确地说,我见过他,在姐姐日记本夹着的照片上。

他就是那个我姐姐期待过的人。姐姐说,这个人会和她互相鼓舞着考京市的大学,还曾给姐姐写信描绘过美好的未来。不同的是,那时他穿着白衬衣,骑着自行车,现在他衣冠笔挺,儿女双全。

他现在是雅兰姐的丈夫。我尽量平静地和雅兰姐道了别,还清醒地再次确认了明天中午的约会。但我知道自己已经有些失控了。因为我过了很久才发现,从餐厅出来后车上只有黎主任和我。

"程鹏和胡丽要去量尺寸,所以让我们去接叔叔和阿姨。"

我尽量对黎主任露出笑容表示我知道了,但我的思绪已经飘远了。

如果姐姐还活着,此刻牵着儿女走向爱人的幸福女人,会是姐姐吗?

姐姐短暂的人生里唯一在意过的异性,那个跟姐姐说要跟她考同一个大学的男孩儿,如今娶了别人。

原来,大学毕业后,完成姐姐梦想的是她最好的朋友刘雅兰。

黎致远停车的时候,我们已身在郊外,再远一点就是机场。

他正看着我,眼神清澈,里面倒映着我的身影。

"宝珠,你遇到什么事了吗?"他问。

我瞬间反思了下自己的走神,并很快说:"今天的手术有点累。"

他笑了笑:"如果有需要,随时告诉我……们。"

他的语气很温柔。他平时就这样温柔吗?对别人也这样温柔吗?我不知道,我并不了解他。

胡丽之前曾说起过他,是怎么说来着?嗯,说他是个好主任。

或者他平时就是这样的,我还是不要自作多情想多了。

一直到量好尺寸,胡丽还在震惊中。

在餐厅里,作为宝珠最好的朋友,她刚刚觉得宝珠的笑容过分灿烂了,还发现黎致远好像比她更早发现了宝珠的异样。他的表情变得紧张了。

第二章　闺密

当她犹豫地问程鹏时，程鹏爆发出了一阵持久的嘲笑。

"你才发现啊？"他说，"你可真够迟钝的，难怪以前追你那么久你都没反应。我估计咱远哥动心不是一天两天，得有很长一段时间了吧。"他幸灾乐祸地笑。

胡丽眼珠子都要掉出来了，她一拍脑门："啊，难怪呢。"

程鹏空出一只手来牵着她的手："轻点拍，本来就笨，再拍重一点，我看你的智商得欠费。"

胡丽娇嗔着白了他一眼："宝珠可能还不知道黎致远的情况呢，黎致远的左脚……"

"那有什么？远哥这人信得过的。不过宝珠怎么会不知道呢？"程鹏很诧异。

胡丽苦恼地说："我没说过，宝珠对别人的私事又不感兴趣，再说，谁会故意说起这个呀？"

程鹏拍拍她的手："你别瞎操心，那是远哥自己的事，他会自己处理好的。你只要像我今天这样，不着痕迹地给他们多制造点相处的机会就行了。"

胡丽心服口服地给他点了个赞："媒婆都没你能整活。"

…………

很快到了第二天中午我和雅兰姐的约会时间。

其实我不知道该怎么面对雅兰姐。我还记得她当年搂着我哭得涕泪交加的样子。除了我，大概只有她的悲伤是纯粹的。

妈妈悲伤的同时很自责，爸爸悲伤的同时很气愤，他们的伤心都是不纯粹的。

闻讯前来送别姐姐的同学不多，我确定其中没有李昊宇，也就是雅兰姐现在的老公。雅兰姐来的时候，我已经在餐厅里等了十几分钟了，我坐在靠窗的位置，看着她从爱人的车上下来。她衣着考究，款式端庄，面料精细，佩戴着大牌的珍珠耳环。

雅兰姐照旧先激动地拥抱了我，寒暄道："昨天太激动了，忘记和你朋友打招呼了。那个高个子是你家那位吧？我真是太失礼了。"

高个子指的是黎致远，我也没解释，只说："我也是，都没有和姐夫问个好呢。"

我们说起了小时候的事，却都没有提姐姐。她说她是在外地上的大学，之后就一直留在那里，现在是因为老公被公司外派，所以全家搬来了这个城市。

边吃边聊的时候，我佯作无意地问："雅兰姐，姐夫白白净净的，是南方人吧？我感觉他不太像北方人。"

雅兰姐笑着解释："他就是南方人啊，在北方读书的时候认识的，我们是老乡。"

不是的，你们在高中就认识，他就是你和姐姐经常聊天说起的那个隔壁班男孩。我暗想，可嘴上还是说："看你和姐夫现在儿女双全，过得很好，真为你高兴，雅兰姐。"

"时间过得真快，当年你那么小，天天跟着我和……"她停了停继续说，"好像就是一转眼的事，当年的小娃娃都这么大了。你什么时候来这里的？"

"十一岁的时候全家一起搬过来的，这是我妈的故乡。"

"是哦，我听珍珠说过……"她看看我，终于无法避免地说起了珍珠，"这么多年了。"她低下头整理着桌面的纸巾："她如果还在，估计孩子和我的孩子一般大了。"

她的手绕啊绕，纸巾被她折出各种不同的形状。

我坐进她的卡座，像小时候那样用两只手挽着她的胳膊："雅兰姐，谢谢你还记得我姐。这世界上没几个人还记得她了。"

雅兰姐点了点我的额头："傻瓜，要别人记得她干什么？我们自己记得就行。"

"嗯。"我把头靠在她肩上，手搭着她的手，俩人一时都没有说话。

她的脉搏平和而弱，体质虚，常年脾胃不和，肝气郁结。

"不知道我姐以前在乎的那个男孩还记不记得她。"我问雅兰姐，"你知道他现在在哪里吗？"

"嗯，听说好像出国了。"雅兰姐有点迟疑地说。

就这两句话的工夫，她的脉搏从每分钟八十二次直接跳到了每分钟一百零五次，她的右手不由自主地摸了两次鼻子。

她在说谎。她为什么要说谎？

时光如白驹过隙转眼即逝，在短暂的生命里找到一段心灵的慰藉，只要不违背天地良心，就没什么需要遮掩的。我不明白，但我知道过犹不及。

所以我没再问起，好像就是一时的有感而发，说过就过了。

我们东拉西扯地说起了以前去过的地方，爬过的山、下过的河，小时候的邻居，以及我的父母……看得出来刘雅兰过得很好，她的言语间也会不经意间表露出自己的养尊处优。

在记忆里，她没有这么多话，也许是和故人重逢让尘封的记忆复苏了，她的话一直没有停过，脸颊有微微的红，鼻翼随着说话轻快地律动着。

她为什么说谎？这成了我心中挥之不去的疑问。

已逝好友喜欢的人是自己的丈夫，这需要向已逝好友的妹妹隐瞒吗？尤其是这个妹妹当时才十一岁。

在她的表达欲得到满足后，她邀请我和她一起去做美容，我以还要上班为由拒绝了。

天下起雨来，太阳也没躲起来，这是一阵很快就会过去的太阳雨。我站在屋檐下看着来接她的车的大灯亮起又暗下，像我的心情一样晦暗不明。

"宝珠。"雨幕中，有个挺拔的身影打着伞朝我走过来。

雨伞往上抬起时，露出了一张最近熟悉起来的脸，是黎致远。

我愣住了："黎致远，你怎么在这儿？"

同事多年，为什么最近突然和他接触多起来了？

"胡丽担心你没带伞，所以叫我开车陪她过来找你。"他指了指餐厅边的停车场，"她在车里等你。"

他将雨伞递过来，雨水一下打湿了他的衣服。

"真是太麻烦你了。"我很诚恳地道谢,"其实不用这么麻烦的。"

雨还在下,我和他共用一把伞往车边走。也许是为了配合我的脚步,他走得有点慢。

胡丽就趴在车窗那里眼巴巴地看着我们走过去。

"你们还没吃饭吧?先吃点再回去吧。"我说。

胡丽百无聊赖地敲着车窗:"我吃过了。"

她指了指车里的饭盒:"你陪黎主任再吃点吧,他做的饭菜太香,全祭了我的五脏庙。"

黎致远看了看时间:"别在外面吃了,一会儿午休要结束了。"

路上胡丽问起了雅兰姐是谁。

"你这个故乡的邻居没什么事吧?昨天见了她你就有点不太对劲。"胡丽口无遮拦地说。

我感觉黎致远在后视镜里看了我好几眼。

"真没事,只是太久不见了。"我解释说。

我没兴趣将自己的私事告诉别人。

太阳雨已经停了,一道彩虹挂在天空。

"真好看。"胡丽说。

我听到黎致远"嗯"了一声。

他去停车的时候,我和胡丽去医院外面的饭店给他打包午饭。

我的本意是让胡丽直接带回科室,但胡丽看了看时间,让我在医院后面的亭子里等黎致远。虽然有点怪,但我照办了。

我听到脚步声回过头时,黎致远已经走到长椅边。

还有二十分钟就要结束午休了,他吃得比平时快,但依然大方得体。不像我,吃得急了就会像猪拱食。

"宝珠就是宝贝猪,吃饭就像猪拱食。"

这是姐姐常说的一句话,每回说起,雅兰姐都会笑得东倒西歪。

也许雅兰姐只是不好意思说起自己爱人。同是在异地求学的老乡,又是高中校友，走得亲近些，然后萌发爱情，也是很顺理成章的。

"这么一比较，其实食堂喂猪的饭菜也还行，至少没有这么大的油。"黎致远边收拾饭盒边说。

我说："下次不用听胡丽的。"

"她是担心你。"他看着我说，"你们性格完全不一样，但感情也是真的好。"

我指指手表，他领会地点点头，我们各自回了科室。

晚上，当我闭上眼后，我又回忆起姐姐留给我的话，仿佛在无数个夜晚，她在我梦里反复叮咛嘱咐。

"宝珠，我的宝贝妹妹，现在唯一相信我的人，大概只有你了。

"宝珠，千万不要像我这样，糊里糊涂地轻易相信别人，这世界很大，人很多，每个人或许都是戴着面具的。你去看一看外面的世界，去考一个好大学，不要像我。直到现在，我都不知道自己错在哪里，为什么会变成现在这个局面。

"我真希望这一切都没发生，真希望那天我没有去赴约，我真恨不得杀了他们。

"宝珠，你不要害怕，你要好好地……好好地长大……"

那天夜里，她明明搂着我反复地嘱咐，为何在我睡着后，她会出现在那个小池塘里……

下半夜很忙，妇科急诊收治了一位突发下腹部剧烈疼痛的患者。

持续性坠痛，按压有反跳痛，腹部叩诊可见浊音，腹腔内有出血，经检查后确诊为黄体破裂。

患者出血多，面色苍白，脉搏微弱，临床症状重，急需手术开腹探查出血点，紧急止血，剔除破裂黄体后再行缝合，同时清除腹腔内积血。

手术室有条不紊地开展准备工作，我也同样进入工作状态。拿起手术刀的那一刻，我忘记了所有的烦恼。当手术结束时，天色已经微亮，喷薄而出的太阳跃出地平线，又是崭新的一天。

阿娟在护理站气急败坏地和一个男人说着话："唉，你现在可不能走，你老婆刚做完手术，麻药还没醒呢。"

"她不是我老婆，等她醒了家属找来，我还在肯定是不行的，要出大事的。"

"你不是她老公？"阿娟急了，昨晚手术前病人本人签字，同时还指定了眼前这个男人作为授权委托人。

我快步走了过去，仔细地再次检查术前告知书等相关文件，每一份文件上都有本人签字。我向阿娟点点头，阿娟这才转向男人说："那你也要等她醒来再走。这点担当都没有，算什么男人？"

"那她醒来，通知了家属，我是一定要走的。"男人坚定地说。

半个小时之后患者醒了，麻药的效用一过，她会觉得很冷，还会感觉恶心想吐。很显然，她醒来后很慌张，尤其是看见陪同来的男人还在时，简直恨不得从床上爬下来。

看来是一对野鸳鸯。

我需要告知她手术后的一些注意事项，然而她显然没有心思听。她支支吾吾地问能不能帮忙隐瞒她入院的经过和发病原因。

阿娟翻了个大白眼。

我只能告诉她："我们只对医疗相关的事情负责，其他的如果没人问，我们不会主动说，我们医院不插手也不干涉家庭事务。"

之后，我下班了。

我今天有任务，要去城西的医疗器械店买一个简易的可折叠轮椅。用这个折叠轮椅，在月黑风高夜去推一个将要消失的人。

不道德的感情会带来很多负面情绪，比如感到背叛的愤怒。而愤怒的人会想办法带走别人的生命，比如我，比如二手斯巴鲁的原主人秦女士。

她是市里最大的二手车行老板，对，是老板，不是老板娘，身家上亿，确诊卵巢癌晚期。

第二章　闺密

　　她在病危前，将自己一手创立发展的二手车行卖掉，留了大笔的信托基金给自己因车祸昏迷不醒的儿子。

　　对了，忘记说了，她出轨的老公一手炮制了这场车祸，不是针对儿子，而是针对她。只不过那天提前放假回来的儿子开走了她的车。

　　我和她做了一场交易，我定期去看望她昏迷不醒的儿子，一旦他醒来，就告诉他车祸的真相，而她送给我一辆将来无迹可寻的二手斯巴鲁和两桶汽油。

　　她把车交给我的时候，气喘吁吁地说："小刘医生，我想你也有你的故事，你不说，我就不问。"

　　她劝我："你还有大好的青春和生命，还没结婚生子，凡事多为自己考虑一下。"

　　我点头，但我不会因此改变主意，那是我毕生所愿！

　　中午踏踏实实地睡了一觉，醒来后我换上高领运动装，戴上棒球帽，来到了城西。轮椅的种类繁多，电动的、手动的、大轮的、小轮的……价格高低不等，可我一连走了四家店，都没有找到我理想中的那种。

　　除了轮椅，还有其他搬运方法吗？

　　一百六十斤的男人和一百六十斤的钞票不一样，我想我背不动。除此之外，法制栏目中常常出现的编织袋或行李箱呢？

　　在失去知觉的情况下，人的肢体反射消失，关节柔软，理论上是可以装进行李箱的。而拖着行李箱从中央广场穿过和推着轮椅从中央广场穿过，哪个更容易留下踪迹？

　　行李箱更容易让人联想，轮椅更容易查找出处，各有利弊，很难权衡。还有其他的办法吗？编织袋肯定不行，有没有可能用旅行包将他带走？

　　旅行包在用之前可以折叠得很小，不引人注意。我有一个坚固耐用的旅行包，只是不知道可不可以装下一个一百六十斤重的碳基生物。

　　前面转角是最后一家医疗器械店，我转过转角时，看到店门口站着的人很眼熟，是黎主任。我毫不犹豫地转身往回走了。

那就试一试那个旅行包。

…………

医院产科出事了，5号床妈妈的新生儿不见了。阿娟给我打电话，要求我马上赶回医院。

"警察要求所有医护人员都要到场。刘医生，你快回来。"

这不是小事。在家属和护士的共同监护下，一个刚出生的婴儿怎么会不见呢？我赶回医院的时候，其他医护人员已经做好笔录了，5号床的妈妈哭得声嘶力竭，连她妈妈都哄不住。她的丈夫陪同两位民警在监控室里调取监控录像，宝宝的外公则陪同另一位民警回小两口家盘查。

和新生儿同时不见的还有她婆婆。她婆婆说要抱着孩子去洗澡，就此一去不返。

直到交班，还是没有好消息传来，唯一能确定的是婆婆没有回家。

阿娟下班前，精辟地总结了一句：总有人家徒四壁，却还以为自己家里有个皇位等着孙子去继承。

第二天早上查房的时候，民警正在对5号床妈妈做问询。

我把帘子拉好，让5号床妈妈躺下来，先检查宫底高度，再检查出血情况，双乳已经开始有初乳分泌了，这个时候是争取早日做到全母乳喂养的好时机。

在我检查时，帘子外警方说了一句话，让我想起了自己一直忽略的一个问题。

民警说："通过对孩子奶奶电话号码的跟踪，已经定位描绘出了她的出行轨迹，她最后出现的地方在我市城东棚户区，你们有什么认识的人或者亲朋好友住在那里吗？"

5号床妈妈的丈夫声称，他有个大姨是那里的住户，那里正在整村拆迁，所以住在棚户区。

5号床妈妈恨恨地说："要是我孩子有个三长两短，我跟她势不两立！"

电话号码、手机定位……我要让柏荣齐失踪的那一天，是不是手机定位也可以查出来他的行踪？是不是也可以详细地描绘出我的路线？

大清早，我出了一身的冷汗。

怎么办？现在这个社会，一个成年人出门，身份证、手机、钥匙、钱包，这四样是必备的。这和监控没有区别。

一个问题还没解决，另一个问题又出现了。让一个人消失太容易了，而毫无痕迹太难了。

很快好消息传来了，找到孩子奶奶了，孩子被她送人了，牵线的是大姨。孩子被送养给了一对年轻时立志丁克，现在后悔了的中年夫妻。

幸好孩子是安全的，这让我们都放下心来。可我该怎么做才能让自己毫无后患？

胡丽给我送来了一份洋葱炒羊肉，说是黎主任给科室带的，但是她闻不了这个味道。我笑纳了。

她叽叽喳喳地说起和程鹏父母的见面，说起婚礼现场的安排，程鹏父母已经计划搬回本市住，以后好照顾她和宝宝。

胡丽很苦恼，她既担心与公婆同住不便，也担心孩子出生后鸡飞狗跳的生活。我没法安慰她，身为妇产科医生，见证了太多悲欢，我对婚姻本就没有什么信心，我只能保证不影响她，不引导她。

胡丽还说："我再上几个夜班，以后就不能陪你上夜班啦，黎主任已经排好班了。程鹏父母想要我离职，怕我在科室里辛苦。"

"你自己怎么想？"我问她。

"我这个性子可当不了全职妈妈，我还是要上班的。"她肯定地说。

人间清醒。

在我心里，全职妈妈是世界上最累最没有成就感的一份工作。

第三章 怀疑

夜色已经很浓了,黑夜中的中央广场静谧而阴森,连月色也躲开了这片场地。我穿着夜跑衣和夜色融为一体,悄无声息地来到了古树下。

我换了一套略显性感的衣服,又拎着高跟鞋和酒瓶来到长椅边。

酒瓶里的酒晃晃悠悠地洒在身上和地上,空气中弥漫着酒香。

此刻我在表演一个半醉的女人。我等着柏荣齐从第三个岔路口往这边走过来。我一手钩着高跟鞋,一手拎着酒瓶,赤脚走在长椅边,步履不稳,神情迷醉。我在表演一个半醉半醒的女人,想要勾引一个道貌岸然、包藏祸心但即将死去的男人。

我通过脚步声判断来人在不远处停了下来,他应该在看,在权衡,在等待……我抬起头来,半眯着眼,假装努力在看清他,然后冲着他浅浅地笑,对着他摇晃着手里的酒瓶,又勾了勾手指,发出了无声的邀请。

我需要他自己从监控摄像头能拍到的范围里走过来,走向监控摄像头拍不到的地方——他的死亡之地。

他会走过来的。因为我有着一副漂亮的皮囊。我没有再看他,歪倒在长椅上。他径直走到长椅边,居高临下地看着我。

我歪着头看着他,伸出左脚轻轻地踢了他的小腿一下:"怎么来这么晚,让我等这么久?过分。"

他扯松了领带,含糊地"嗯"了一声,在我身边紧挨着坐下来,看了看手表，似乎怕我等的人会出现。我用指尖戳戳他的胸膛："不是说不来吗？害我这么伤心。"

他放松下来，将手从我腰上揽过去，我坐立不稳，倒在他怀里，我听到他吞口水的声音，也感受到他喘息的热气洒在我皮肤上……

我仰着头看他，他的视线聚焦在我的领口，他的手开始不安分……

不能在这里动手。我稍微用力推开他的脑袋，埋怨道："不要在这里，去车上……"

"车在哪里？"他问。

我推开他，摇摇摆摆地朝车走去。我走在监控摄像头拍不到的树荫里，他跟了上来。近了，到车边了，还不够，要到车里去。

"还不开门？我站不稳了。"我说。

"钥匙呢？"他问。

我打开了后门，摇摇晃晃地喊他："来扶我呀。"

在他扶着我躺进后座时，他已经急不可耐地俯了过来。我用左手勾着他的脖子，右手将汽车靠垫下的针管偷偷地取出来，在他不防备时快速将药推进他的脖子里。

他捂住脖子只来得及发出一个"你"字，就倒在我身上再也不动了。

我使劲将他踹进了旅行包里。

我的心跳得很快，但是我的动作很稳。姐姐，我这就送他上路。

我将他带进浴室，浴缸里已经放满了水。

完全失去知觉的人是很沉的，就像死人一样。

我正要将他推进去，无意中一抬头，正对上他阴沉的眼睛，我急忙扑向浴室架，那里有我放的针管。

他也扑了过来，狠狠地一拳打在我的后脑勺上，一只脚踩住了我的小腿。我顾不得挣扎，先将针管拿在手里，回身用手肘直接撞向他的眼眶，然后正面迎向他。他捂着眼眶痛呼，我欺身上去，将针管再度刺进他的脖子。

然而没有用，他并没有再次躺下，而是终于放开捂着眼睛的手直接勒住了我的脖子，勒得我喘不过气来。

肺得不到扩张，刺痛感随即传来，我挣扎着用手指插进他的眼睛里，狠狠地挤压他的眼眶。他猝不及防，大叫一声，向后跌倒。我用力一推，他跌进已经装满水的浴缸里。

他在浴缸里挣扎，用手抓住浴缸边缘。我用针管狠狠地去扎他想要逃生的手，哪只手抬起来扎哪只手。

他在浴缸里翻滚，浴缸里的水弥漫出来，汩汩地流进了下水道。

我看着他徒劳无功地挣扎着，之后慢慢地不动了，他的头完全沉了下去，唯有一双鼓出来的眼睛还睁着。

姐姐死的时候，眼睛是睁开的吗？我不知道，但从今天起，我得到安宁了。然而下一秒，他在浴缸里又睁开了眼睛，没有瞳仁，阴森可怖。同时，一阵刺耳的电话铃声响了起来。

糟糕！我在大惊之下睁开了眼。我还躺在医院宿舍的床上。

原来是南柯一梦。可惜是个梦。

我大口大口地喘着气，冷汗淋漓，下腹一阵一阵地抽痛。我不由得伸手捂着小腹，冰凉的手，冰凉的肚子，谁也不能温暖另一方。我是个寒气很重的人，每次大姨妈到访，都会腹部冰凉，行经不畅，小腹冷痛。而这，和我从十二岁起就常常被泡在冷水里有关。但此刻我的心啊，扑通扑通地跳得欢快。

是啊，要什么轮椅，要什么旅行包？我自己既是诱饵，又是武器。我要他自己跟着我，从长椅走到车上，在极度的欢愉中走向他的死亡。

医院出大事了。有人跳楼了，摔在了中药房后面的窗户下，巨大的惊吓让胡丽腿一软，直接晕倒在科室里。

保安科的人很快联系了辖区警方。胡丽醒来后，吵着要去宝珠那里，黎致远只好扶她过去。胡丽用宝珠的备用钥匙开门进去后，黎致远在门口等到她示意，这才迈步进去。

第三章 怀疑

屋里没有人，宝珠的电话就在床上。胡丽掀开被子躺进去，说："我在宝珠这儿睡，等程鹏到了，你让他直接上来吧。"

浴室门就在这个时候打开，宝珠走了出来，和要出门的黎致远不可避免地面对面。她刚洗过澡，头发湿淋淋的，然而看见贸然出现在自己宿舍的黎致远也只是诧异地睁大了眼睛，反倒是黎致远脸红了。他清了清嗓子，赶紧言简意赅地跟宝珠说了一遍经过。

宝珠担忧地去看床上的胡丽，从黎致远身侧擦过。

她的睡衣款式极其简单，背心短裤，没穿内衣。黎致远不敢看，但又不能现在就走，他感觉有必要提醒一下宝珠，程鹏一会儿可能直接会上楼。

宝珠转过身来面对他，看见他低垂的眼才恍然大悟，于是去衣柜找了衣服随便披上。黎致远还是不敢正眼看她，见她湿漉漉的头发很快就将衣服染湿了，忍不住去浴室找了条毛巾给她搭在肩上。

宝珠很不自在地退后一步："跳楼的是哪个科室的住院病人吗？"

躺在床上的胡丽别有意味地看着黎致远。

黎致远在胡丽调侃的眼神里，脸上腾地冲上了一股热气。

"保安科通知警方了。"他清了清嗓子，低声说，"我现在回岗，有事给你打电话，别担心。"

他这句"别担心"有点不自觉的轻柔。宝珠不由得抬眼看着他。

他在她清澈的眼睛里，头一次感觉到了毛头小子般的手足无措。

他走后，胡丽说："我心里闷得慌，快给我开开窗透透气。"

宝珠将窗户打开："你们黎主任很关心你啊。"

胡丽在心里翻了个大白眼。关心自己是顺便的，关心某人才是真的。

但是她什么也没说，程鹏说还没到火候呢。

"你头一次看见这样的场面，还睡得着吗？"宝珠关心地给她掖好被子。她对黎致远的那句"别担心"有点别样的感觉，所以她接着问："你们黎主任平时对人都这么温柔吗？"

胡丽信口开河："那可不？要不咱们科室的人为啥都喜欢他呢。"

跳楼的是产科住院部5号床产妇的家属，黎致远给宝珠打电话告知了详情，电话里宝珠有点意外，但还是很真诚地向他道谢。

黎致远苦笑着叹气，衣衫不整时看见自己脸都不红，可见自己在她心里也就是个同事，连异性都算不上，纯同事。

他是什么时候对宝珠动心的？

他记得很清楚。五年前的一个晚上，救护车响了三次，胜利街发生了一起震惊全市的车祸，一位孕7月的妈妈推着两岁的大宝过马路时，在人行道上被闯红灯的司机撞倒，孕妈在危急关头用尽全力将手推车推向绿化带，自己被撞个正着。急救送来的时候已经回天乏术。

他看见孕妈拽掉氧气管，一只手使劲地抓住身边的人微弱地说着话。

孕妈抓住的就是当时正在转科的宝珠。她推着担架连奔带跑，还没忘记安慰躺在床上的孕妈。

他一直坐在窗口，看见急救手术室的灯熄灭，看见她和其他疲惫的医护人员一起走出来。整个医护队伍士气很低迷，有护士在抹眼泪。

有人在急诊大厅喊："快，找到孩子了，医生快来。"

然而孩子在凄惨地哭，使劲地挣扎，谁抱都没有用。

他看到宝珠接过孩子，用力地搂在怀里，任凭孩子在她胳膊上抓出了两道血痕。她应该是在哼着歌，孩子终于在她怀里安静了下来。

妈妈将他推进绿化带救了他的命，他除了擦伤没有大碍。然而失去了母亲的孩子犹如失怙的幼兽，一直紧紧地黏着她，直到在她怀里睡着。

后来，他又看着她抱着孩子，和刘主任往这个方向走过来，他清楚地听到了她们说的话。她希望能在将孕妈送进太平间之前，带孩子去和母亲道别，正在请教刘主任这样合不合医院的规定。

他听到刘主任喊她"宝珠"，不禁想：好俗气的名字！

刘主任叹着气说："宝珠，虽然医院没有规定，但是，我还是想教你，医生只管治病，不要掺和任何其他的事，不要代入私人感情。你知道作为医生，最重要的一课是什么？"

第三章　怀疑

"医德。"她肯定地说。

"那是给医学生上课用的，作为执业医生，最重要的一课，是合法合理地保护自己。"刘主任说的话很贴心，"何况他这么小，什么都不懂。"

然而她执着地请求着："虽然他现在什么都不懂，可是他会有懂的那一天，我想他需要认认真真地和最爱他的人道个别，而不是糊里糊涂地就没有了妈妈。"

"你是想让他亲眼看着自己的妈妈死去吗？你确定这样对他好吗？亲人和他说妈妈变成天上的天使了，对他会不会更好？"

刘主任走后，他看到大颗眼泪从她脸颊滑过，他瞬间有了心痛的感觉。

后来，他的目光总是在有她的场合不由自主地追随着她，上班、下班、夜班……像中毒般无可救药。

她留院了，是刘主任赞不绝口的爱徒，胆大心细，领悟力高，动手能力强，心态稳，手也稳，很有希望成为业界大佬。

追过她的人不少，至少黎致远知道本院就有好多个，还有医院的领导想安排相亲，给自己家里的子侄保媒。她一次也没参加过。

这样的性格其实并不受欢迎，尤其是对于容貌好的年轻单身女人来说。但她硬是凭着自己的能力和技术获得了前辈的认可，又凭着随和、踏实、能上夜班的努力得到了科里上下的喜欢。

她很宅，不应酬，不交际，唯一的一次相亲，就是和宋琪去失忆清吧那一次。所以当宋琪得意扬扬地在他们这帮好友面前炫耀时，他感觉到了揪心的紧张。

她有一双极美的眼睛，黑白分明，清澈有神。他不止一次在她不知道的场合望着她失了神，可是这五年以来，他和她说过的话屈指可数。

黎致远放下手里要验收的麦冬，犹豫着给她发了条信息。

胡丽怎么样？程鹏来接她了吗？

而后手机就让人特别期待，也特别让人失望。

*程鹏来了，她挺好的。*她终于回信息了。

黎致远正犹豫着怎么回，程鹏的电话进来了。

"远哥，中午一起吃吧，胡丽不想回家，拉着我和刘宝珠要去下馆子，特意让我邀请你。"

太好了。他渴望见到她，渴望和她相处，渴望和她的关系更近一点。

但是他不想在她面前走路，他害怕自己失态。他知道自己并不是她最好的选择。理智告诉他远离，然而他内心渴望亲近。

他无法抗拒自己的内心，于是就欣然迎合自己的内心。

他提前在院门口等他们，她坐在程鹏车的后座。

她看着自己点头微笑，然而，他知道自己仍然离她很远。

他沉默地放好自己左腿的裤脚。坐在后座的他们俩都没有主动说话，一路上都是程鹏在带气氛，胡丽有点蔫蔫的。

他关切地问："这么没精神，怎么不让程鹏陪你早点回家休息？"

"不想回家，我怕做噩梦。要不晚上我和宝珠睡吧。"胡丽说。

"宝珠今天不是夜班吗？"他没有迟疑地说。

迎接他的是后视镜里程鹏意味深长的眼神。

宝珠点点头："嗯，今晚有夜班。"

胡丽哀号着："不想回家，也不想上班，我想休假。"

程鹏亲昵地说："那就休假。"他转头看了黎致远一眼，"反正你领导就在后面，直接离职，报告都不用打了。"

胡丽娇嗔着说："才不呢，赚得再少也是我的能力所在，我要做个自给自足的打工人，再说，黎主任都还坚持敬业爱岗呢，我可不拖后腿。"

黎致远飞快地看了宝珠一眼，她在微笑，然而脸色苍白，唇色浅淡，是有哪里不舒服？

程鹏反驳胡丽："你能跟远哥比？远哥可是王老五。"

黎致远有点紧张。在自己爱的人面前，做什么都害怕没做好。

胡丽白了程鹏一眼："知道，全世界你远哥最好。"

程鹏得意地说："那可不！从小我妈就恨不得拿两个我去把远哥换回家当

儿子。我远哥可不就是最好的？"

胡丽乐不可支地笑："那你干脆嫁给你远哥得了。"

程鹏正色道："那可不行，我俩都是性别男，爱好女。"

四个人都笑了。

程鹏正色，对胡丽说起黎致远的家庭来，其实是说给刘宝珠听。

他远哥是隐形王老五，家里是中药材供应商，刚毕业就投过资，上班只是兴趣……但黎致远打断了他卖弄的话。

吃饭的时候宝珠好像没什么食欲，吃得很慢，也很少。

黎致远不由得关心地问："胃口不好？"

"大概是没睡好。"刘宝珠简单地说。

胡丽也没什么胃口，程鹏哄着她多吃了几口，两人腻腻歪歪地让人看不下去。

服务员端上来一罐乳鸽汤，临上桌时手没端稳，罐子从盘子上滑了下来。

黎致远下意识地起身将宝珠的凳子往左边推，热汤洒在他的左脚边，裤子立马就湿透了。

刘宝珠赶紧蹲下，迅速将他的裤腿撩上来。烫伤可不是开玩笑的。

程鹏和胡丽大惊之下来不及阻止，任凭宝珠撩开了黎致远的裤脚。

服务员发出一声短促的惊呼。

刘宝珠没有叫出声，但是她的手停在黎致远的小腿上忘记收回来了，她保持着半蹲的姿势飞快地抬起头，看见了黎致远苍白的脸。

左脚假肢。一个智能仿生、手感真实的假肢。

大堂经理过来连声致歉，现场有点乱糟糟的。然而黎致远眼里只有宝珠，他伸手将宝珠拉起来，柔声说："吓到你了吧，宝珠。不好意思了。"

好在宝珠很快就回过神了。她顺着黎致远的动作起身，将桌上的纸巾拿在手里，重新蹲下来，将没放下的裤腿继续卷上去，用纸巾吸干汤水后才将裤腿放下来，又用餐厅的毛巾将裤腿上的汤水吸干。做完一切，她抬头问黎致远："你要不要把鞋子脱下来，免得湿答答的不好走路？"

黎致远哑然失笑:"有没有汤水的,我没腿也感觉不到啊。"

重新落座后,黎致远问宝珠:"你一直都不知道我是一个瘸子吧?"

膝关节以下截肢,所以走路慢,所以不爱走在人前。

宝珠不知道该怎么回答,她不记得胡丽有没有和她说起过这一点。

"是挺意外的。"她说,"根本看不出来。"

"你会歧视我是个瘸子吗?"黎致远问得很认真。

宝珠愕然:"怎么会呢?"

胡丽和程鹏互相看了看,都没打断他们之间的对话。

黎致远认真地说:"那就好,要是以后一起走,你要照顾照顾我,走慢一点。"

宝珠下意识地点头,她真的没觉得这有什么问题。

饭后,黎致远邀请宝珠陪他走一走,说是试一试仿生的智能假肢有没有被中午的一罐汤烫坏。宝珠觉得自己义不容辞,所以他俩沿着大街慢慢地溜达起来。黎致远确实走得不快,行动间仔细看是能看到一些异样的,宝珠很疑惑自己为何之前没有看出来。

黎致远问她:"今天是不是吓到你了?"

宝珠摇摇头,意识到对方没看见自己的动作,诚恳地回了一句:"吃了一惊倒是真的,但没被吓到。"

她迟疑着问:"这是天生的还是意外事故造成的?"

黎致远转头看了她一眼,苦笑着说:"宝珠,看来你真的一点都没注意过我。你们刚来医院的那一年冬天,我们第一次见面,我就是坐轮椅的。"

那是院里成立名医门诊的时候,作为新入院的医生,她曾被借调去帮忙。

她确实没有印象了。

"宝珠,虽然今天不是个好时机,在你眼里我大概也没有什么好形象,"他站定在宝珠前面,"但我还是想说,我喜欢你。"

"宝珠,我喜欢你。"他边说边制止了宝珠想要开口说的话,"就像喜欢所有美好的事物一样。"

他凝视着宝珠："但我并不想对目前的生活进行任何改变，我觉得现在很好。我也并不需要你有所回应，就好像我喜欢百合花，可我不需要百合花只为我一个人绽放，我喜欢蓝天白云，也不需要每天都是蓝天白云，你明白我的意思吗？"

他对着宝珠绽放了一个由衷的笑容，阳光下能看到他额头冒出的细细密密的汗珠。迎着宝珠错愕的神情，他继续说："我想你多少是感觉到了，所以我觉得我说出来会好一些，你不必有负担，也不必有所改变，就像现在这样就好了。"

我喜欢你，像风走了八百里，不问归期。

宝珠并没有很意外，她或多或少是有一些察觉的，她并不是那么迟钝，眼前这个人散发出来的善意和亲昵不会是没有缘由的，只是她并不在乎别人对她的感觉，她也从来没有在乎过别人的感觉。所以她没有犹豫，同样坚定地说："谢谢，但是我还是想说，我对你没感觉。"

…………

科室里气氛很凝重，就连和蔼可亲的刘主任脸上都没有笑容。

在查房之前，刘主任在科室里开了个小会。

跳楼的是5号床产妇的婆婆，孩子还是没有找到，初为人母的5号床产妇已经崩溃了。谁也不知道，这位婆婆是在什么心情下选择了跳楼这条路。

刘主任简单地讲了个大概，要求大家在查房的时候只谈有关医疗的事，其他任何话题都不要去参与。

散会后，刘主任叫住了我，她拍拍我的肩："我现在还记得你刚来医院时青涩的样子，一眨眼，你就快能独当一面了。中午去我家吃饭，让你叔给你做拿手菜。"

"行，谢谢主任。"我没有扫兴。

这是我人生中除了外婆最尊敬的一位长辈，她和我素昧平生，却在我的职业道路上提供了我无法想象的帮助。

中午，刘主任的丈夫李叔给我们做了四个菜。他中午喜欢喝点小酒，于是我带了一瓶酒去。李叔的眼睛都亮了，他连声夸奖我："小邓是最有眼力见儿的，就知道我爱这一口。"

我没纠错，反倒是刘主任捂着脸冲我乐。

刘主任边吃饭边说起了宋琪："我听他妈那个意思，是想早点定下来好抱孙子了。"

如果卿卿和宋琪定下来，小姨是不是会回来？卿瑞呢？

正想着，刘主任狠狠一拍筷子，一巴掌拍在我头上："这丫头，看来要砸手里了。"

"其实一个人没什么不好的。"我说。

这是我的心里话，也是刘主任唾弃的屁话。她是从心里把我当成后辈来关心的。

"你还是年轻了。在我们科室，四五十岁来看诊希望还能生育的，哪个不是年轻的时候因为各种原因把自己耽误了？"刘主任反驳说，"你看那些丁克的，十之八九到了一定的年龄都会后悔。不过男人有后悔的机会，女人没有。"

她说了很多，最后说："总要尝试家庭的温暖，品味带孩子的乐趣，感受和自己血脉相连的那种奇妙。"

我并没有放弃生育，我也一定会有自己的孩子，我会给她所有的爱，就像姐姐爱我那样，照顾她，陪伴她……但我没有说出来，我也不必说出来。

我要再去一趟中央广场的那条林荫道。这次，我要观察周围的情况，我需要了解每个晚上这条路上会有什么人，会发生些什么，尽最大的可能去避免不可控制的妨碍和纰漏。

任何一个细节的疏忽，都有可能导致前功尽弃。

我说过，我很爱惜自己医生的身份，也很爱惜自己的这条命。

古树是个很好的遮挡物，在晚上，只要我穿一件黑色衣服，就不容易被发现。

第三章　怀疑

夜晚的中央广场很安静，今晚没有月亮，天色黑而沉，明天将是一个雨天。我喜欢雨天，大雨会带走很多不需要留下的痕迹。

宿舍里很安静。一灯如豆，满室沉默。

刘主任说这样的孤单是难熬的，她说得不对，这样的孤单很自在。

不过，我还是渴望有个孩子，和我一脉相承，在我肚子里孕育生长，在我的生活里撒娇可爱。

拥有一个孩子很难吗？不难，排卵期前后，也许一个晚上的运动就可以了。要找一个合适的人，干净，健康，如果外貌好、身材佳那就最好了。

黎致远发了一条信息过来：*宝珠，今天中午没有看到你去食堂吃饭。明天中午给你带洋葱炒羊肉行吗？*

又是洋葱炒羊肉。这是为什么？

我其实是有点好奇的，但我没有理会这个信息。做人最好干脆点，没有爱人的打算，就不要给人机会。他很好，只是跟我没关系。

这世界有那么多人，真正和自己有关的不过寥寥，有人走有人来，有人的存在只为教给你一个道理，有人的到来只是让你明白一个真相。

而有人的存在，不但给你添堵，还让你失去了生命中最重要的人。

我的姐姐，她本应该陪我长大。

这是卿卿第三次拒绝宋琪的留宿要求了。

宋琪有点恼了，情到深处你依我依顺其自然地发生点什么，在成年男女里不是最正常不过吗？

他咬着卿卿的耳朵："你还要我禁多久啊？"

卿卿没有动，她喘息着，但还是坚定地说不行。

宋琪有点来气了："你是不是不信任我啊？"

卿卿说："宋琪，我呢，要么就做你最后一个女人，要么就做你得不到的那个女人，我不想做你生命中的过客。"

宋琪拉着她的手,亲吻她纤细的手指:"你需要我发誓吗?"

卿卿娇笑着:"发誓有什么用?我自己都能感觉得到。"

"那你就没感觉到我的真心?"宋琪反问她。

"真心是有,但还没有到非我不可的地步。宋琪,我需要被人坚定地选择,无论发生什么,谁来了谁走了,都只会选择我的那种。"卿卿的手点在宋琪的胸膛上,"目前,你这里呢,可能还惦记着别的人。"

宋琪拉着她的手贴在自己心口:"你是说刘宝珠吗?"

卿卿笑:"你要否认吗?"

宋琪沉默了一会儿,没回答,他从来不骗女人。

"我和宝珠真的没有什么。我们是相过亲,这我也不否认,但我跟宝珠从来都没开始过,以后也不会有开始。你应该清楚,如果不是对你也动心的话,你以为我是随便谁都追得上的?"他自信地说。

卿卿点头:"那当然,我喜欢的男人怎么会差?"她将头靠在宋琪肩头,"所以我想等,等着有一天你非我不可,眼里只有我的那一天。我给你的是纯粹的爱,我要的也是纯粹的爱。"

这样的卿卿不像平时看起来那样柔弱,但宋琪感觉到心口一片涌动的热浪,这样的卿卿值得自己好好爱。

之后,他去了宝珠住的宿舍。

宝珠看见他很惊讶:"是卿卿出什么事了吗?"

她站在门口问,没有请他进去的意思。

这其实是和卿卿不一样的一张脸,起码气质上天差地别。

她们的眼睛也很不一样,卿卿看自己的时候,一直都是含情脉脉的,不像宝珠,眼里只有事不关己的平静。

他笑了:"刘宝珠,我好像喜欢过你。不过,"他缓了口气,"今天就是来告诉你,我喜欢上卿卿了。"

宝珠此刻才笑了:"恭喜你们,你们很相配,卿卿是个好女孩,你要好好对她。"

宋琪："嗯，我知道，以后看见你，我就没心理负担了。"

宝珠难得开了次玩笑："以后看到我要尊敬点，妹夫。"

宋琪回了她个见鬼的表情，两人都笑了。

第二天，卿卿刚进科室就被办公桌上一捧硕大的玫瑰花给震惊了，鲜艳欲滴的红玫瑰中间用白玫瑰拼了三个字：我爱卿。

她在同事的起哄声中笑了。刘宝珠，你输了，又一次。

她想起来那一次在母校的宿舍楼下，有个身高一米八三的男孩，站在用蜡烛摆出的爱心里，在众目睽睽下对着自己大声表白。

那一次，刘宝珠在哪里？

她站在人群中，事不关己地看着自己。

这一次呢，刘宝珠会怎么样？

…………

今天，我很意外地想起了妈妈，有点不合时宜。我已经记不清有多少次，她带着我躺在放满水的浴缸里，一遍又一遍地背着姐姐的尸检报告，一点一点地滑下去，直到水完全淹没她，也完全淹没我。

一开始我以为是在玩游戏，后来年幼的我意识到，她是想带我一起走。

我只哭过一次，那时我沉在水里，水从口鼻灌进去，濒死的恐惧让我放声大哭。我不记得妈妈有没有抱着我哭。也许有吧，可这不妨碍她一次次地重复上述做法。后来，我会和着她的声音在心里默念，直到我将姐姐的尸检报告背得滚瓜烂熟。再后来，我们一起离开家乡来到这里，外婆发现了她的行为，和她起了冲突，我得以被外婆悉心呵护。

可是我不恨她，我想我只是不够爱她。直到十五岁那年，她骤然病逝。

我爱的人，爱我的人，一个一个都离开了。

如今我孤家寡人，孑然一身。

中午，我在宿舍吃泡面，吃什么不重要，重要的是一定要吃。

昨晚柏荣齐在和平时差不多的时间出现，径直走过，没有停留。

我回忆着昨晚他的样子，宿舍门突然开了。原来是胡丽。

"喏,给你加餐。"她把手里的饭盒拿给我。

款式大方,用料精致,这是黎致远的饭盒。

"你做的?"我问。

"美的你,你看我会做吗?黎主任做的,我吃不了这么多,就给你带过来了。"胡丽说,"你难道不怕我做的饭菜把你放倒了?"

我俩因为共同的回忆都笑起来了。

我打开了饭盒,洋葱炒羊肉。确实很好吃,微辣,不膻,是我们以前爱吃的味道。

"你晚上要出门吗?"胡丽问我。

"可能去散散步吧。"我没详细说。

"那一起吧,我叫上程鹏和黎致远。"胡丽兴致勃勃地说。

我婉拒了。

下楼的时候,胡丽突然说:"昨晚宋琪来找你了,他要干啥啊?"

"没事,他来问我卿卿喜欢些什么。他知道我是卿卿表姐。"我说。

"难怪今天一大早宋琪就给卿卿送了一千三百一十四朵红玫瑰。这院里的小姑娘都被惊动了,好多人去蹭花拍照发朋友圈呢。"胡丽有点酸。

"嗯,他为了一个谐音也是挺拼的。"我说。

"他难道不知道卿卿喜欢的花是白牡丹吗?"胡丽说,"可见还是不上心。"

"一千多朵白牡丹,会不会太像花圈?"我迟疑地说,"他又不是上坟。"

胡丽"扑哧"一声笑出了鼻涕泡:"宝珠,你太可爱了。"

呃,她的脑回路比较可爱才对。

不过,看来卿卿和宋琪好事将近了。

想必小姨也会很开心的,她这次会回来吧?

…………

饭后,我和胡丽沿着运河慢慢溜达。

游船不紧不慢地开着,路上三三两两的人慢慢地踱着步,孩子们嘻嘻哈哈地追打着,好一派欢乐的烟火气象。

胡丽又说起了宋琪和卿卿。

我在她说到关键时,一把捂住了她喋喋不休的嘴巴。

真是说曹操,曹操就到。跟我们迎面遇上的,正是宋琪和卿卿。

宋琪揽着卿卿的腰,卿卿怀里抱着一捧百合。鲜花美人相得益彰,何况身边还有个挺拔英俊的宋琪,许多人都在走过后回头看他们。

卿卿也看到了我们,她抬起下巴翻了个好看的白眼,反而是宋琪大方地喊:"表姐,胡丽。"

我感觉胡丽和卿卿瞬间石化了,气氛有一瞬间的凝滞。

宋琪大方地邀请:"我和卿卿要去那边的茶馆坐一坐,大家一起去吧。"

胡丽头摇得像拨浪鼓,我也婉拒了。我们就在这里各自走开,胡丽频频回头去看,我也回头看了一眼,宋琪和卿卿亲昵地咬着耳朵,卿卿被他逗得咯咯笑。

胡丽翻了个白眼:"花枝乱颤。"

"你要承认,"我慢悠悠地对胡丽说,"他俩站在一起就是一对赏心悦目的情侣。"

不管男女,容貌优越的必然各种机会更多一些。一见钟情钟的是色,所谓的见色起意,大概也是同一种意思。

"你哪里比她差?"胡丽气鼓鼓地说,"凭什么又被卿卿抢去了?"

又?其实不是的,我对谁都没兴趣。

爱情对我来说,可能没有一碗泡面来得有滋味。男人和女人一样,各自带着自己的画皮,内心藏着什么样的魔鬼,没有人知道。

哪一对相伴到老的夫妻,中年时没有经历过这样那样的龌龊?只不过有一些渡了劫,有一些应了劫。晚上,胡丽坚持要跟我头挨着头睡觉。她有点担心地说:"宝珠,其实我盼着结婚,又害怕结婚,不都说婚姻是爱情的坟墓吗?"

我拍着她的手臂告诉她:"你别想太多了。能过成什么样是要靠自己经营的。"

结果她无情地嘲笑我:"你懂啥?你个没谈过恋爱的'母单'。"

"你说错了,我谈过恋爱。"我说。

胡丽震惊得无以复加:"什么时候?和谁?我怎么不知道?"

"你还记得辩论团的'183'吗?"我说。

"记得,卿卿的前男友嘛,"胡丽很惊讶,"你不会告诉我是他吧?"

"不是他,是他哥。"我说。

"快和我讲讲,快和我讲讲。"胡丽一骨碌爬起来,兴致勃勃地要听。

我只好在她腰间塞了个小枕头,陪着她坐起来。

那是大三。卿卿在和我疏远之后,曾经又短暂地和我亲近过一阵子,除了上课我们几乎形影不离。后来她和那个"183"大男孩进入了热恋。

"183"的原名叫什么我忘了。

那天晚上是"183"的生日,他和卿卿让我一定要去。就在这场聚会中,我见到了他哥,也是一米八的高个子,就叫他"180"吧。

晚饭后,他哥说送我,我没有拒绝。之后我们陆续又见过几次,一起散步、看电影、吃饭。第五天的晚上,我们确定了关系。

"那'180'应该长得不丑,不然你不会跟他谈恋爱。"胡丽眨巴着眼睛说。

我摇摇头:"不太记得样子了,当时就是想试试看。"

试试看自己能不能进入一段感情。

"那之后呢?怎么没联系了?"胡丽焦急地问,"谈了多久?"

其实确定关系没多久,我就跟"180"提了分手,之后他带了花来找我,不过我确定不需要再继续下去,就告诉他已经结束了,也没有再去见过他。

他有不甘心地连续来学校堵过我几次,见我不为所动,也就没再来了。

胡丽愣了片刻,恨恨地一拍我的大腿:"真是的,引起我的好奇心又不说清楚,哎呀,好想知道他长什么样子啊。总算有个人……唉,你们社团照片你还有吗?我看看'183'长什么样?他哥'180'应该和他差不多吧?"

第三章 怀疑

我被胡丽以光速赶下床,花了二十分钟找到了辩论社团的照片。

胡丽犹豫地指着其中一个:"'183'是这个人吧?"

我伸头过去看了一下:"应该是他,高个子。"

"长得不错。"胡丽肯定地说,"那他哥也差不到哪里去,他哥是干啥的?"

我摇头表示不知道。

胡丽的好奇心被堵死了,她狠狠地掐了我一把,倒头滚进了被窝里。

"真想知道他是个什么人啊!让你能下决心脱单,怎么也得有过人之处吧?"胡丽躺着苦恼地说,"哎呀,完了,今晚我肯定失眠了。"

实际上,我才给她推拿了不到十分钟,她已经呼呼大睡,像小猪一样打起了细细的呼噜。

我哑然失笑。我还有录像没有看完,于是戴上耳机打开屏幕,开始完成我的任务。中央广场很安静,有莫名的阴森的感觉,晚上穿过这条林荫道的人寥寥无几。

这是个动手的好地方,安静、冷清、有天然的遮掩屏障……有花有草,有古树有长椅,有蛇蝎心肠的人,有心怀鬼胎的人……蛇蝎心肠的是我,心怀鬼胎的,将会是要死在我手里的柏荣齐。

几天后,一股冷空气将进入国内,并且东移南下,带来持续约一周的降雨和降温。正是动手的好时机。

第二天下班后,我换上夜跑衣出门了。我来到了自己另一个谁也不知道的出租屋,今天晚上,我还要去一趟酒吧。之所以选择今天,是因为卿卿和宋琪一起出去旅游了,宋琪不会出现在清吧。

太好了。我需要再出现一次,让柏荣齐对我更有印象,才能确保动手时能引得他自己走上死路。

六厘米的细高跟鞋,红色的背心式长裙,我细心地装扮了自己。

其实,珍珠、卿卿和我三人中,容貌最好的是珍珠,她有卿卿的俏丽,又多了几分甜美,就是人们常说的梦中情人的模样。

时隔多年,她的容颜一如当年,我只要一想就能想起她的样子,从没改变,而我却在这俗世中染上了满身污秽的尘埃。

我坐在同一个位置,等着柏荣齐上钩。然而,他一直没来。

他为什么没来,出了什么事吗?我有点烦躁起来。这时候,酒吧门口进来一个人,身材苗条,面容略有点浮肿,但仍能看出是个美人。

她脸色酡红,眼神愤怒:"柏荣齐呢?叫他出来。"

我认识她。她是姐姐最好的朋友,叫刘雅兰,也就是前几天我们刚一起吃过饭的雅兰姐。

我如坠冰窟。她怎么会在这里?她怎么会来找柏荣齐?他们怎么会有联系?

我听到了她那噔噔噔的脚步声,推测她应该是上了楼,去了柏荣齐的办公室。我恨不得跟上去看个究竟,然而我不能。

我需要马上离开这里,我不能同时被柏荣齐和刘雅兰看见。

我买了单,快步走出了酒吧。路边有家女装店,我推门进去,选了一套灰色运动装和运动鞋,一分钱价格都没还,唯一的要求是把我的衣物寄存在店里,明天我会来取。

女老板一副"我懂"的表情说:"好,需要其他东西吗?"

在我换好衣服后,她神秘兮兮地靠近我说:"我老公可以帮你盯梢,酒吧一条街这里,我老公算是性价比最高的,一定会给你拍到实实在在的证据。"

我多看了她两眼,而她冲我郑重地点点头。

她把我当成了来捉奸的原配。我没有解释,用湿巾擦掉口红,戴上帽子去了酒吧附近。一来一去也就二十分钟,柏荣齐在酒吧外出现了。他打了一个电话,似乎在确认什么,然后进了酒吧。

十分钟后,他和刘雅兰一起出来了。两人走向中央广场,这是柏荣齐回家的路。他俩一直沉默着没有说话。

刘雅兰似乎有点害怕,她裹紧了自己身上的外套,加快步子往前走。

柏荣齐在后面喊:"急什么?有大把时间呢,怎么,你赶场子啊?"

他的语气是下流而龌龊的。

我看见刘雅兰回身抽了他一个耳光,还挺响的。

"你毁了我一次,还想毁我第二次吗?"她咬牙切齿地说。

"看在钱的份儿上,这巴掌我就不还给你了,再有下次,我会让你后悔的。"他同样咬牙切齿地回答她。

他们穿过中央广场,来到了柏荣齐所住的小区。

刘雅兰不肯再走了,她站在小区门外让柏荣齐快点下来。

这里有监控,我隔得有点远,我看到柏荣齐匆匆忙忙地往所住的那栋楼跑,还看到刘雅兰神色不安地东顾西盼,不停地看手表。很快柏荣齐就下来了,手里拿着一个小小的信封,得意扬扬地递给她。隔得远远地,他那张脸和记忆里嚣张跋扈的脸融合在了一起,还是那么可恶。

刘雅兰打开信封取出里面的东西,马上恐惧得捂住嘴巴,收住了喉咙里那声惊叫。然后她的身体抖得像风中的筛子,站都站不住了。

"你怎么会有这个?你这个魔鬼。"她扑了上去,在柏荣齐脸上挠了一把。柏荣齐猝不及防,被她一把抓个正着,脸上留下几道红印子。

他一个巴掌抽在她脸上,恶狠狠地说:"我谁的都有,不但有你的,你那个倒霉朋友的我也有。你要看吗?"

他揪住了刘雅兰的头发,迫使她不得不抬头看着他。灯光下,他的脸扭曲得就像罗刹,恐怖又嚣张。

"你那个淹死的朋友,你有没有做梦梦见她来找你索命啊?"他恶毒地说。

而我已经不能动了,我就像被鬼附身一样,失去了对身体的控制。我确信我没有听错,那个他俩都认识的人,就是我姐姐。我姐姐为什么要来找刘雅兰索命?刘雅兰做了什么?之后发生的一切就像慢镜头回放一样。我看到刘雅兰和柏荣齐扭打在一起,柏荣齐一脚踢在刘雅兰的肚子上,刘雅兰捂着肚子坐在地上,手里的信封滑到了草地里。

我做梦一样地往前走了几步,想要去看看信封里的是什么。刘雅兰尖叫着扑过去,将地上的信封牢牢地抓在手里。

我沉默地退回到夜色里。不要冲动,不能功亏一篑。

我狠狠地掐住了自己的虎口以保持清醒。然而我心里翻江倒海,回忆像潮水一样涌过来。

姐姐曾说过:"我真希望这一切都没有发生,真希望那天我没有去赴约,我真恨不得杀了他们。"

他们?他和她?柏荣齐和刘雅兰?是这样吗?

之后,我看见刘雅兰从包里拿出了一个大信封,里面应该是刚取出来的现金。柏荣齐吹了声口哨,得意地清点着钞票。

姐姐下葬那天,刘雅兰搂着我说"对不起",说起那首所谓的"情书",那是鳄鱼的眼泪吗?

我不知道,但我一定要查个清楚。

柏荣齐大笑着往酒吧的方向离去了。刘雅兰捂着肚子,捏着信封站在路口打车。路灯下,她脸上还残留着泪痕,脸色苍白,眼神呆滞。这是我从来没见过的她的样子。

我见过她和姐姐谈笑风生的样子,见过她和姐姐笑语嫣然的样子,见过她和姐姐交头接耳的样子,也见过姐姐和她勾肩搭背的样子。

但是,她真的就是那样的吗?会不会也带着一张欺骗人的面皮?

我看着失魂落魄的她,狠狠地吐出了一口胸中的郁闷之气。

我用上了之前备用的电话卡,不用登记身份证的那种,另外又买了一个手机。我给刘雅兰打了个电话,她现在应该还没有到家吧?如果她到家了,那个他是不是在家?是不是将会看到她的失态?

我无法控制自己内心的魔鬼。

电话终于接通了,那头的她声音低微:"你好,哪里找我?"

"刘雅兰,不是不报,时候未到,珍珠向你问好。"

电话那头传来一阵刺耳的尖叫,然后电话被快速挂断。

游戏才刚刚开始,犯了错的,就出来跪着忏悔吧。欠我姐姐的,就通通还回来吧。我的心里一直住着一只魔鬼,在看到姐姐身上那条蜈蚣一样的缝线时，这个魔鬼就被缝进了我的灵魂里，它在我一次又一次被妈妈泡在浴缸里时吸收水分生根发芽，食用我的血肉日益长大，现在就要露出它可怖的锋利的爪牙！受害者已入地狱，加害者扶摇直上。这是不对的。

我要你和我一样日夜难安，寝食难眠。

我坐在夜色中，任浓墨重彩的夜幕像魔鬼张开的血盆大口一样将我吞噬。往事一幕一幕就像大戏开场，回忆将我拉回到四百多天之前。那天，我值夜班，不料竟然遇见了柏荣齐。那是我十一岁之后再度见到他，时隔十八年，第一个照面我就认出了他，没有丝毫迟疑，我知道那就是他，仿佛他一直牢牢地存在于我的脑海里。

他让一个很年轻的女孩怀孕了，宫外孕，急性弥漫性腹痛，腹腔内大量出血，患者出现休克的症状，需要马上手术。

在手术之前，我需要核对家属信息，借此机会留下了他的地址电话等个人资料……

世界这么大，又让我见到你，生活得多姿多彩，整个人意气风发。

坏人并没有得到恶报，也没有被愧疚不安所折磨，他心安理得地享受着这个世界的繁华与热闹。反而是我那个珍珠般可爱可亲的姐姐，早已化成累累白骨；反而是我的家，早已名存实亡。

既然道德良心无法给我一个公道，那我就自己来讨要！让我用我自己的方法，来来一个真相，来讨一份公道。没人能阻挡我。我在那个夜里就做好了这个决定。所以那晚我睡得出奇地好，又沉又香，连梦也没有一个，嘴角还带着笑。

今晚我也睡得很好，庆幸老天在这么关键的时候将刘雅兰送到我面前。

这周五，就是我实施计划的时候了。这是动手的最好时机。

根据天气预报，那股冷空气将在周六带来持续近十天的降雨和降温。

天时地利，其他的就交给我吧。

第二天早晨，生物钟准时叫醒了我。上午的工作在手术室。

手术室的门内门外是两个世界。门里，医生在为生命而努力；门外，家属在为生命而祈祷。

消毒，备皮，暴露手术部位，巡回护士、器械护士到位，麻醉医生到位，主刀、一助二助到位……

我是一助，给刘主任递上手术刀，配合刘主任的需要拉牵引器、递上手术器具、及时吸净腹腔里的血……

跟随刘主任做手术是一项非常值得的工作，对任何手术，她都能够举重若轻，有这样的良师，是我的荣幸和骄傲。

中午午休，我出去了一趟。

我先去了那个没人知道的出租屋，换上从没穿过的衣服——是年轻人喜欢的另类嘻哈风，戴上墨镜和鸭舌帽，我不想要别人认出我。

我花了大价钱，买了些东西，这是给刘雅兰准备的。

回科室的路上我遇到了黎致远。他看见我，温和地笑着说："宝珠，为什么我觉得很多天没有看到你了？"他皱了皱眉，"你不会是在躲我吧。"

我礼貌地说："怎么会？只是恰好这几天科室比较忙。"

他看着我笑，唇边荡起浅浅的"括号"："那就好，不然就是我太唐突了。"

晚上八点半，我换上夜跑衣，带上专为刘雅兰准备的手机，不紧不慢地跑起步来。今天没有其他的安排，我只是要吓一吓心里有鬼的人，让她早点露出马脚来。拨通了，刘雅兰没有接。

我再拨过去，才响两声，那边立刻接听了。

"柏荣齐，你不要装神弄鬼，钱我已经给你了，你离我远远的。"刘雅兰在电话里咬牙切齿地说。

我打开录音器，播放早就录好的声音："刘雅兰，不是不报，时候未到。"

吓唬你不是目的，让你露出马脚才是。

我很快就等到了想等的"马脚"。在科室上班的时候，刘雅兰给我来电话了："宝珠，你在上班吗？我有点不舒服，来找你看看。"

"好啊，"我很有诚意地问，"严重吗？严重的话我给你请我们主任。"

"那应该不用，一会儿见面聊吧。"

半个小时之后她出现在科室门口，脸色苍白，眼下一片乌青，黑眼圈重到用粉都遮盖不了。

我很关心地问："雅兰姐，你怎么精神这么差？晚上都不睡觉吗？"

她虚弱地说："唉，大概是因为换地方了水土不服，我晚上都睡不着。"

我问："家里没什么让你担心的事吧？"

她扶着额头："没有。"

我详细地问她身体其他的不适，给她把脉望舌，发现她的脉细而玄，按之软，由此断定她确实受到了惊吓。

"雅兰姐，你最近是不是操心的事太多了？"我闲聊着。

"是啊，孩子上学一大堆事，当妈的哪能不操心？宝珠，能给我开点安眠药吗？"她诉苦，"我好多天没有好好睡了。"

我说："开是可以开，不过，安眠药毕竟是治标不治本的。"

我给她揉了揉安神穴："雅兰姐，要不我给你揉一揉，让你先在我休息室里睡一觉吧。"

"能行吗？"她迫不及待地说，"要是能好好睡一会儿就好了。"

我笑着陪她到休息室，给她进行了穴位按摩。大概十五分钟，她沉沉地入睡了。我什么都没碰，什么都没做，继续回岗位上班了。

欲速则不达，这个道理我懂。

这个时候稍微出点纰漏，都会让她无法信任我。我需要她信任我。何况，身上的衣服、裤子、饰品包括包包，可替换得太多了，不值得动手脚。

临下班前，刘雅兰精神抖擞地回到医生办公室，我正在和夜班李医生做交接。我示意她坐着等等我，但没想到她居然一直等着我忙完，可见这一觉对她来说很重要。

等我好不容易歇下来，她还坐在我办公桌前，一边无聊地看手机，一边偶尔抬眼看看我交接班。

"雅兰姐，带你去吃好吃的。"我说。

"嗯，走吧。"她提着包站起来，"今天你姐夫在家，我不用守着娃做作业，就跟着你这丫头混了。"

她开了车来，不是上次送她来的那辆车，这辆车更秀气，车身短，应该是她自己的车。

我说了目的地，但是因为她刚来这个城市不久，很多路段不熟，而我因为不会开车，路段也不熟，我准备拿出手机来导航。从包里掏手机时，我不小心把口红给带出来了，口红滚啊滚的，滚到了座位底下。

就在我弯腰捡口红的同时，我看到座椅下面有一个针孔摄像头。

这个针孔摄像头我在网上见过，便携易固定，而且节能，待机时间超长。

我用尽全身力气才让自己面无异色。

到底是谁要监视刘雅兰，会是……爸爸吗？

晚饭我特意选的家乡菜，其中有道美食是我们小时候的最爱。

在我的老家，每年春雷阵阵的时候，草丛里会冒出一朵朵像木耳一样的东西，我们家乡话叫它雷公屎。把它们摘回家，洗净，用切得细细的又嫩又脆的酸萝卜和小米椒爆炒，又香又下饭，小时候我们常说这道菜就是米饭杀手。

刘雅兰吃了两小碗米饭，我也是，吃得微微出汗，辣得酣畅淋漓。她开了一瓶啤酒，给我倒了一杯，笑着说："来，小宝珠，小时候不让你喝的，今天姐陪你喝个够。"

我接过杯子："雅兰姐，这个真不好喝，你当时怎么那么喜欢啊？"

"到底是亲姐妹，珍珠也不喜欢，她喜欢喝可乐啊雪碧啊这些带气泡的，我说啤酒也带气泡，她说喝起来怪怪的。"

"那你们还经常偷偷地喝？"我说。

"傻呗，那时候就盼着长大。"她陷入回忆中，"我们还差点一起去文身，不过你姐姐扫兴得很，没去成。"

她用手支着额头好似无意地问："宝珠，珍珠有给你托梦吗？"

第三章　怀疑

我笑起来："雅兰姐，你是不是忘记我是学什么的了？哪有医生信鬼神的？"

"哎哟，果真长大了哈，敢取笑我了啊。"她捏了捏我的鼻子，像小时候那样。

刘雅兰只有一个弟弟，那时候最羡慕的就是姐姐带着我这个小跟屁虫。

"宝珠，现在想一想，那时候真快乐啊。"

那时候如果真快乐，你又做了什么？为什么要那么做？你是主谋还是帮凶？是有意还是无意？

我垂下眼睛，将满眼冷意悄悄遮起来。没关系，我先收点利息，再慢慢算账。

我不声不响地陪着她喝了三瓶啤酒。分别的时候，我坚定地拒绝她开车送我的提议，先叫了代驾将她送到了楼下。

"雅兰姐，我不上去了，姐夫在，我又什么都没带，贸然上门不太好。"我说。

她松了一口气。她也并不想我上楼，但是她仍然很热情地邀请我，我婉拒了。

饭要一口一口吃，事要一件一件做。与其凑上去，不如欲迎还拒，要让她觉得是她扒着我才会更让她安心。人就是这么奇怪的生物。

后天周五，是主恶柏荣齐的好日子。我心潮澎湃。

拐到我的小窝，换上黑色夜跑衣，将我需要的所有物品放进折叠旅行包，再三确认没有遗漏，我把折叠旅行包连同其他要用的东西又装进一个土褐色的袋子里，避开人群和监控摄像头，来到中央广场的古树下。

我利索地爬上树，将袋子绑在一棵粗壮的树干上，从树下抬头望上去，即使是像我这样的有心人，也看不出有什么异常。

树叶被风吹得簌簌作响，浓密的枝叶在夜色中摇晃，好似群魔乱舞。

微风拂面，树影婆娑，风带了青草的味道，也带来了花的香味，夜色中，暗香浮动，沁人心脾。

多好的夺命之地啊。珍珠，姐姐，你期待吗？

…………

5号床产妇的孩子还是没有找回来。警方发现了越来越多的疑点，随着这些疑点的出现，5号床产妇的婆婆为何会自杀这一点终于找到了答案。

我从议论纷纷的小护士们那里得知，警方通过走访发现，大姨所说的那对丁克夫妻事实上从来没有存在过。

没有外人出现过，警方不得不开始面对一个可能的悲剧：孩子在哪里？这么多天了，孩子还活着吗？谁在照顾她？还有机会吗？

听说警方已经出动了警犬了。我没有多问，这不是我该操心的。我该操心的，在中央广场的古树上。

下班后，还得去一次本&色酒吧，我需要加深柏荣齐对我的印象，这样才能确保他在古树下看见我时，会毫不犹豫地走过来。

一个在他酒吧出现过的女人，一个他几次勾搭不上的女人，一个没有将他放在眼里的女人，突然一反常态地对他千依百顺，任他胡作非为，只有这样极度的反差，才能让他上钩。

但我得确保宋琪和卿卿不会出现在失忆清吧。

这很好办，我给胡丽打了个电话，问她伴娘的事准备得怎么样了。

她苦恼地说目前就确定我一个，卿卿和宋琪旅游刚回来，她还没来得及对他们说。她和卿卿就像是水和油，有着奇怪的友谊，这大概就是互相损出来的损友吧。

我建议她晚上约卿卿和宋琪，伴郎和伴娘只有黎致远和我也太少了。

胡丽很快就同意了，还说会叫上黎致远，这样伴郎伴娘就全齐了。

我表示赞同，说她想得真周到。

她立马给卿卿打电话去了。十几分钟后，胡丽给我发过来具体的时间和地点，还兴致勃勃地告诉我，卿卿和宋琪会带上他们旅行路上买的礼物，给她作为婚礼现场伴手礼的参考。真是太好了。

第四章　是谁

下班后,我准点出发。先去了自己的小窝,换上装备。我要开始演戏了。

下午五点半才开业的酒吧,此刻还是很冷清的。我看到柏荣齐兴致盎然地向我走过来:"是你啊,今天怎么这么早?"他文质彬彬的样子,和那晚在刘雅兰面前收钱数钱的猥琐无耻截然不同。

你看,男男女女都有着自己的面皮,越漂亮越会骗人。

"在等一个很大概率不会出现的人。"我慵懒地撩开头发。

"是什么人会这么没风度,让你这样的美女苦苦等候?那真是让我好奇极了。"他说。

"说得真好听。"我没有回答他的问题,只是移开视线专注地看着门口,一副苦苦等候的样子。

他殷勤地劝了杯酒,见我没理他,就把座位移近靠着我,玩笑地说:"今天我陪你等,我倒要看看是什么人,值得你这样苦苦地等。"

我假作失落地说:"一个别有所爱的人。"

他长长地"哦"了一声:"真是可惜了。"

我看着他问:"可惜他?还是可惜我?"

他耸耸肩,做出失落的样子:"可惜我自己啊,好花总是被人抢先摘了,像我这样的单身汉苦啊。"

单身汉?哈哈,真好笑。我看着他笑了。

"你笑起来,我的酒吧都亮了。"他凑过来,故作深情地伸手来拉我的手。

我把手收回来,从包里拿出钞票放在桌上准备离开。

"再等一会儿吧,这么急着走干什么呢?"他挽留道。

"下次吧,下次一起喝个痛快。"我说。

胡丽已经催我好几次了,手机上有几个她的未接来电,还有一个是黎致远打来的。我赶紧从包里拿出外套披上,打车赶去她那里。

今天的衣服是特意选的,脱掉外套是一件显身材的连衣裙,穿上外套就中规中矩了。但还是惹来了胡丽和卿卿的打量。

卿卿说:"你这家伙不会是相亲去了吧?这个妆容是暗戳戳用了心的。呦,还戴了耳环,不得了不得了,这一定是有情况了。快,老实交代。"

胡丽没说话,但是从她恶狠狠瞪过来的眼光里,我看到了扑面而来的杀气。所以我赶紧解释:"刚学的化妆,不是要做伴娘吗?总不能灰头土脸地丢胡丽的脸吧。"

"不行,婚礼那天,你们俩谁都不许化妆,脸都别洗,就素颜参加最好,不然,谁知道你俩到底是去衬托我的还是去抢镜的啊。"

胡丽捏着我的脸上下打量:"嗯,还是打点粉,得把小脸弄得蜡黄才好。"

程鹏打掉她的手,赶紧招呼服务员加碗筷:"少胡说,哪有把脸化得像病号的?快放手,给人掐红了。"

胡丽吐槽:"你看,她俩都白白净净的,你再看我,脸色蜡黄蜡黄的。婚礼那天我又不好化浓妆,那被她俩一衬,我都不能看。"

她把脸转向程鹏,让他看自己因为孕吐而萎靡的脸色。

"尽瞎说,卿卿和宝珠能有你好看?她俩跟你一比,就是俩烧火丫头。"程鹏冲我和卿卿挤眉弄眼,请求放过。

我们都笑了。

直到我的手机有信息进来,是刘雅兰,她问我明天有没有空,她能不能再来医院找我。对于一个失眠的人来说,有人能让自己酣然入睡,那个人就是他的神。而我就是那个神。

此刻，我就是刘雅兰的救命稻草。但我没有回复她的信息，只是在看过后将手机放回了包里。抬头时又迎上了黎致远的眼睛，我对着他笑了笑。他也对着我笑，眉眼弯弯，笑及眼底。

这真是一个有意思的人，他向我表白，却没有任何行动，就像他自己说的那样，他的喜欢就是他自己的事，跟我无关。我低头专心地吃。

他们要去看电影，程鹏建议我们六个人一起去，我和黎致远都拒绝了。

程鹏耸耸肩："那行吧，我们自己去吧。远哥，你顺路，帮我们把宝珠送回去啊。"

胡丽要走了我的外套："宝珠，外套给我，电影院里的空调有点凉。"

我照办了。

胡丽淘气地吹了声口哨："宝珠，我觉得卿卿说对了，你就是有情况了。"

她还要再接着说，我赶紧给她打开车门把她推上车，提示程鹏赶紧开车走人。就剩下我和黎致远了，他走得慢，我也不好意思走快了。他的慢是慢条斯理，而不是狼狈不堪，他的神情是放松而舒展的，仪态是放松而挺拔的。

回医院的路上，黎致远问我："宝珠，你最近是发生了什么事吗？"

我摇摇头："怎么这么说？"

"你最近确实有点不一样。"他看了我一眼，"如果有什么难事，可以告诉我。"

我岔开了话题："一直没问你，你的脚是怎么回事？"

"前几年出了一次车祸，骑山地车的时候被车撞了，就在你们来医院实习的前一年。"他简单地说，"所以坐了几年轮椅，后来才慢慢地适应假肢。"他笑盈盈地说："别担心，脚虽然残疾了，我的心还是健康向上的，别同情我啊。"

我说："这有什么好同情的？"

他乐呵呵地看着我："所以你刚才是在转移话题吗？"

他很敏锐，我警惕起来了。

黎致远正目不斜视地开着车，他唇边有着淡淡的没有收回去的笑。

下车后他说："宝珠，你的耳环很好看。"

他说得很诚恳，就好像说今天天气很好、百合花很漂亮一样。

我能感觉得到。但我觉得，该离他再远一点。

刘雅兰发了六个信息，打了两个电话。我一直等到三点才给她回信息。

雅兰姐，不好意思，一直在手术中。不知道你现在睡没睡，不好贸然打电话，怕吵醒你。我明天上夜班，如果你不嫌弃，我可以去你家，因为我住在医院宿舍，你可能会休息不好。

信息刚发过去，她就回了电话。

"宝珠，明天你什么时候能有空来我家啊？我实在太累了，又是两天没睡了。"她的语气很急迫。

"要不明天中午吧，这样下午你可以好好睡一觉。"然后迎接一个睡不着的夜晚。

"好，那你一定要来啊。"她向我要保证。

我当然会去，不去怎么进行我的行动，达到我的目的呢？

第二天刚到办公室，就听到了5号床妈妈的坏消息。没有侥幸，新生儿在被奶奶抱走的当天下午就被捂死了，孩子被人用一床棉被整个盖住，连哭声都没有人听见，就这样悄无声息地死了。

阿娟当时就哭了，直到我来，她的眼睛还是红肿的。

她看到我忍不住说："多好看的孩子啊，我亲手给她穿的衣服呢……"

我拍了拍她的肩，心里一片悲郁。

所有伸向无知幼童的罪恶之手，都应该得到最重的惩罚。

5号床这位刚成为妈妈的年轻女人，才短短几天，就像已经枯萎的鲜花。

人世间最大的痛苦，莫过于自己爱的人毫无预兆地离开自己。

午休的时候，我再一次整理了自己的包包，确认带好了所有要带的，就出发去刘雅兰家了。

这是一片临湖的富人区，前面一排是叠墅，后面三排是别墅。

刘雅兰的家在前面的叠墅。她已经在小区门口等我了。深陷的眼窝，干枯的皮肤，唇纹很深，连眼角的皱纹都更明显了。和重逢时养尊处优的模样已经截然不同，明显能感觉受到了某种折磨。

我快走了两步拉住她的手，诧异地问："雅兰姐，你怎么了？怎么这么憔悴？家里没事吧？"

她反手拉住我："宝珠，没事，就是失眠睡不着。"

就是要你睡不着，要你日夜难熬，寝食难安，要你受尽折磨……不然，怎么对得起我心里的恶魔？

刘雅兰的家很大，因为选的是叠墅的中间层，有一个超级大的阳台。

我制止了刘雅兰的嘘寒问暖："姐，现在就开始吧，我一会儿还要赶回去上班。"

刘雅兰巴不得这样，立刻停止了寒暄："这一次能不能让我多睡一会儿？上次睡了一个多钟头，真的太舒服了。这次让我睡一下午，行吗？"

"你不用去接孩子吗？"我问。

"不用，大的有她爸去接，小的有阿姨去接。"她毫不在意地挥挥手，"他们不用我管，阿姨会照顾好他们的。"

"现在阿姨可不好找，我们医院很多产妇都担心阿姨会在背人的时候不善待孩子。"我闲聊着。

"怕什么？有监控呢。"她说。

我的担心不是多余的。但我笑着说："雅兰姐，你真是个好妈妈。"

人体的经络是很神奇的，好几个穴位都有安神助眠的作用。随着我的动作，她的意识开始模糊。

"雅兰姐，你老公叫什么名字啊？"我装作无意识地问。

"他叫……管他叫啥，你就叫他'姐夫'得了，免得见外。"她犹豫着说。

我没说话，手里的动作也没停。

她家的监控摄像头装在哪里？厨房？书房？儿童房？客厅？会安装在卧室吗？我如果现在有所行动，会不会被拍得一清二楚？

任何冒失激进的行为，我都不会做。任何手术的成功都是由细节决定的，我要谨慎。

等她安静地睡着，我从包里拿出纸笔，给她留言后就出门了，临走前我用笔压住了纸。

我没去其他房间，没上厕所，没东张西望，除了自己的包包，除了屁股下坐着的椅子，我没接触任何东西，只留下了一张便利贴和一支笔。

重点在明天，我要穿上漂亮的衣服，化上美美的妆，去了结这段尘封多年的往事，去释放我心里翻腾着的恶魔。

刚回到科室，阿娟找过来了："小刘医生，有你的信。"

她递给我一个薄薄的信封。我看着她红肿的眼睛，一边问一边拆："警方那边怎么说？"

之后她回答了什么，我一个字也没听见，我的心被狠狠地抓成了一团，心跳都停了一拍。

信封里只有一张薄薄的纸，纸上就五个字。

你要干什么

连标点符号都没有。但更可怕的是纸里夹着的那张照片，中央广场的林荫道后，那棵古树隐在浓墨重彩的夜色中，像一只张牙舞爪的怪物。

谁？是谁发现了我？是谁……在跟踪我？

这是我从来没有预料过的情况，我震惊且困扰。

谁在跟踪我？他知道了多少？他有什么目的？

阿娟在大声地喊我："小刘医生，你是不是低血糖了？怎么突然脸都白了？"

"阿娟，我没事。"我把照片和纸张都收起来，自我解嘲地说，"看样子节食减肥不适合我。"

"节什么食？"阿娟摸出块巧克力，"来点高热量吧，饿货。"

我接过来狠狠地咬了一大口，丝滑的，苦的……

到底是谁？有什么目的？我又在哪里露出了端倪，不但让人知晓了，还被人跟踪了？而我还像自得其乐的傻子一样毫无所觉。

我垂下眼帘，愤怒和苦涩几乎在无声中将我淹没。

我不明白，究竟是谁在关注着我？是因为我？还是……或者是谁也在和我一样关注着他们？目标和我是一样的？

有一个办法可以知道。

我确认，不论是谁，这张照片都是最近这几天的夜晚才拍的。

而从照片呈现的效果来看，以拍照的人所站的角度，监控有很大的可能曾录下过他的痕迹。我一定要找出这个人来。

接下来产科工作的每一分每一秒都很难熬，在每次操作之前，我必须用冷水洗脸来让自己清醒，强迫自己专注于病患，直到下班。

黑夜中的中央广场静谧无比，鸟虫的鸣叫声此起彼伏，有风呼啸着穿林过树，偶尔会有人远远地穿过广场，脚步声清晰可闻，有人经过中央广场，往不同的方向走了。偶尔会有车灯亮起，但很快就转弯离去……

我选了一个好地方，这里确实很少有人经过并停留。

但照片不可能是之前拍的。没有人能未卜先知地在我还没有选定动手的位置时就将古树拍下来，等到现在才寄给我。

我只是不明白"他"的动机。

是为了恐吓？是为了警示？还是为了什么其他我想不到的理由？

我强迫自己进行了好几次深呼吸，等平静下来后，我盘腿坐在床上，再一次不放过任何一个细节地仔细看起。

这一次，我甚至看到有一只大灰鼠从我的监控画面里经过。

在这样紧张的时刻，我居然还能想起求学时自己在解剖课上第一次处理老鼠的经过。

处理老鼠最残忍的不是解剖它,而是"取血"。

取血要在老鼠活着的时候进行,要用镊子将它的眼球活生生地夹下来,从左至右,断开血管、神经、肌肉……

我是最先动手的那个。生理的不适让所有人都"哇"地惊呼出声,甚至有女生转过头去不敢看。我亲手制造的那两个黑洞洞的空眼眶里汨汨地流出了很多血。我很想吐,但是我忍住了,我只是抬头看着单老师不说话。

"怕吗?"单老师问,"从医后你的每一场手术,面对的都是这样血淋淋的场面,怕就早点退学,不要浪费时间和钱。"

当时,我强忍着颤抖收集了两管血,直到老鼠不再流血为止。

单老师很欣慰地说:"刘宝珠,我很看好你,你的手很稳,动手能力很强。"

而明天,我还能动手吗?

宝珠最近一定是有些什么事情发生,而且是不太好的事情。

黎致远可以肯定这一点。这五年以来,他一直默默地关注着宝珠,她冷淡,她不合群,她不参与过多的社交,甚至有点刻板和执拗……

但是她很稳,不仅仅是说她的业务能力稳,她的言谈举止都稳,说话都是轻言细语、言简意赅,走路都是不紧不慢、目不斜视,除了出急诊。

然而,她最近神思不属,甚至出现过多次眉头紧锁的样子,更别提今天下班后急匆匆地从医院跑回宿舍,这样火烧眉毛一般的举动,从来没有在宝珠身上出现过。

她不是被医院的业务所困扰,她的困扰来自她的私生活。是像卿卿说的那样谈恋爱了吗?可能性很低,谁谈恋爱谈成这副模样呢?然而他没有资格也没有理由走过去,替她分忧解愁,哪怕是问一声"你怎么了"。

她的拒绝如此简单直接——黎致远,我对你没感觉。

黎致远露出了苦笑。他回到了自己家,将钥匙扔在沙发上,取下左脚的

第四章 是谁

假肢,将自己的身体放进轮椅里。

任何事情,都有度和界。假肢的佩戴使用也一样,过犹不及。

他揉着截面的创口微微地叹了一口气。暗恋到今天,他没有不甘心。他是个成年人,他明白宝珠值得更好的人。他想着宝珠细心给假肢擦掉汤水的模样,控制不住地露出了笑容。

晚上,宋琪约他在小区喷泉前的亭子见面。他俩住在同一个别墅区,这个临湖的别墅区前面有一排叠墅,亭子就在叠墅边上,从湖面吹过来的风凉爽又舒服。

宋琪想向卿卿求婚了。不得不说,黎致远还是有一些意外的,他以为宋琪没这么快定下来。但是他由衷地为宋琪开心。宋琪让他给支支招,过几天是卿卿的生日,他想在卿卿的生日时给她惊喜。

"你说话还算不算数?上次说过拿了钱以后天各一方,谁也不认识谁,你今天到我家来干什么?"有个女人刻意压低声音愤怒地说。

一个男人的声音随之响起:"我保证这是最后一次,你再给我十万块,我给你写保证书,我给你发誓,以后再来找你我就天打五雷轰。"

黎致远和宋琪同时沉默了下来。他俩所在的这个角落被绿化植被挡住了,从外面看不到里面,但是从里面只要撩开枝丫,就可以清楚地看见外面。

宋琪按捺不住好奇,小心地拨开了枝丫,从缝隙里看着边走边拉扯的两个人,惊讶地"咦"了一声:"是他啊,没想到他这么烂啊。"

黎致远也"咦"了一声,居然也是他见过的人。

他不会看错的,这个女人就是让宝珠才见一面就失态的那个"雅兰姐"。

黎致远问:"你认识她?"

他以为宋琪也认识这个女人。

宋琪点点头:"认识,清吧对面那个酒吧的老板之一。"

被偷窥的两个人一路撕扯着,女的连声咒骂,男的又是威胁又是哀求。

宋琪鄙夷地撇撇嘴角:"没想到这老色坯看起来人模人样,做的事这么不入流,就这副样子还好意思去撩刘宝珠。"

黎致远心里顿时一个咯噔，撩宝珠？

"怎么回事？"他不动声色地问。

宋琪反应过来后打了自己嘴巴一下："远哥，你可别和其他人说，这事我连卿卿都没有说过。"

他将在酒吧看到的宝珠的事简单说给黎致远听。

"远哥，我答应过宝珠替她保密的，你可别让我失望啊。"

黎致远点头的同时警惕了起来，太过巧合了。

撇开宝珠去酒吧不说，这个叫"雅兰"的女人和宝珠看起来关系匪浅，听起来品行这么差的男人居然也和宝珠有关？最关键的是，听起来貌似这个女人有把柄被男人拿捏着，这一点对任何人来说，都是不安全因素。

他沉思着，只听到宋琪啧啧有声："没想到刘宝珠还会去酒吧，当时她穿着胡丽订婚时穿的那种露肩的衣服，简直像换了一个人，我都没敢认。"

黎致远沉默了，宝珠是有什么麻烦了吗？

和宋琪分开后，黎致远去了一趟物业公司，找了个丢东西的理由请工作人员调出监控录像，用手机将这两个人的画面拍了下来。

这两个人会不会给宝珠带来麻烦？他不是个多事的人，然而事关宝珠，他不能当作什么都不知道，总要提醒宝珠一声。

他给宝珠打了个电话，果然还是没人接听。

这个人心肠硬得很，也果断得很，绝不拖泥带水的。

黎致远再次叹着气翻看着手机里录下的画面，这个男人看起来四十多岁的样子，长相和衣着都不差，至少从外表看不出经济拮据。

但勒索行为是不可能停下来的。

而"雅兰"对宝珠来说是不一样的，她是和宝珠的过去息息相关的故人。这个故人已经沦为"别人"的提款机；而宝珠单独去酒吧，接触过这个行事卑劣的"别人"。人的欲壑是填不满的，胃口是被一点一点养大的，面对勒索妥协了第一次，就会有无数次。

黎致远不是刚出社会的毛头小子，他知道，像这样有着回忆滤镜的故人，如果带来危险，杀伤力比陌生人更大。

第二天，黎致远早早地到了科室。从窗口迟迟没有看到宝珠，一直到八点零五分，宝珠才出现。

她居然迟到了，五年来的第一次。

远远地看过去，她扎着简单的马尾，穿着黑色的毛衣，匆忙地套上白大褂，匆忙地从医生办公室走出去，这时候应该是去病房查房了。

黎致远看看手机里的视频，拿不准是直接发给她好，还是中午再给她看好。私心作祟，他想中午见见她。他渴望和她一起说说话，随便说点什么都可以。他渴望站得离她更近一点，清晰地看见她的眼睛。

中药房今天要验收很多中药材，当归、远志、元胡、麦冬……黎致远忙起来了。可他还是忙里偷闲屡次抬头看向三楼，只是一次都没有看见宝珠的身影。

一边验收一边闲聊八卦是中药房库房的常态。这一次的八卦是关于产科5号床产妇前几天失踪的孩子的。

噩耗传来，警方的怀疑得到了证实，已经找到了婴儿的尸体。

这是人世间最大的恶。同为女性的祖母，仅仅因为孩子的性别，就将刚出生的婴儿从初为人母的儿媳妇身边强行带走，残忍地杀害抛尸，大家都说难怪她要跳楼，这样死对她来说反而痛快一点，不然凌迟处死都不为过。

然而，最让大家震惊的，是宝珠的绯闻。

有男人找上门说宝珠对他始乱终弃。

黎致远蒙了，听到消息的胡丽也蒙了，就连宝珠本人也是蒙的。

…………

昨夜一夜没睡，我将视频反复地看反复地听，终于找到了一点可疑的地方。

周四晚上十一点，在录音里有一阵奇怪的声音，持续了大概四分钟，由远及近后逐渐停下，然后，在绿化带里有微弱的闪光灯亮了两下。

接着这种奇怪的声音又响起，并渐渐远去。

如果是别人来听,或许不知道这个奇怪的声音是什么。可是我在医院里已经不知道听过多少次这个声音,我几乎能确定,这是轮椅的轮子滚动的声音。之所以声音低微,不过是因为轮子落在了草地上。

有一个人,坐着轮椅,摇着轮子,在乌黑一片的中央广场,在监控摄像头照不到的地方,慢慢悠悠、不疾不徐地滚动轮椅走过来。

他一直走在绿化带里,绿化带完全遮住了他和轮椅的身影。他停在古树正对面,拍下古树的照片后又悄然离去,然后寄给一无所知的自以为是的我。

我控制不住自己,后背冷汗涔涔。

他藏在我身边,冷眼看着一切,在我不知道的角落狠狠地嘲笑我的一无所知。但他是谁?我无法相信任何人,我身边的任何人都有可能是这个人。

按照计划,在今天晚上我要神不知鬼不觉地带走柏荣齐。我还能按照计划实施吗?动手的话会不会暴露自己留下把柄?

"小刘医生,警察在护士站找你。"阿娟在办公室门口喊。

我的冷汗快速地润湿了手心。

警察为什么找我?因为柏荣齐?还是有人告发我了?就是拍照的人吗?

我的心不受控制地怦怦跳起来。

我缓慢地站起来,边走边进行了数次深呼吸,平静后才走过去。

两名警察背对着我站着,逆着光更显得身姿挺拔,背后仿佛是司法的金光,我仿佛看到将要被戴上手铐的自己。

我不得不停下脚步,再次深呼吸,以免加快的心跳声会出卖自己的情绪,好在我听到自己的声音依然很稳:"你好,警官。"

两名便衣警察同时转过身来,其中一个紧盯着我说:"刘宝珠,好久不见。"

他神情严肃,居高临下盯着我的感觉像盯着猎物,或者像在审讯犯人。

我很不自在:"请问,需要我做什么?"

他略带讥讽地说:"你果然不记得我了。刘大医生真是贵人多忘事啊。"

这是一张帅气的脸,棱角分明,锐利的眼神和紧抿的嘴唇,让我顿时觉得有压迫之感扑面而来。

他似乎在强调:"我是李瑞阳。"

我皱了皱眉,没印象。

我再次出声询问:"请问,有什么工作需要我配合吗?"

"我是来讨你欠我的桃花债的,你要配合吗?"

我不但听到了一片吸气声,还看到阿娟夸张地捂住了嘴巴,八卦的气息从她的眼睛里泄露出来。

没错,眼前这位警察就是我前几天跟胡丽提到的"180",我的五天前男友。

"不好意思,如果没事,我还有工作要做,失陪了。"我向他点点头,转身走回了办公室,留下了阿娟倒抽一口气的声音,以及让我后背绷紧的尴尬气氛。

已经快到中午了,我还没想好要不要冒险动手。

物资放好了,车辆也备好了,家里下水道通畅,楼顶的储水箱装满,备用的药剂就在我今天背的背包里,其余用来乔装和装人的东西,我都已经放在了古树隐秘的枝丫上。

而最快今晚,最迟明早,我等的冷空气即将登陆本地,能带走所有痕迹的强降雨就要来了。天时地利人不和,因为有一个暗中窥探我的神秘人。

我要不要因为那封信放弃?

办公室的门被敲响,阿娟手里拿着一封信又走了进来。

"刘医生,你最近信很多啊。"她调侃地说,"不会是惹下桃花债了吧?"

我伸手要去拿信,她却将信藏在背后,神秘兮兮靠近我,一副打探八卦的样子:"刚才那个警察挺帅的啊,什么时候欠了他的桃花债了?快告诉我让我垂涎一下。"

"估计认错人了。"我说。

"喊,怎么可能?他指名道姓地要找你呢,怎么会错?"阿娟圆睁着双眼怀疑地说,"这个借口不成立,快老实交代。"

我趁她不注意一把将信抢过来："还不快回岗，我都听到有病床在呼叫了。"

阿娟夸张地叹着气，急匆匆地去忙正事了。

我的心又开始抓紧了，不需要比对，我确信和之前是同样的信封。

打开后，同样只有一张薄薄的夹着照片的纸，纸上只有三个简单的字：收手吧。

照片里，在刘雅兰叠墅的楼下，柏荣齐和刘雅兰正背对着镜头，似乎是在交谈。

给我送照片的人一定在盯着我，他知道我要做什么，也知道我就要动手了。可是凭什么？凭什么要我收手？你以为你是谁，又为什么躲在黑夜中不现身？

我的心里像烧了一把火，这把火从内而外快要把我烧尽，我的心肝缺了一块，灵魂也丢了一块，五脏六腑像被熊熊烈火炙烤着般焦灼难耐。

好不容易熬到午休，我扯下白大褂，穿过走廊，不顾这群试图追问我的护士，快速从楼梯间直接下楼了。

我要回宿舍。手机一直响个不停，我没有管它。

经过运动场前的林荫道时，有人喊我："宝珠。"

是黎致远。

我向他点头："你好，再见。"然后绕过他，快步向宿舍的方向走去。

黎致远在后面喊我："宝珠，请等一下，我有重要的东西要给你看。"

我头也不回："下次吧。"

他锲而不舍地跟在后面："宝珠，最好现在看，我想也许你需要它。"

可我现在没空，我要回宿舍，我需要理清思路去找到这个人，我只有一个下午，晚上我还有个小作业要完成。

"宝珠，停一下。"黎致远喊我，"是有关你的朋友雅兰姐的。"

我回过头向他走了几步，皱着眉疑惑地问："你说什么？"

他站定了脚步，微微地喘息，然后伸手将他打开的手机屏幕对向我。

刘雅兰、柏荣齐，和我收到的照片一样的背景，一样的衣服……

原来是你！

怒火像被浇上了汽油，"噌"地一下冲天而起。我一把揪住他的衣领，用力将他推向运动场的墙，右手虎口掐住他的喉咙，大拇指紧紧地压住他的环状软骨，使劲捏紧他的气管。

"是你，你为什么跟踪我？你凭什么阻止我？凭什么？"

我甚至在他眼里看到了自己狰狞的脸。

没有防备的他紧锁着眉头，脸上露出痛楚的表情，他用拿着手机的右手推开我的肩膀，左手覆盖在我捏紧他喉咙的右手上，呛咳着说："宝珠，你说什么？"

我没有松开他，只空出左手掏出照片放在他眼前。

"还想狡辩？不是你是谁？为什么跟踪我？你都知道什么？"

他的眼睛被我手里的照片吸引了。

"宝珠，你被跟踪了？什么时候的事？有多久了？"

我几乎咬牙切齿："难怪最近突然接触多了，我问你，你为什么跟踪我？"

他的个子比我高，我只有踮着脚，用自己的身体用力地压制住他。

然而他没有一点挣扎地将两只手都垂在身旁，眼睛也没有闪躲："宝珠，你冷静一点。"

他完全放松了身体，任我掐住他的喉咙，哪怕脸色发红透不过气也没有用力，只用一双眼睛看着我。他的眼神干净清澈，倒映着我面目可憎的脸。

不是他，他没有撒谎。那又会是谁？

我无力地垂下手转身就走。

但他拉住了我，认真地问："宝珠，你被跟踪了？有多久了？"

"你听错了，"我使劲推开他，"我说你别跟着我。"

他更用力地把我拉回去。

"宝珠，我不是笨蛋。"他认真地说，"有多久了？到什么程度了？快说。"

我使劲扭动着手腕，在我挣扎后，他很快就卸下力道松开了手，但仍旧在锲而不舍地追问:"宝珠,这可不是小事。"

我再次推开他:"黎致远,你别多管闲事。"

我快速地跑起来,把他和他的话远远地抛在身后,直接跑回自己宿舍。

枕头下还压着前一天收到的那封信。字迹是一样的,没有电话,没有地址,是有人特意送到护理台的,那就应该有监控视频可查。

我正要行动,黎致远在门外敲响了我的门。

"宝珠,开门好好谈一谈,行吗?"

他在门外恳求。对,是恳求,语气温柔,态度诚恳。

没什么好谈的,我捂住了脸,现在不到中午一点,再过九个小时,我原本应该在那里……

这一切都是妄想了。我想痛快地哭一次,然而我一滴眼泪也没有流,我只有无尽的失望和无穷的愤怒。

"宝珠,再站下去,今天下午我们两个的绯闻会全医院传开的。"黎致远在门外说,"宝珠,我是不会走开的。"

快走开,走远点,你很讨厌。

然而,他接着说的话就像下蛊一样,把我全部的注意力都吸引了。

他说:"宝珠,我有办法找到跟踪你的人。"

我站起身,打开了门。黎致远进来后打开手机视频:"这是在我住的地方,通过物业的监控摄像头拍下来的视频。"

他清楚又缓慢地说:"这个雅兰我见过的,你记得吧?她也住在那里,我无意中看到她被这个男的勒索了,所以拍下来,想给你提个醒。"

他看着我的眼睛解释:"宝珠,我没有在跟踪你,更不会对你不利。"

"我知道。"我低下头,认真地看拍下来的视频。

黎致远再次认真地问:"宝珠,有多久了?"

我扭开脸,沉默着不知道怎么说。

他叹了口气换了个话题:"照片再给我看一下。"

我抬起头说:"黎致远,我不需要你管我的事。"

他点点头:"那好吧,我带你去我家小区看监控录像。拍照片的人首先必须在附近才能拍到这照片。"

他再次问我:"你要去吗?我会保密的。"

我没法拒绝,这个诱惑太大了。

要说医院的小年轻最八卦的是哪天,一定是今天。

上午有个警察来找刘宝珠讨桃花债。据说,这个警察还不是一般的帅,要颜有颜,要身材有身材。何况讨债的对象还是刘宝珠。院里的小年轻谁不知道她,一样要颜有颜,要身材有身材,偏偏熬成了大龄女青年,据说今年快三十了,身边一个公苍蝇都没有,居然有始乱终弃的桃花债。

什么,你不相信?警察是能乱说话的吗?产科护理站那么多人都听得清清楚楚的,就是始乱终弃。

没想到更震撼的还在中午。中药房的黎主任居然和宝珠拉拉扯扯搂搂抱抱地,在大庭广众之下上演了一出"男朋友被情敌刺激吃醋质问女朋友,女朋友生气转身就走"的戏码。

黎主任和刘宝珠?他俩什么时候好上的?为什么谁都不知道?

胡丽津津有味地吃着黎致远饭盒里的饭菜,看着手机上连续打出的没被接听的电话,听着自己好友的八卦。嗯,果然,八卦比较下饭。

听说,黎致远在刘宝珠门口已经站了快半个小时了,搞得小护士们都不好意思回宿舍。

胡丽很惋惜,唉,可惜没看到上门来讨桃花债的那位警察同志,真是太遗憾了。这可是宝珠仅有的一段啊,哪怕只有五天,这也太让人好奇了。

于是她给宝珠发了个询问的语音消息:"上午找上门来的警察,就是你说的那个'180'吗?"

刘宝珠一直没回。

胡丽在想是直接上门去问,还是按捺住好奇心以后再问,毕竟程鹏说了,要把时间留给他的远哥。

正犹豫着，就看到黎致远在科室工作群里发来一条消息，说他今天下午临时有急事，休半天，有事电话联系。

有急事？你的急事就是宝珠吧？胡丽窃喜地笑。

不一会儿，她就听到隔壁桌护士在边看手机边惊呼，说宝珠让黎主任进屋了，两人现在关上门了。没一会儿，又听到她们说黎主任搂着宝珠出门了，两人手拉手坐上车离开医院了。

这么夸张！搂着？还手拉手？胡丽敏锐地感觉有点不对劲，这可是刘宝珠，还搂着？还手拉手？谁信啊姐妹们？

她再次拿起电话给宝珠打过去，这次很快就接通了。

"胡丽。"是宝珠没错。

"你和黎主任要去哪里？你没事吧？"胡丽担心地问。

"我们有点事，办完再和你说，好吗？"宝珠的声音有点低哑。

"那行，有事一定要告诉我啊。"胡丽叮嘱着，得到保证后才挂掉电话。"哎呀，警察的事忘记问了。"她自言自语地拍拍自己的脑瓜，下次一起问吧。

与此同时，被绯闻愣住的还有卿卿。

警察？她有点印象了。

她前男友的哥哥，可不正是警察吗？还在学校堵过刘宝珠呢。

前男友叫什么名字来着？对了，叫李瑞光。他的哥哥叫李瑞阳。他哥和宝珠确实有过交集，就在那次生日会上。

他俩什么时候搞在一起过？黎主任又怎么和宝珠搞在一起的？

黎致远一边开车一边关注着宝珠。

她的表情淡漠，但下意识地看了几次时间。她很焦虑，藏在她平静的面容之下。什么时候开始被人跟踪的？因为什么事情被跟踪的？有被威胁吗？她是不是感到害怕？或者感到愤怒？

黎致远想起她用力掐住自己喉咙的样子，应该是愤怒吧。

第四章 是谁

不知道是不是心理作用,他觉得宝珠似乎比之前瘦了一点,她的嘴唇抿得紧紧的,然而她的眼神是坚定的。这是个内心坚强的女人。

进小区之后,他对宝珠说:"我去买点东西,你在车上等我。"

因为车前保险杠在小区内不知被谁剐蹭掉漆了,他从保安室要来了监控视频。

"那我回宿舍看吧。"宝珠说。

"万一有什么疏漏的,在这里可以及时地补充其他的监控画面。"黎致远说,"宝珠,你现在是要过河拆桥吗?"

宝珠直接回答他:"这是我的私事,我不想让你知道。"

"我已经知道了,不能当作不知道。"黎致远不容置疑地说,"宝珠,你只能选择看或者不看,我不会让你一个人看的。"

黎致远的家很大,一个人住这么大的面积是很难收拾的,但黎致远显然很爱干净,家里整洁大方,东西的摆放错落有致。

"宝珠,等我十五分钟,我们吃口面当午饭吧。一会儿我再找电脑给你。"

黎致远已经系好围裙了。

宝珠无言地坐在沙发上,她并没有兴趣说话,也没上前帮忙,只是看着他。左脚的假肢显然并没有限制他的行动,他很熟练地在厨房里忙碌,因为脱去了外套,更显得他长身玉立,灰色的圆领毛衣里衬着白衬衣,一副温文尔雅的模样。

意识到宝珠在看着自己,他转过头来,对着宝珠微笑,宝珠转过头去不再看他。

黎致远对着宝珠的侧颜担心地叹了口气。他该怎么办?很明显,宝珠是不会对他说什么的,但他绝不放心就这样放任不管。

将面端给宝珠后,黎致远去楼上找电脑去了。

下楼的时候,看着宝珠认真地一口接一口地吃着面,黎致远心里涌起异样的悸动,这样岁月静好的画面一直是他所偷偷向往的。

他并没有跟宝珠挤在一起看视频。

宝珠是很注重私密和个人安全距离的一个人，他不想给她压迫感，他希望在自己身边的宝珠是放松而舒展的，不会像刺猬一样竖起坚硬的刺。于是他给宝珠倒来水，又切好水果放在旁边，远远地坐在窗台前吃自己的面。

手机里有未读信息，是程鹏发来的。

远哥，什么情况？胡丽说你和宝珠一起走了，是好事吧，是不是改天得请吃饭啊？

黎致远苦笑，是好事还是坏事呢？他渴望和宝珠更亲近，但发现宝珠的秘密，会让他们更亲近，还是会让宝珠对他避之唯恐不及呢？

他不知道。宝珠看得很认真，完全忘记身边还有一个自己。

黎致远看着看着，目光就落在宝珠身上，等他意识到自己不知不觉看呆了才移开视线。

真奇怪，她坐在自己家里的沙发上，和他的距离并不特别近，然而他感觉处处都是她身上不知名的香味。

不知不觉天快要黑了。宝珠还在不知疲倦地看，但是她的神情明显焦急起来。她几次抬起手腕看时间，显然还是没有从监控画面里找到自己想要的答案。

黎致远在她身旁不远处坐下："宝珠，找到人了吗？"

宝珠没有看他，只是摇了摇头。

"需要我帮忙吗？"他伸出手，"给我看一下你收到的照片，我看看是在小区哪个位置拍的，再去找最近的监控摄像头的位置。"

宝珠犹豫了一下，终于还是拿出了照片递给他。

天色昏暗，但比起他手机里的监控画面感觉上要亮一点，时间在他拍下的画面之前。黎致远简单地判定一个时间段，问："这个时间段的监控录像你都看了吗？"

宝珠点点头。没找到不出奇，可能跟踪的人提前就进入小区并隐藏起来了。

"你心里有怀疑的对象吗？"黎致远问。

第四章 是谁

宝珠没说话，她有所隐瞒，黎致远能感觉得到，但是他没有继续追问。

他远远地将照片举在前面仔细观察，大致判断出了拍摄者可能在的方位和时间，然后他起身走到离宝珠很近的地方，这才开口问："我大致有个方向了，现在一起看行吗？"

宝珠没有回答，但是移开了位置。

两人挨得很近，膝盖不小心碰着膝盖，于是宝珠稍微往后撤了一点。

…………

我看得很认真，但没有收获。

别墅区人和车都很少，要找的时间段，一共有三辆车经过，一个遛狗的女人走过。晚上八点多，能看到宋琪慢悠悠地走过，除此之外，别无他人。

黎致远更换思路开始倒推，他得出了一个结论，拍照的人不是跟着柏荣齐出现的。于是我们从刘雅兰的活动轨迹开始查起，除了下午接待过我，夜晚接待过柏荣齐，其余时候都没有看到她出门。

黎致远说："你觉得有没有可能是这个小区里的住户做的？所以他只需要在小区里守株待兔就行。以我的想法来看，一个长焦的镜头，一个早已经准备好的房子，拍照的人完全不用担心自己会暴露。"

他的话很有道理。

可我看看手表，已经到九点半了，按照计划，我不应该在这里，我应该在古树底下，亲眼看见柏荣齐走向死亡。可是功亏一篑了。

所以我很不甘心，甚至不敢开口说话，我怕我会失态。我想我该走了。

于是我站起来："我该走了，黎致远，多谢你了，还有，对不起……"

他同样也站起来，阻止我说："我可以再去找一找，看有哪几个住户在这个范围之内。"

我说："不用了，这是我自己的事，我自己会处理的。"

我往门口走时，黎致远拉住了我的手腕："宝珠，你不会以为我能看着你被人跟踪，却坐视不理吧？"

我甩了一下没甩开，于是抬起头直视着他的眼睛，不客气地说："但这是我个人的事,今天已经麻烦你了,以后不需要了。"

黎致远没有松手,反而走得更近了。

"宝珠,你只有两个选择,要么让我陪着你找出这个人,只要确认你没有危险,我保证我不会干涉你。要么,我现在报警,让警方来排查危险。"

他用没有商量余地的口吻说:"宝珠,你选一个。我不会让你现在一个人走的。"

我们俩在门口僵持了一会儿,黎致远没有松开手,继续说:"就拍照的角度,其实只有两三幢房子有可疑,要查是很容易的。我去要一下这几幢房子业主的信息,你在家里等我。"

他认真而肯定地说:"宝珠,如果我回来的时候你不在,我就报警了。"

"你真的很讨厌。"我是这么想的,也是这么说的。

我这样说是很没道理的,我只是在发泄自己达不到目的的怒火,只是在拿他出气,而这是错的。但是我没有道歉,我希望他离得远远的,因为我要做的都是不可告人的。

其实我可以讲得更恶毒一点,比如说他是个帮不上忙的瘸子。但是在他清澈的眼神下,我说不出来。

再过一会儿,柏荣齐就下班了,他会走过那条林荫道。但是那里没有索命的美女蛇。他大摇大摆地走过去,风吹散他身上的酒味,然后他回到家,倒头大睡。

下半夜的雨,也许是狂风骤雨,也许是倾盆大雨,不过,和我有什么关系呢?我在黎致远的视线里低下了头。

黎致远回来的时候,风带着凉意跟着他一起进了门。

我看见他在进门时踉跄了一下,不过他很快扶住了门口的鞋柜。

假肢每天戴的时间不宜过长,不然创面会磨得红肿不堪,很容易引起局部发炎溃烂。他见我的视线一直跟随着他的左脚,就安慰地说:"放心,已经找到这几幢房产业主的信息了。"

第四章 是谁

他扬起笑脸，同时扬起手里的手机："有意外之喜哦。"

我非常感谢他："你要不要把假肢取下来休息一下？"

他苦笑着说："宝珠，虽然我最不想在你面前露出狼狈的样子，但是你说的是对的。"他把手机递给我，"你先看吧。"

我接过手机，也顺手扶住了他的手肘，将他扶到沙发上坐好。

他说："宝珠，我的轮椅在鞋柜左边的柜子里，麻烦你了。"

他只是不想让我看见他取假肢的样子而已。

其实我并不介意，但我还是走向他说的柜子。

等我把轮椅推过来，他已经收好了假肢，左脚的裤管空荡荡地垂下来。

他的视线若有似无地从我脸上扫过。

每个人都有自己不可示人的一面，那一面就是他脆弱地方。我很庆幸之前没有刺伤他的痛处。

他说："宝珠，你再稍等一下，我一会儿把小区的平面图找出来。"

我看了看已经被我放在沙发上的他的手机，低声说"好"。

他做的，本来不是他必须做的。而他之所以做，是为了帮助我，我知道好歹。

他摇着轮椅去了隔壁房间。已经很晚了，我们都还没有吃晚饭。

我走去厨房，厨房里一阵饭菜香。不知道什么时候他已经做好了饭菜用保温罩罩在那里。

这是怎样一个人？我边拿碗筷边想。

他像海，深邃平静，包容万物，而平静的表面下又有着什么样的心肠呢？真像他表现出来的那样光风霁月吗？他帮我的动机是什么？男女之间的那点好感吗？

他摇着轮椅出来的时候，看到我在拿碗筷就笑着揶揄："终于知道饿了啊。"

我歉疚地说："实在对不住了。"

他的厨艺是真的很好，没有一道菜不可口，胡丽对他的夸赞不是空口说白话。

  我们都没有说话，沉默着吃好饭，我主动收拾了厨房。窗外夜色阴沉，山雨欲来风满楼，树影在风中疯狂地舞动。这让我想起大学时的第三次解剖课，那天的天气就像现在这样阴沉。

  那天，我亲手解剖了一只兔子，单老师再次夸我的手很稳。

  我做的一切，姐姐会知道吗？

  她现在是一只猫、一只狗，还是一只蝴蝶？我不知道姐姐会不会需要我这样做，我这样做并不是为了她，而是为了自己。

  是为了自己闭上眼就能安心地睡着，睁开眼就能舒心地微笑，只有这样做，才能带走我心里的魔鬼。

  今天做不了，不要紧，我还会有下一次的机会的。

  我已经开始想下一次行动时该怎样动手了。

  监控视频显示，一共有四户业主有可能从这个角度拍摄到寄给宝珠的那张照片。黎致远将这几户业主进出时的照片截图并打印了出来。

  黎致远注意到宝珠看得很慢，在其中一张照片上停留了较长的时间，她的瞳孔在一瞬间有收缩的现象，然而她还是若无其事地翻到了另一张照片。

  至少，宝珠心里是有怀疑对象的，黎致远确认这点。

  让宝珠表现出异样的那张照片，那家户主是做海运的，并不住在这里，照片里的人据说是业主的亲朋好友。

  这个"亲朋好友"进出的时候戴着帽子看不清脸，唯有一点，他和自己一样都是需要用轮椅的。

  黎致远没有靠得很近，宝珠低垂着头，脖颈弯出了好看的弧度，单薄的后背依稀可见蝴蝶骨，她每眨一次眼就扇动她的眼睫毛一次，她的唇一直抿得紧紧的。然而他很快又发现了异样。

  照片并不多，然而宝珠一直在滑动手指，她在机械地划动着手机里的照片。

第四章 是谁

"宝珠,你找到人了是吗?"黎致远问。

宝珠没有回应他,黎致远用双手撑起身体,将自己移到宝珠身边,伸手按住了她不停滑动的手。

"宝珠,"他肯定,"你已经找到人了。"

刘宝珠抬起头来看着他,然后绽放了一个大大的笑容,她的眼里有火焰在跳动,她的笑有着惊心动魄的美,黎致远顿时听到了自己心跳加速的扑通声。

然后宝珠翻身过来跨坐在他腿上,他猝不及防之下身体向后仰着将宝珠抱了个满怀,心跳如雷鸣一般。宝珠用冰凉的双手捧住了他的脸,接着吻上了他的唇。

黎致远屏住了呼吸,他的身体向后仰斜躺在沙发上,肢体相交,呼吸相闻,他感觉到自己蓬勃而出的欲望,他的手不由得收紧,从宝珠的头发里穿过,扣住了她的后脑勺,加深了这个吻……这该死的、诱人的、甜蜜的负担……

他在失控的边缘挣扎着,好不容易找回自己的控制力,喘息着用力坐起来,情不自禁地低声念着宝珠的名字,将她圈抱在怀里,努力地平息自己的欲望,然后起身将宝珠放在沙发上。

宝珠的胸贴着他的上下起伏,她平日里极淡的唇色因这个深吻变得红润而有光泽,平日里冷静的目光在欲望中变得柔软……这一切都在诱惑着他,他几乎是颤抖着手,将沾在宝珠唇边的黑发撩到她耳后。

他问:"宝珠,你在做什么?"

宝珠喘息着说:"做爱啊。"

黎致远感觉自己的心脏几乎是受到了组合拳的重击,他在宝珠的回答中屏住了呼吸。

"男欢女爱,不好吗?黎致远。"宝珠捧着他的脸,在他耳边问,"你要不要?"

黎致远再度陷入窒息中,滚烫的双手紧紧地扣在宝珠的腰后。

宝珠没有继续动作，似乎在等他考虑清楚。

黎致远喘息着问："宝珠，假如我们今天做了，以后我们会进一步成为情侣吗？"

宝珠没有回答他，但这沉默也是回答。

黎致远凝视着宝珠，眼里有一丝哀愁："你看，你不能进一步。"

"如果做了，我不会甘心退一步，再回到朋友的位置。"他用手捧着宝珠的脸，大拇指眷恋地在她唇边摩挲，"宝珠，对我公平点。"

等待了好几天的大雨终于下起来了。

眼前的这个人，神情不见哀伤却让人感到失落，长而微卷的睫毛垂下，看不到他的眼睛，只看见他抿着的唇。

宝珠沉默地拉开了两人之间的距离。

黎致远平复了一会儿呼吸才坐起身来，他对着沉默的宝珠调侃道："所以刚才是美人计吗？"见宝珠终于抬眼看过来，他展颜一笑，"即使是美人计，我还是得问，宝珠，你是不是认识那个跟踪你的人？"

宝珠沉默了半晌，坦诚地说："黎致远，我不想说。"

黎致远锲而不舍地问："那你有没有危险？他的目的是什么？"

宝珠诚恳地说："我没有危险，也不会有危险。"

黎致远靠过来拉着她的手："宝珠，我绝不会向任何人透露，只要你能证明你是安全的。"

宝珠摇头："我没法证明，但是我确实没有危险。"

"那他的目的是什么？为什么跟踪你？为什么寄照片给你？"黎致远没有放松。

宝珠又一次沉默了。

黎致远继续说："宝珠，我不是要强迫你，我们还可以回到原来的关系中去，有空吃吃饭，见面聊聊天，你依然不必有心理负担，但我不想看到你有危险。"

她垂下的眼看不到神色，但她的睫毛翕动，显然黎致远的话还是触动了她。

"和你那个雅兰姐有关吗?她有什么不能让人知道的秘密,宁愿被敲诈也不愿报警吗?"他继续猜,"这个秘密和你有关吗?"

他已经快要猜到了。

刘宝珠抬起眼,认真地说:"我不能告诉你什么事,但是我能肯定我没有危险。黎致远,我只能说这么多,其他的我不能说。"

她反手握住黎致远的手:"别让我对你撒谎。"

现在轮到黎致远沉默了。他发现自己对宝珠的感情比自己认为的还要深,但这是自己的事。他愿意等,无论这个过程有多长,无论结果会不会如愿,这都是他自己的事。

但他委实没法放心,所以他说:"宝珠,我也可以自己调查的。"

良久之后,他看到刘宝珠转过头轻轻地说:"他是我爸。那个跟踪我的人是我爸。"

黎致远的疑惑没有得到解答,反而加深了。

"你爸?你确认?"他问了个傻问题。

宝珠看着他没有回答,然而她的眼神明亮而坚定。

黎致远又问:"为什么?"

宝珠低下头,她的手交错握在一起:"你不是说你不会问,只要确定我是安全的就行?"

"你从哪里看出他是你爸?"黎致远再次问了个傻问题。

但宝珠认真地回答了他的傻问题:"我爸做了十几年的船员,他有船员的职业病,也就是肌肉骨骼失调症,他的背部、脖子和肩膀由于肌肉失调的缘故和别人的不一样。"

黎致远看着宝珠指出的地方,不仔细看的话发现不了什么,哪怕仔细看,其实也还是看不太出来。

"再说,他毕竟是我爸。"宝珠说,所以外人认不出来不出奇。

"那你爸为什么不直接面对面和你说,要用跟踪寄照片的方法和你联系?"黎致远还是有疑问。

"你说过,你不会问的。"宝珠把他的疑惑堵了回来,蹲在黎致远的膝盖前,用手搭在他的膝盖上,仰头看着他,"黎致远,你可以不问吗?"

这是她第一次在自己面前表现出这样的低姿态和软弱,这让黎致远心里微微有点心酸。

"好,那我不问。如果需要我做什么,你记得告诉我。"

听到这句话,宝珠点头站起来:"我该走了。"

"现在?"黎致远看看时间,墙上的壁钟显示已经快午夜。今天是跌宕起伏的一天,时间过得真的太快,就像他的美梦。

"我送你。"他站起来。

"不用了,你需要休息。"宝珠按住他耸动的肩膀,"我打个车就行。"

黎致远失笑:"这里离市区太远,打不到车的。"

"你送的话,一来一回,时间成本太高了。"宝珠不赞同。

"那你在我家睡吧,明天早晨一起上班。"黎致远试探着说。

他没想到宝珠爽快地答应了,没有和他客气,大大方方地去了他指定的房间。

当黎致远终于躺在客房的床上时,他不可避免地回味起了沙发上那个热情似火的吻,一直到他突然想起宝珠睡的房间里有什么时,才不受控制地担心起来。

这种带着期待的担心让他一直没有睡好。早晨准备早餐的时候,他不停地关注着那个房间里的动静。

然而睡了一觉的宝珠似乎忘了昨晚的吻,也好像没有发现卧室里的东西,她面色如常地和黎致远一起吃了早餐,一起去了医院。

黎致远放下心来,也许宝珠没有发现卧室的东西,但是他心里还是不可抑制地涌起了一种说不出的失望来。

在车进入地下停车场之前,宝珠下车了。她在车窗前低下头来说:"你的拍照技术挺好的,卧室那张照片能给我一份吗?"

第四章 是谁

黎致远忍不住红了脸，他看着宝珠，一时说不出话来。

宝珠似乎也没有期待他说什么，她的表情柔和，嘴角和眼底还泛起了微微的笑。这一抹笑意，让她的脸庞显得温柔而俏丽，也让黎致远受到鼓舞，终于找回自己的意志，回了她一句："你的吻技挺差的。"

"你看，"他指着自己昨晚发现的被咬破的唇说，"你把我的嘴咬破了。"

这一下，轮到刘宝珠说不出话了。

看着宝珠扭头就走的背影，黎致远第一次在她身后笑出声来。这份好心情在他听到另一个消息时荡然无存。

宝珠被那个警察堵在了产科护理站，用一大束的玫瑰花。

最开心的是刘主任。自己家以为要养废了的白菜终于有猪来拱了，而且一来来俩，俩都不错。

黎致远虽说左脚不便利，但为人和家世是没得挑的。眼前这个警察小伙也不错，帅得很明显，她看着李瑞阳连连点头。大家在看戏，可身为主角的宝珠真的很尴尬。她看着眼前这位坐在她的办公桌前百无聊赖地看着她换上白大褂的警察同志，连话都不想说了。

然而她的视若无睹并没有什么作用，警察同志不动如山地坐着、等着。

路过的护士纷纷伸头往办公室看，甚至楼下的护士都特意跑到了楼上。

于是她只好问："警察都这么闲吗？"

李瑞阳冷冷地看着她回："女医生都这么渣吗？"

"几年前的事了，你想怎么样？"宝珠诚恳地问。

李瑞阳单手取下帽子："我们都是大龄青年了，不如凑一起过吧。"

远远坐在办公室另一头的刘主任已经眼冒精光了。

"我对结婚没兴趣，对你也没兴趣。"宝珠说，"我不是个结婚的好对象。"

"那我们掰扯掰扯几年前的事吧。"他的视线在科室里转了一圈。

宝珠只好和他约好中午再说。等他走后，刘主任忙不迭地小跑着过来了。果然八卦是女人的天性，不分年龄。

"宝珠，宝珠，这是你前男友？小伙子还行，挺精神的。"她攀着宝珠的肩，说起话来眉飞色舞。不过她没等宝珠回答，接着又问："那你和黎致远又是怎么一回事？你俩现在什么关系啊？"

刘主任从黎致远说到李瑞阳，从外貌比到身材，再比到职业……方方面面都说到了。幸好有产妇要接生，宝珠才得以脱身。

…………

从地方医院转来一位危急孕妇，她的情况让所有人都打起精神严阵以待，不敢有丝毫松懈。

患者姓冯，孕2产1，目前孕34周，两周前出现双下肢水肿，休息后稍有好转，昨晚腹痛难忍，伴阴道出血，呈鲜红色，量约20ml，早上六点入地方医院待产，血压监测于140-150/90-100mmHg之间，胎心监护反应型，地方医院床旁超声检查显示胎盘增厚，考虑存在胎盘早剥。

而在术前检查时，发现了非常严重的问题。地方医院医生紧急联系家属安排转院，于中午十一点二十五分转入我院。

冯女士术前常规检查，血型为RH阴性，就是常说的万里无一的熊猫血。地方医院血库没有足够的存血量。妊高征（妊娠高血压）伴子痫，胎盘早剥，熊猫血……Buff叠满，稍有不慎，一尸两命。

护士赶紧联系医院血库，查询库存血量是否充足，得到肯定的答复后，手术室立即忙起来了。经腹探查，冯女士子宫硬如板状，有压痛，子宫大于孕周，胎位不清，胎心音消失。

开腹后发现子宫已经呈恐怖的花斑状，胎盘后有大量血凝块，胎儿苍白，体重仅1800g，已死，子宫收缩无力，用药后仍然不见有效子宫收缩，于是立即实施子宫捆绑术……

等手术结束，所有人都汗流浃背。

然而出了手术室，围在外面的家属一哄而上，指责医生没有保住他们期盼了八个月的宝贝儿子。别说我们，连见多识广的刘主任都蒙了。

送来医院的时候有多危险，分分钟有可能一尸两命，更别说手术有多复杂、多考验主刀医生的经验和技术了。所有的医护人员无一不是如履薄冰，所以这个时候家属的指责来得既突兀又没有道理。

然而家属们什么都听不进去，他们七嘴八舌地质问，哭天抢地地号啕。

这和一般的医疗纠纷不一样。我找准机会，将被拉扯的刘主任拖回到身后，同时将阿娟她们一起推进隔壁房里，吩咐她们锁门，拨打保安科的电话。保安科的人很快就到了，医患办也出面了。

手术室外终于得以清静。而此刻，刚经历了死劫的产妇才从麻醉中清醒，她冷得发抖，身边没有一个家属，只有护士陪同。

我和刘主任回到三楼产科办公室的时候，看到了坐在我办公桌前的李瑞阳。我忘记了中午和他的约定，他沉着脸，一直盯着我。

我不耐烦这样的纠缠，就现在一次说清楚吧。

我说："你我都是成年人，有什么说清楚吧。"

他反而不说话了。

"我既没有欺骗你感情，也没有欺骗你钱财，如果你觉得那晚我占了你便宜，我向你道歉。但到此为止，都已经是陈年旧事了……"

他盯着我的眼睛："我只是不明白，那晚是不是没有我，也会有其他人？"

"是。"我说。

"这就是我不甘心的地方，"他说，"我才刚开始，就被你按了停止，这不公平。"

"六七年前的事了，你现在说这样的话，是不是太没意思了？"我不懂。

"是挺没意思的，也挺不男人的。"他自嘲说，"但我现在要重新追你也是真的。你看，你没有男朋友，我也没有女朋友，不如……"

"宝珠。"有人喊我，是黎致远的声音，他从产科护理站走过来，"早上你的外套落车上了。"

他手腕里挽着我的外套，还递过来一个饭盒。

"听说你们中午都没时间吃饭，这是你和刘主任的。"他笑着道歉，"没有打扰你们谈话吧。"

他边说边温和地对着李瑞阳点头算是打招呼，然后转头对我说："下班再来接你吧，昨晚你没找到的，刚刚我接到电话说已经出现了。"

我用眼神问他，而他对着我极缓极缓地点头，我说："好。"

李瑞阳一直目送黎致远走开，目光时不时地落在他的左脚上，一直到他的身影转过护理站，才把目光收回来，落在我手里的外套和饭盒上。

"你男朋友？"他问。

我看着他，没有说话，也不必再说。

我没有欠他什么，如果他有不甘心，那是他自己的事，于是我说了"再见"，扭头走了。

黎致远给我手机微信里发来了一段视频，内容是中午时分坐着轮椅的男人进入24幢的画面。

他果然就在刘雅兰所在的小区。

我现在要去见他，现在，马上。刚走到电梯门口，黎致远喊我，他就在电梯间的窗口边站着："我在这等你，请好假了吗？"

他的车开得很平稳，一路向东而行，我的心情有点忐忑，也有点激动。

这个戴着帽子的、形迹可疑的人，会是我已经失踪了十几年的爸爸吗？

这个认知让我激动得无法控制自己的心跳。

如果他也在复仇，那是不是表示他终于承认自己误会姐姐了？

那些过往、那些言语、那一封写了姐姐名字的诗，那些激烈的争吵，那个即将破灭的黄昏，姐姐咬着牙哽咽难言的哭声，在我怀里无法抑制地抽泣，经过十八年，不但没有因为时间的流逝而变淡，反而越来越清晰。

爸，会是你吗？

我再一次看时间的时候，黎致远提高了车速。他将车直接停在24幢的门口。我拉开车门，下车直接进入那条入门小路，按响了门铃。

爸爸，我知道你在里面，开门，来见我！快告诉我你在做什么？

爸，你是不是和我一样，一样想念珍珠？爸，求你了，开门！

第四章 是谁

不知不觉，我的眼泪已经从眼眶里滑落。没有人来开门。

黎致远从背后拉我："宝珠，上车，他从后面车库开车走了。"

他拉着我狂奔起来，我们快速回到车上，黎致远发动汽车朝小区外追去。

"找车牌号M420N，"他说，"宝珠，他刚离开。"

M420N，本地牌照。

我们远远地跟在它身后，在车水马龙间跟随它变道，好几次都差点丢失了它的方向，好不容易看到车后继续追上去……然而我们一直被拉开距离甩在后面，终于在一个十字路口的红灯后彻底丢失了它的方向。

爸，为什么不来见我？我捂着脸，不想让人看见我快要忍不住的眼泪。

黎致远将车靠在路边，默默地递了张纸巾给我。

"你按门铃之后他才离开的。"黎致远说，"保安队长发给我车牌的时候，他刚出小区门口。"

他在这里只待了不到两个小时，是看到我之后才走的，为什么？

是故意躲着我的吗？

黎致远很疑惑，他甚至觉得我可能是认错人了，否则他为什么不来见我？为什么见到我就走？

这样的疑问我同样也有。会不会是我看错了？可是能把柏荣齐、刘雅兰和我都联系到一起的人，我认识的也只有他了。

如果说这个世界上还有一个人和我一样，对柏荣齐当年的所作所为不能释怀，除了他，我想不出别人。

他明明从猫眼里看到了我，为什么匆匆忙忙地从车库开车躲开我？他的腿是怎么回事？是受伤，还是别的原因？

受冷空气的影响，气温下降了，昨夜大雨倾盆，现在又开始变天了，估计很快就会下一场大雨。

中央广场的古树上还有些不可告人的东西，急需我取走销毁。

再回到科室的时候，市卫健委已经介入了冯女士的手术调查。

这没有什么值得担心的,我唯一要担心的是家属这种不知感恩的行为可能会伤了刘主任的心。但我很快发现自己多虑了。

刘主任正和护理站的小护士们聊得火热,眉飞色舞、精神焕发。

她们一见到我,就捂着嘴巴笑着作鸟兽散,刘主任乐颠颠地小跑着上来问:"你和黎致远请假去干啥了?你俩啥关系?到哪一步了……"

看来我的担心是多余的。

李瑞阳也在办公室,对我点个头,然后指了指外面,示意我出去谈。

不知道还要谈什么。

我装作没看见他,先去处理其他的事,5号床产妇今天下午来咨询过办理出院的事了,听说她已经委托律师在处理离婚和财产分割事宜了。

临近交接班的时候,门诊送来一对年轻的夫妻,我接诊了。

当听到男方说妻子这几天身上痒且手心很黄的时候,我心里一个激灵,打开化验单一看,不得了。

我马上给手术室打电话:"刚才做好准备的手术病人,如果还没有麻醉,请立刻停止手术,将她送出来,我这里有一个危急孕妇,必须马上手术。"

小夫妻都呆住了。孕36周,胆汁淤积,某项指标超过正常十五倍,危在旦夕。

"把刚才定的那台手术取消,把孕妇送出来,马上安排进行剖宫产,马上,要快,不要耽误!"

我同时通知护理站,要求联系儿科医生立刻准备进行早产会诊。

男方已经慌了,赶紧给双方父母打电话,结结巴巴地快哭出来了。

刘主任接过化验单一看,补充道:"联系省儿童医院,我们院一个小时内会送一名危重新生儿到院,请做好准备。"

刘主任主刀,我助产,半个小时后,新生儿剖出,弹脚底不哭,胃里有羊水,已清理,肺不张,血氧含量低,早产科医生考虑上呼吸机,要求立马转院去省儿保(省儿童保健医院)。

我立刻通知家属,目前医院只有男方一人在外面等候,其他家属还在

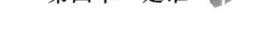

赶来的路上，我要求他立刻跟着早产科医生一起跟随救护车，马上带孩子转院。

"那我老婆呢？"他带着哭腔问，"我老婆怎么样？我还没抱一下她呢。我们约好生完孩子第一个要抱她的。"

他的嘴唇都抖起来了："我的宝宝能活下来吗？能吗？"

说这几句话的工夫，他的腿脚都软了，拉着我的白大褂，人就往地上坐。

我一把将他拉起来，稍微用力拍了拍他的脸："打起精神，你老婆交给我，保证在你父母来之前我们医护会一直陪着她。孩子交给你，能不能活，就看你能不能配合好儿保的医生。别放弃。"

我叮嘱着："快，跟上早产科医生。"

他抓住我的手拜托："那我老婆就麻烦你了。记得帮我抱抱她啊。"

十五分钟后，早产科医生在群里回复：已经入院，直接进NICU，上呼吸机，下了病危通知单，八千元一针的促肺针先打三针，孩子父亲很配合。

接下来的一切就看新生儿了，如果三针促肺针下去孩子往好的一面发展，那就皆大欢喜。半个小时后，其他的家属都赶到了，我将产妇及新生儿的情况详细告知了家属。四位长辈在一阵慌乱之后终于拿定了主意，两位男性长辈赶去了省儿保，以防没带足钱，两位女性长辈留下来陪产妇。

这是一个乐观积极的大家庭，双方父母都非常不错。看到这一点我很开心，也更加衷心地盼望省儿保能传来好消息。

下班后，我去了中央广场。那里还有我要销毁的东西。即使不销毁也不能一直留在树上了，狂风大作，它不一定能在树上坚持太久。

打着伞仍然挡不住大雨，我的鞋子和裤脚已经湿透了，贴在身上一阵冰凉。而更冰凉的，是我的心。

包括折叠旅行包在内的所有的东西都不见了，现场没有一丝一毫痕迹。

大雨天，果然是消灭痕迹的最好时机。我的手脚连同我的心，凉得彻彻底底。

旅行包里有很重要的东西，但最重要的是那辆斯巴鲁森林人的车钥匙。

而这辆车，不管我怎么改变我的计划，都是不可或缺的，是我的计划中极其重要的一环。

我冒着雨手脚并用地爬到树上，心脏开始剧烈地跳动起来，因为我看到了一根绳子。我用来固定折叠旅行包的那根绳子被人重新绑在枝丫上，还打了一个好看的船员结。

船员结！爸爸，是你拿走了吗？你为什么要阻止我？

绳子的下面，还绑着一个东西，那是一个裹在塑料袋里的旧手机，我迫不及待地拿出手机，却发现摁不亮屏幕，可能是没电关机了。

爸爸，这是你给我的吗？为什么你会跟踪刘雅兰和柏荣齐？你准备做什么？你是不是在做和我一样的事？你离开多年的原因是这个吗？

你在哪里？我想见你。我浑身湿透，浑身冰凉，但又浑身都是力量。

我不是孤单一人！

第五章　阿良

再回到宿舍时，隔壁宿舍门先开了，有人闪身出现对着我笑，然后被我湿透的样子给惊到了。而我同样被出现在此地的他惊到了。

"宝珠，怎么这么湿？快去洗热水澡。"是黎致远。

"你怎么在这里？"我皱着眉问。

"我下午和医院申请了宿舍，正式搬到你隔壁住了。"他说，"以后就是邻居了。"他边说话边接过我手里的钥匙，"咔嚓"一声开了门。

"你快洗个热水澡，我给你煮点生姜水。不要受寒了。"

他看起来比我还紧张。

我站在热水下，微烫的水荡涤尽我一身的寒意，简直舒服得让人的膀胱和括约肌都要开始工作。我的心情很振奋。

等我出来时，黎致远坐在桌边，桌上是一碗滚烫的生姜红糖水。

"你要住宿舍？"

这太奇怪了，有大房子不住来住简陋的集体宿舍，而且还住我隔壁？

隔壁原先住的是手术室的护士，我记得她戴着圆圆的黑框眼镜，人小巧又可爱。

"嗯，今天下午申请的，刚搬过来，明天还有东西要搬进来。"他微笑着将生姜汤推到我面前。

"因为我？"我问他。

"是，在你父亲出面之前，我都会住你隔壁。"他说，"这样的话，万一你判断失误，遇到危险，我就能马上出现。"

"怎么？你是脚踏七色彩云的盖世英雄？"我说。

他没有回话，支着下颌笑意盈盈地看着我："宝珠，你觉没觉得，你对我的态度随意多了？这可真好。"

我停下擦头发的动作，终于正眼看他。上扬的嘴角，唇边浅浅的酒窝，眉如远山，头发墨黑，整个人显得放松而舒展，他就这样眼眸带笑地看着我。

隔着桌子，我仿佛能闻到他手上淡淡的药香。

这是怎样的一个人？

他敲着桌子："快喝，就是要热乎乎地喝下去，身体微微发汗才能起作用。"

我端起碗来一饮而尽，甜度适宜，辛辣冲鼻。

喝下去后，从喉咙到胃都感觉热辣辣的，四肢百骸、皮肤毛孔，每一个部位都感觉热流滚滚，舒服极了。

"你何必搬到宿舍住？上下楼又不方便，环境又简陋。"我说，"我真的没有危险。"

"宝珠，你有你的坚持，我有我的不放心。"他放下手，不容置疑地说，"所以，我不劝你，你也不用劝我。"

说完，他将手机解锁，打开一条信息对我说："认识他吗？"

他手机里的，是刘雅兰小区24幢的业主信息。

"主业是做海运进出口贸易的，你认识吗？"

我不认识这个人，但他的主业和我爸曾经的职业有着千丝万缕的联系。

"这幢别墅是业主用来招待朋友或者客户的。"他看着我，"你心里想的这个人并不是业主本人。"他还说，他有办法和我一起找到这个人。

我拒绝了。如果这个人是我爸爸，那么他必定有他的计划，我不希望任何人打扰他，更别说暴露他的行踪和意图。

我会用自己的办法来找他的，我也有办法找到他。

第五章 阿良

我诚恳地对黎致远说:"我很感激你为我做的一切,但是到此为止,我希望你不要再插手了。"

黎致远恳切地说:"宝珠,这事关你的安全,我也只想你是安全的。"

"可是我做的事,我不想任何人知道,包括你。我有我自己的隐私。"我坦诚地说,"我有自己的秘密,哪怕是胡丽也不会告诉的秘密。"

我直视着他说得直接:"你的过界只会带给我困扰。"

黎致远肉眼可见地沉默和低落了。

我已经认定这个人就是我离家多年的爸爸了。

那辆斯巴鲁,那袋被拿走的物料,那些警告和阻止,那份对我的目标洞若观火却没有告发的善意……能将柏荣齐、刘雅兰和我联系在一起的,只有我的珍珠姐姐。而和我一样在乎姐姐的,我所知道的只有我爸。

黎致远沉默了。

"黎致远,你搬回去吧。"我说,"不要做无用功。"

他拒绝了:"宝珠,你就当是我私心作祟,我想离你更近一点,至少在你有危险的时候,我能在你身边。"

他言辞恳切,有着和风细雨一样的温润。但同样也是个会让我暴露的、会阻碍到我的存在。于是我没说话,我的视线下移,长久停留在他的左膝没有移开。他的脸色顿时苍白了下去。

我是个不祥的、不纯的、无爱的、阴暗的人。

我有我的目标,它从来都不是爱情。

这一天一夜过得太充实了。手机上有刘雅兰的未接来电,但是我没有回电话。我得让她以为是她自己巴着我才行。

失眠的人是很痛苦的,长期失眠的病人出现自杀行为的案例并不少。

第二天一早上班之前,黎致远给我送来了自己熬的粥,用羊肉、黄芪、红枣、干姜、糯米熬的,加了一点盐调味。

他言笑晏晏的,仿佛前一晚的情景并不存在。

"来,宝珠,尝尝看!比起你常吃的早餐店味道如何?"

我怕我的手比我的脑子要快,因为它看起来确实很好喝的样子,于是我抢在我要动手之前对他说了"再见"。

来到科室,好消息传来,昨晚送去省儿保被下病危通知书的新生儿已经有了明显的好转。接下来只要家属好好配合,新生儿的发育会越来越好。这个配合,更多的是钱,促肺针一针八千元左右,育婴箱一天两千元左右,这是一笔非常大的开支。

市卫健委会在今天下午举行内部听证会,对冯女士的医疗措施进行专业的评定,刘主任需要到场,所以今天我和张主任一同上班。

不到九点,刘雅兰提着包出现在我们科室。

她疲惫不堪,气色极差,眼睛下的黑眼圈如同化了烟熏妆。

"宝珠,今天上午可以让我好好睡一觉吗?"她垂头丧气地说。

"嗯,姐,你去休息室等我吧,我把手头的事处理一下。"

我故意拖延了一下时间,在估计她已经快要失去耐心前进入了休息室。

她支着额头在发呆,看到我进来眼睛都亮了:"宝珠,我好难受。"

"你先喝点水,我自己泡的药茶,缓解疲劳、安神养心的。"我将手里的杯子递给她。

正要说话,有护士敲门提醒:"刘医生,有产妇入院。"

我歉疚地冲刘雅兰一笑,然后赶紧出门了。

等处理好这位入院紧急待产的孕妇再回到休息室,已经过去半个钟头了,刘雅兰明显地烦躁起来了。

我坐下来,有一搭没一搭地随便聊着天,一边缓慢而用力地推拿她身上的穴位。在她终于舒展开紧锁的眉头快要入睡时,我不经意地问:"姐,你还记得以前害了我姐的那个老师吗?"

"记得。"她迷迷糊糊地说。

"他是怎么约到我姐的啊?"我问。

"我帮他约到的,"她呵呵地笑,"我把昊宇跟她约的地址改了,就这样约到了。"她的笑,有着让人心寒的恶意。

我给她的茶里加了料,这些东西不致命,但会让她心神涣散而不集中,从而在不知不觉中说出一些秘密,比如当年她对姐姐做的亏心事。

"昊宇是谁?"我压低声音问。

"李昊宇就是白眼狼,明明是我先遇见他的,"她说,"他居然让我帮他递情书给珍珠。"

她开始喋喋不休地骂起老公来:"昊宇,你活该,我对你这么好,你还惦记别人……"

我停止了问话,让她沉浸在自己的世界中。这个时候强硬地扭转她的思路很可能适得其反,但我拼凑出了一个故事大概。

许多年前,昊宇经常借刘雅兰的手传书信给姐姐。而刘雅兰就是利用这种便利,将约定的地址改成了柏荣齐的地址,造成了我姐姐主动赴约的假象,让姐姐落入了陷阱……

如果没有她从中作梗,姐姐是不是能躲过这场灭顶之灾?

刘雅兰在短暂的迷幻之后陷入了沉睡中。

房里只有我和毫无抵抗之力的她。我只要起身锁住休息室的房门,拿枕头捂住她的脸让她口鼻不得呼吸,骑在她身上以防她从睡梦中惊醒后挣脱,过程不用持续太久,只要八分钟左右,她就会因为窒息引起呼吸衰竭,进而心肺衰竭、循环衰竭,然后回天乏术,必死无疑。

只要八分钟和一个枕头!而我的手边,就有一个枕头。

但是,我要怎么给大家解释?怎么面对尸检?怎么面对即将被警察带走的命运?

我盯着刘雅兰的脸松开了手,正要起身离开时,睡梦中的她又说了一句话:"珍珠,你别找我,你去找阿良,是他逼我的。"

我压低声音问:"阿良是谁?"

她咕哝着,听不清是什么,我又等了一会儿,看她没有再说梦话,才起身离开。

刚出休息室就听到一阵哭声,明显是男人的声音。哪一床出事了?

我快步走到护理站，几名护士站在16床的病房门口捂着嘴笑。看到我走过来，阿娟快步迎上来："刘医生，昨晚那个老公真不错。"

我和护士们一起听了会儿八卦，只觉得又好笑又感动。

"老婆，你别哭，月子里哭伤眼睛，我哭就行了……

"老婆，昨天吓死我了，我吓得都不会走路了，老婆。"

他把头埋在产妇肩头，哭得酣畅淋漓。

产妇看见我，忙拍着他的脑袋提醒："昨天帮我们手术的那个刘医生来了。"

他这才把头转向门口，抽抽搭搭地走过来，也不管手上是鼻涕还是眼泪，一把抓住我的手腕："谢谢你啊医生，省儿保说昨天要是再晚十分钟，宝宝肯定救不过来了。"

我想把手抽出来，无奈他拉得紧紧的。

"那你要感谢我们刘主任，幸好她经验丰富。"我解释说。

他抹着眼泪，大男人一个，此刻眼睛又红又肿。"我一会儿就去感谢刘主任去。"紧接着他语带委屈地责难我，"不过，我老婆说你没代表我给她一个拥抱。你昨天答应了会先代表我给我老婆一个拥抱的。"

我不由得笑出声来："我保证，绝对拥抱了。"我就差指天为誓了。

"老婆你听，医生都说了，肯定抱了的。"他转头说，"你以后可不能说我没遵守诺言啊。"

我看着他欢天喜地拉着自己老婆絮絮叨叨的样子，不由得笑了。

在妇产科，像他这样花费了巨资还对老婆这么细心体贴的真的不多。

所以答应我，不管时光荏苒，请你就保持现在这样，不要变，行不行？

…………

刘雅兰这次在休息室睡了两个多小时才醒，她没有等还在手术中的我，只给我留了个信息说家里有急事先回去了。我没有回复她，只是去休息室拿走了我放在床垫下的一支在工作着的录音笔。

播放的音频一直很安静，能听到她细细的鼾声，以及间或翻身的被褥摩

第五章　阿良

擦声。她没有再说一句有用的梦话，偶尔会模糊地发出几个意义不明的词。

突然，音频里响起了一阵急促的电话铃声，是她有电话进来了。

"柏荣齐，你怎么又打电话来了？你说话算不算数？"

"我哪有这么多钱？没有，逼死我也没有钱了！"

之后就没有声音了，她挂掉了电话，响起了一阵急促的摩擦声，应该是她起床了，因为不久后我就听到了开关门声。

我笑了，柏荣齐再次向她要钱了。活该！如今，你就在这样的炼狱里多待一会儿吧，真希望每分钟都是对你的凌迟。

我小心地收好了录音笔。

中午午休时，我先回了一趟宿舍。宿舍里有一部不可示人的手机，正是那个疑似爸爸的神秘人留给我的，当天回来我就给手机充足了电，发现里面竟然装着我梦寐以求的东西——实时接收的刘雅兰车里的摄像头拍到的画面。定位描绘的路线显示，刘雅兰开车从医院地下车库经由南湖大街走向中央广场，停在酒吧一条街外。

这个时候，酒吧一条街都没有营业，她去那里干什么？难道是约了柏荣齐？

我打开了监控画面，马上就有声音传来，是刘雅兰的电话铃声在响，但她没接，直接挂掉了。然后微信消息提示音响起，片刻后我听到她惊恐地叫了一声，耳边传来急促的刹车声，接着电话铃声再度响起。

画面里光影闪动，她似乎靠边停车，在电话里和人吵起来了。

"你还拍了什么？你这个卑鄙无耻下流的东西，你还拍了什么？

"你拍了刘珍珠的，你是不是还偷拍了我的？

"你到底想怎么样？我已经给了你十五万了，我没钱了……"

还是柏荣齐。

但我敏锐地提取到了一个信息，她说拍了刘珍珠，是照片吗？偷拍的案发现场的照片？那么，在我第一次发现他俩在柏荣齐的小区楼下见面时，那个信封里装的到底是什么？

接着,我听到她一阵歇斯底里的大喊:"你们是不是要逼死我?"

监控画面里飞过来一个黑色的物体,就落在副驾驶座位下面,就在摄像头前,我能清晰地看到是一个手机。

车里爆发了一阵撕心裂肺的哭声,间或有几声拍打声。听到刘雅兰哭,我心里十分痛快。又过了一会儿,电话铃声再度响起,和上两次的铃声都不一样。

我看到监控画面里出现了一只保养得宜的手,伸到了座位底下。在她摸索着找电话的时候,我的心提了起来。好在这只手摸到手机后就消失了。

我听到了刘雅兰平静后温柔的声音。

"昊宇,中午不回来吃饭啊……晚上也不回来……那你去不去接安安?她说她想你了……好,那我和她说,昊宇,喂,昊宇……"

然后又是一阵哭声。汽车重新启动起来。行驶过程中,我听到了一阵敲门声。

谁在敲汽车门吗?可车子一直在开动。

我取下耳机,原来是有人敲我的宿舍门。我快速把这些东西都藏好,然后打开了宿舍门。是卿卿。

她正神色复杂地看着我的隔壁宿舍门。听见我开了门,她转过头来看我:"刘宝珠,我妈回来了,问你晚上有没有空。"

快八年了。

"我有。"我低声说。

"我妈说让你带家属。"她冷笑问,"你是带黎主任还是带李警官啊?"

我说:"没有家属。"

"喊。"卿卿不屑地说,"你可以啊。"

她伸手把我推进门,施施然地跟着走进来。

"卿瑞也回来。"

"你要结婚吗?"我问。

只有她结婚这样的大喜事,小姨才会带卿瑞一起回来见证。

"再说吧。"她撩开刘海,百无聊赖地说,"其实也没什么意思。"

她又接着问:"你和黎致远是怎么回事?医院里都说他为了守住你,特意搬到你隔壁了。"

"你问这个做什么?"我反问她。

"好奇呗。"她故意嗲声嗲气地回了一句。

我问她:"你不是说和宋琪是认真的,奔着结婚去的?又对黎致远感兴趣了?"

她明目张胆地说:"是啊,对你感兴趣的男人我都感兴趣,对我感兴趣的男人我都没兴趣。"

我还有点好奇:"你对宋琪没兴趣了?"

她没说话,没承认也没否认。即使我们都已经老大不小的了,她本质上还是那个被宠爱的任性的小女生。

"我听说宋琪对你用心得很。"我不得不提醒他。

"我就是觉得没意思。"她低垂着头说。

我没说话,沉默着给她倒了一杯白开水,她也没喝。

"那个李警官,是李瑞光的哥哥吧。在学校堵过你几回对吧?"她说。

"卿卿,你到底要跟我比什么?"我不明白。

我不受人欢迎,从小到大没有朋友,目前身边也只有胡丽这一个朋友。我没有特长,琴棋书画一窍不通,不像卿卿,唱歌跳舞样样拿手。我现在孑然一身,卿卿起码还有妈妈和哥哥。你到底要和我比什么?

卿卿没有说话。我俩沉默着坐了一会儿,她说:"明天宋琪会向我求婚,表姐,你要来吗?"

"来啊。"我说。

"明天是我们三个的生日,你还记得吧?"卿卿临走前说。

是啊,明天,是我和卿卿、卿瑞三个人的生日。

明天的明天的明天,是珍珠的忌日。我永远也不会忘记。

卿卿走后,我继续看监控录像。

刘雅兰一直坐在车里，良久之后，我听到咬牙切齿地说话声。

"你们如果要逼死我，那就大家一起死。"

这是整段监控录像里她最后说的话，带着狠戾，然后她开车回了那个有名的别墅区。

"你们"指的是谁？柏荣齐？阿良？阿良又是谁？到底还有什么隐情？柏荣齐手里到底还有什么把柄？

这些疑问一直萦绕在我脑海里，一直到我需要进行手术才得以停止。

下午的产科并不特别忙，刘主任带回了好消息，经过市卫健委的审核和裁定，冯女士的手术不存在诊疗不规范和操作失误，所有的诊疗合法合规合理。最终，医院为了息事宁人，出于人道主义，同意给家属两万块钱。

我路过19床时，冯女士的女儿拉着我的衣角，怯弱地说了一声："对不起，医生。"

看着她那双麋鹿般的眼睛，我忍不住摸摸她的头："跟你没关系的，好好照顾妈妈。"

她点点头："嗯，等我长大了，我就把妈妈接走。"

不，应该是妈妈带你走，这是妈妈的责任。但我没有说出口。

不是每一个妈妈都有条件做到自主自立，我见过很多处境堪忧的女性，可在命运的巨轮之下，并不是只凭一个人的努力就会有好的结果。

可是，每一个有女儿的妈妈最要做到的就是自主自立自爱，这是给女儿最重要的言传身教的一课，可惜总有一小部分女人不懂。

下班后，我简单收拾了一下就去了卿卿说的地址。

我到达后不久，小姨他们也到了。

小姨比之前更瘦了，好在头发黝黑不见一丝白发，显得人精神奕奕。卿瑞胖了，俊秀的外貌、幼稚天真的神态、单纯无害的气质，让人一眼就能看出他的不同来。

小姨拥抱了我，哽咽着拍拍我的背。

多年未见，我一时不知道该怎么开口，只低声喊："小姨。"

好在宋琪和卿卿一直在带动气氛。宋琪对小姨照顾有加,还很有耐心地陪卿瑞玩。可见他对卿卿是真的好,所以小姨对他很满意。

饭后,在宋琪陪卿瑞去卫生间的时候,小姨问我:"你爸爸最近回来了吗?"

我摇摇头反问:"您怎么这么问?"

听了她的回答我才知道,原来半年前爸爸出现在沈阳,和小姨有过短暂的联系。我问小姨:"当时我爸看上去怎么样?"

"都挺好的呀,"小姨说,"人瘦了一点,也黑了一点,好像挺有钱的,给我留了两万块钱,说是给瑞瑞的。"

"那他有坐轮椅吗?"我问。然而小姨摇头否认了。

之前出现的那个坐轮椅的男人,究竟是不是我爸爸?

饭后回到宿舍,我看到了黎致远。

他正指挥着工人搬家,其中就有他的轮椅。

他拿出一卷画轴递给我:"喏,你说的照片,一人一份吧。"

我一时没有反应过来,等打开一看才明白,是那张我在他卧室看到的照片。其实照片的主角并不是我,是医院住院部,我只是正好在里面而已。

拍摄的那天天空洁净如洗,蓝天白云,晴空万里,而我站在产科住院部的玻璃墙那儿,背对着镜头,一动不动地抬头望着蓝天……

眼前这个人,他说:"宝珠,我喜欢你,就像喜欢所有美好的事物一样,我喜欢百合花,可我不需要百合花为我一个人绽放,我喜欢蓝天白云,也不需要每天都是蓝天白云……"

他也说:"你看,你不能进一步,如果做了,我不会甘心退一步,再回到朋友的位置。宝珠,对我公平点……"

这是怎么样的一个人?我真的很迷惑。

但我只是打过招呼后,就走回了自己房间,关上了门。

…………

刘雅兰的车又移动了位置。她先是去了市里的两所学校,一所小学一所中学,应该是去接她的两个孩子。

回到家后,一直到晚上九点,她的车再次开出,去了酒吧一条街附近。

她又去见柏荣齐了。这一次我很幸运,能看到柏荣齐也上车了。

在监控画面里,我看到副驾驶座的门打开了,有一双穿着锃亮的皮鞋的脚迈了上来,大剌剌地坐在副驾驶座上。

"我已经给你十五万了,我没钱了。"刘雅兰说。

"你老公是能源公司华东地区的总裁,怎么会没钱?你别哭穷了,不然你再收到的就不是你那个死鬼朋友的照片,是你自己的了。"是柏荣齐在说话。

"你无耻,你简直是个恶魔。"刘雅兰似乎是扑了过来,车内光线混乱地动着。

"我卑鄙?我可没对自己朋友下手。"柏荣齐的语气是得意扬扬的,"下手的是你,还得感谢你呀,不然我还脱不了身。"

在刘雅兰的咒骂声中,有一个声音不合时宜地响起。

似乎是有人拉开车门坐进了后座。

车内突然安静了下来,刘雅兰也停止了咒骂。

有个男人在后座说:"有什么好吵的?给她看吧。"

他的声音低沉沙哑,不知道是故意压低的,还是天生如此。

然后刘雅兰发出了尖叫声,紧接着是痛哭声。

"五十万,两次的视频,连底片都给你。"柏荣齐笃定地说,好像是猎人看到无法挣脱的猎物般,"这可是友情价了。"

刘雅兰一直在哭,一边哭一边说自己真的没钱了。

柏荣齐和另一个人一直没接腔。

但刘雅兰突然说:"我真的没钱了,但是,刘珍珠的家人还有钱的。"

柏荣齐爆发出了一阵狂笑:"哈哈哈哈,你还是你,又是那招祸水东引啊,这次又拖别人下水啊,你真是坏得脚底流脓啊……"

"我没钱了,信不信由你们,但刘珍珠的妹妹有钱……"刘雅兰恶狠狠

第五章 阿良

地说。

而我只感觉从脚后跟到脊梁骨升起一阵恶寒,让我恶心欲呕。

"不用了,刘珍珠都死了,万一她家人不在乎报了警呢?我们可不想再次吃官司。你准备准备吧。"柏荣齐说。

柏荣齐又说:"要么给我们五十万,要么让你老公看看你这个样子,你是聪明人,怎么选不用别人教你吧?"

我的心里沉甸甸的,那种恶心欲呕的感觉一直没有消失。

有人拉开车门,随即副驾驶座车门也拉开了,那双穿着皮鞋的脚也离开了。车里只有刘雅兰的哭泣声。

这是个什么样的女人?两面三刀,心如蛇蝎,当面对你笑,背后却想要置你于死地……姐姐当年是不是到最后才看清她的真面目?一定是看清了所以才绝望的吧。这个声音低哑的男人,究竟是谁?是阿良吗?是本&色酒吧的那个经理吗?不然为何两人都在这里出现?他们手里究竟有着怎样的照片?能不能为我所用?

我沉思着将东西又全部收好。

夜很深沉,我的心里沉甸甸的。即使早就对刘雅兰有所察觉,但当这个人撕下面具,赤裸裸地露出獠牙,将过往所有的情意踩在脚底,毫不犹豫地将我推入深渊时,我还是为这种狠毒和阴冷感到胆战心惊。

当年,她将毫无防备的珍珠推入深渊的时候,是不是也是这样狠毒?

我善良温柔的姐姐,在落入陷阱时是怎样的害怕惊惶,在面对能杀人的世俗时又是怎样的绝望?

有些恨,只能以牙还牙,以血还血。

十八年了,再过两天,就是姐姐的忌日了。

这一切,又和我爸爸有什么关系呢?他做了什么?

我带着疑问,沉沉地陷入睡眠中。

黎致远环顾宿舍,简易的高低铺、狭窄的卫生间、陈旧的书桌、形同虚设的厨房、可以忽略的小小阳台……这样清苦的环境，哪怕是在他求学期间也是没有住过的，而宝珠一住就是六年。

他看着隔壁宝珠房里的灯从亮起到熄灭，心里有种满足的感觉。他想离她更近，现在不是更近了吗？虽然宝珠仍然拒人于千里之外，但是现在和之前比起来，已经进步很多了。人不能太贪心了。

他收拾着房里的东西，把边边角角打扫好，最重要的是要整理出一个像样的厨房来。

他尽量小心地滚动轮椅，这是老房子了，他不希望这糟糕的隔音打扰到隔壁的休息。

已经七年了，他有时候也还是会想，要是没有那场意外该多好。那样的话，他就还是正常人，可以跑可以跳，可以肆无忌惮地去往任何地方。

可以不用让宝珠的视线长久地停留在废物般的膝盖上。

宝珠说自己没有危险，这个理由误导不了他的判断。

她有秘密，这个秘密关系到刘雅兰，关系到她父亲，关系到她自己，这个秘密是什么在他眼里并不重要。

重要的是，有个品行卑劣的人在用这个秘密勒索刘雅兰，这就像是在森林里扔进了一个还燃着火的烟头，火苗迟早会将周边的一切焚烧净尽。

刘雅兰如同这个点火的烟头，不知道会在什么时候波及宝珠。

这也是他坚持留在宝珠身边的原因，他不想在危险来临时宝珠身边空无一人。哪怕自己是个力有不逮的瘸子。

李瑞阳又一次坐在我的办公桌前，我从产房里一出来就看到了他的背影。

他来是为了工作，不是为我。但是他又一直等着我开医嘱写病历……

我没有主动开口，来的人要是有目的，早晚会自己开口的，没人能给我带来困扰。何况今天产科相当忙，我很容易就忽略了他。

但是他没有让我忽略他太久。等我写好病历记录，他抢过我的笔，把我

第五章 阿良

拉去了产科住院部的玻璃墙那里。他开门见山地问:"上次我提议的咱俩处处的想法,你觉得怎么样?考虑了吗?"

我把手抽了回来:"不用考虑,我对你没兴趣。都已经是陈年旧事了,你这几年不也是过得好好的吗?"我说,"何必现在又来翻旧账呢?"

"当年我是因为被借调去外地才……工作的原因我没法向你解释细节。但我是今年才调回来。"他解释说,"我一直没有忘记你。"

"那从现在开始忘记吧。"我说,"我这个人乏善可陈,没有什么值得记得的。"

我越过他径直往科室走去。他一把将我扯回来,困在他和墙壁之间。

"试过了,忘不掉。"他看着我的眼睛坦率地说,"你看,我这个人职业正当,人品可靠,有车有房。"

他的目光往下落在我的唇上,又回到我的眼睛:"咱俩试试吧。"

他看起来很诚恳。但是我不明白,我们既没有深厚的感情基础,又没有难忘的共同经历,只是因为男女之间能数得清的几次约会就能记住一个人,还能记好几年都忘不掉?我不相信。

爱情是锦上添花还是互相救赎,对我来说都没有报仇来得有意义。

于是我直接说:"不好意思,我有男朋友了。上次你见过,他叫黎致远。"

不好意思,黎致远,借我当一下挡箭牌吧。

李瑞阳没放开,反而收紧了双手,使我很不自在。

但我要是现在提膝向上直踢男人最脆弱的地方,会不会算我袭警?

"上次那个医生?你以为我会信?"他嗤之以鼻,"你来医院五年多了,连绯闻都没有传出来一个,现在我一出现,你就有男朋友了?"

他哼了一声:"刘宝珠,托词不要太明显了,你当我做这几年警察是吃白饭的吗?"

他说话时的热气就喷在我的耳朵边,让我感觉痒且不适,于是我侧头躲开,顺手推开他的手,从他的桎梏中脱身出来。

他就势转过身去斜靠在墙上,目光灼灼地看着我:"刘宝珠,别扯这些虚的，诚恳一点，跟我试一试，实在不行我会放手的。"

"因为什么？因为我漂亮？身材好？还是因为什么？"我问他，"你了解我什么？"

"都有，那天晚上我一眼就看上你了。"他说，"你知道我是在追你的。那几天你也没拒绝和我见面，我以为你对我的感觉也一样，毕竟……"

他舔了下唇，接着说："我没想到开始就是结束，这让我不能接受，那晚之后，我带着花去找你，你连见都不肯见我。我以为我技术不好……"他仿佛陷入回忆里，说得很慢，"但我想，你也没有可比较的对象……"

他抬起头来热切地说："刘宝珠，别急着拒绝我，和我相处试试，我这个人真的不差……"

他的话来不及说完，走廊里护士大声喊我："刘医生，急诊通知有紧急会诊需要配合。"

"抱歉。"我对他说，然后赶紧跑起来，将他抛在身后。

孕28周，孕2产1，有剖宫产史，突发性撕裂样腹部剧痛，胎动消失，胎心消失，孕妇呈现休克状态。所有的医护人员都跑起来了，担架车推得像飞起来一样，每一分每一秒都在和死神赛跑。

首先考虑疤痕子宫破裂。输血、输液、输氧、扩容、终止妊娠……

手术刀划开皮肤层、脂肪层、肌肉层，进入腹腔，未见子宫，肉眼可见胎膜，羊水稍清。胎膜下，胎儿的四肢、后脑清晰可见……

可见腹腔内出血，量约600ml，吸净出血，划开胎膜，羊水流出，赶紧吸净羊水。急诊科老胡医生重点针对产妇，寻找子宫破裂点，用止血钳夹住出血点……

我的重点是胎儿，断脐、清理口腔羊水、清理呼吸道羊水……有心跳，不哭，弹脚底心，再弹……哭声微弱，太好了，肺部扩张，他已经具备在这个险恶的人世间存活最基本的能力了。

产妇血压持续下降，心跳加速，注射急救药物以提升血压，手动挤压输血包加快输血速度，给产妇保暖……

血压还在下降,我们额头上都是冷汗,这不对劲。

"胡医生,会不会还有其他出血点?"我说。

我们再次埋头在腹腔内翻找,大小肠、肠系膜、子宫各部……终于在子宫后穹隆最低点找到了另一个出血点……

两分钟后,血压逐步上升,心跳趋向平稳。

我们又一次跑赢了死神。

这就是这份工作的意义,这就是我一定要在复仇后完美脱身的理由。我爱我的工作,我爱这种跑赢了死神的感觉,我爱医生这个身份。

从手术室出来,胡医师的腿脚都发软了,她不得不服老:"真老了,以前手术站一天也不累,现在站这么会儿,腿都没力气了。"

我扶着她坐好:"您老当益壮着呢,我才是腿软了。"

她笑着拍我的胳膊:"好丫头。"

话锋又一转:"结婚记得请我吃糖啊。"

这是哪跟哪呀?我不由得笑了。

刚回到办公室,阿娟就乐滋滋地送过来一份包装好的礼品盒。

"刘医生,你最近行情渐涨啊。"她调侃道,"这是哪个追求者送的啊?是我们黎主任啊还是帅警察啊?"

我拆开盒子一看,是一个水晶旋转八音盒,主角是千与千寻的无脸男,一扭发条,"与你同在"的音乐就在办公室响起来了。

"哎呀,品位好独特啊,"阿娟说,"丑萌丑萌的……"

我忙拉住她:"这是什么时候送来的?"

"就刚刚啊,刚送到我就拿过来了,一秒也没耽误。"阿娟强调。

我快速地越过她,跑出办公室,跑向电梯,穿过回廊,跑到医院门口。左边是医院停车场的入口,我毫不犹豫地向右转。大街上人很多,在下一个路口,有一个滚着轮椅前行的背影。我拔腿就跑,奋起直追。

风迎面吹来,吹散了我的头发,吹乱了我的心跳,吹快了我的呼吸。一步两步三步,我抓住了轮椅的扶手。轮椅停了下来。我转到正面,一边大口喘气一边激动地喊:"爸爸。"

坐在轮椅上的男人很年轻,目测是在校大学生的样子,右脚还打着石膏。他错愕地看着我。

我松开了紧紧抓住轮椅扶手的手。

爸爸,你在哪里?我继续往前跑。

这个不是,那个也不是……

我不由得站在路口轻声喊:"爸。"

只喊了一声,我赶紧捂住了自己的嘴巴,我不能暴露他的存在、他的计划、他的一切……

车流有序地穿行着,我站在车水马龙的大街上痛快地笑了。

是他,是我爸,没有错了。

有人拉住了我的衣袖。

"医生姐姐,我叫陆一鸣,认识一下吧。"

我对他说了"再见"。

回到科室,无脸男的八音盒还在继续转圈唱歌,清脆而悠扬。

十三岁那年生日,爸爸问我要什么礼物,我说,我想要个无脸男的八音盒。时隔十几年,隔着岁月的变迁和沧桑,隔着我的成长和他的失踪,我终于收到了这个礼物。

晚上是卿卿的生日会,还有宋琪的求婚。

卿卿穿着红色的长裙,开心地说了"愿意"。

她的眼光扫过我,又回到宋琪身上。

胡丽凑在我耳边说:"好了,卿卿这下有主了,不会将精神都寄托在和你唱反调上了。"

她的话挺有意思的,但我想了想,人的精神寄托可以是山水,可以是工作,唯独不可以是别的人。

散场后,我坐黎致远的车同他一起回宿舍,外面还在下小雨,那股我等了很久的冷空气带来的降温和降雨还会持续两天的时间,之后天会开始转晴。

第五章 阿良

我们都没有说话，车里一直流淌着音乐。

来到宿舍门口，我准备开门时，黎致远突然拉住我的手腕："宝珠，等等。"

他神情紧张地将我拉到他的身后，然后右腿单脚跪在地上，打开手机电筒从门下的缝隙里往里扫。

有个小小的白色信封静静地躺在门下，就这样出现在我们的视线里。

黎致远谨慎地先打开灯环视了一圈，然后才拿起地上的信封示意我进去。信封上空白一片，没有地址没有电话没有邮戳，是有人专门送到我家的，里面只有一张照片。

这是在一间空无一人的教室里，在讲台的地上躺着一个不着寸缕的少女，她的身上压着一个同样不着寸缕的男性，四周散落着衣服。

两个人的脸上都被笔涂花了，看不到本来面目。

我的脸色瞬间就变了，我感觉我全身的血液都叫嚣着涌上了脑袋。

这一定是刘雅兰送来的，就是她，不会是别人。

真恶心。我感觉到胃里翻腾得难受，所以我忍不住干呕了几声。

黎致远扶住了我，一边拍着我的后背，一边准备过来接我手里的照片。

情急之下，我一个反手快速把照片抢回来压在自己的胸口。

我不想让任何人看到这张照片，因为这个少女有可能是我的姐姐珍珠。

黎致远落空的手停在我面前，但他很快就说："宝珠，我已经看到了。这就是你说的没有危险？这个人绝对不可能是你爸。我们报警吧。"

他边说边掏出手机。

我赶紧抢过他的手机："不要，不要报警。"

"宝珠你清醒点，这个人不可能是你爸，你爸不可能寄这样的照片给你。我怀疑和勒索刘雅兰的是同一个人。"黎致远强调说，"这是一张有年头了的老照片……"

他露出了顿悟的表情："这是不是刘雅兰要不断拿钱守住的秘密？跟你有什么关系……"

"黎致远，"我大声说，"到此为止，我请你不要再插手了。"

我看着他关心的眼睛，一字一顿地说："不要让我讨厌你。"

真的，到此为止，我不想要你讨厌我。

我们都没有说话，我沉默地走到门口把门打开。

黎致远也没有再说话，沉默地走过来站定在我面前，伸手关上了门。

"宝珠，别急着赶我走。如果这是你不想让人知道的隐私，那我不问。"

他说的话诚恳而又温暖。

"小心刘雅兰，你们已经十几年没见，不要因为回忆的滤镜而忽略了危险，更不要因为过去的情意就轻易地介入别人的因果，这种行为是把自己置于危险之中。刘宝珠，你才是最珍贵的，比任何人都珍贵，知道吗？"

姐姐死后，从来没有一个人对我说过这样的话。一时之间，我竟不知道该说什么该做出什么反应，直到他从口袋里摸出一个小盒子。

"宝珠，尽管你不过生日，还是想要祝你生日快乐。"他微笑着，将盒子伸到我眼前，"生日快乐，宝珠。"

在他走后，我打开了小盒子，里面有一对小小的、精致的珍珠耳环。

我收进了柜子里。今天是个特殊的日子，可我没有特别的事要做，我的日常就是偷窥。

今天，刘雅兰的车一直是在家和学校之间移动，并没有来过医院。

那她是在什么时间，又以什么方式将信从宿舍的门缝下塞进来呢？

照片上的男女都用红色记号笔涂花了脸，是不是珍珠我真的看不出来。

这个男人是谁？柏荣齐？还是阿良？阿良和中途坐进车里的那个嗓子沙哑的男人，是同一个人吗？

姐姐，你究竟受了多少苦？受到了多少屈辱？你的心里有多绝望？最好的朋友背叛了你，给你设下陷阱，父母没有相信你，没站在你身边支持你，身边的同学是不是都恶意地嘲笑你……

他们都不知道你当时站出来揭露真相有多勇敢！

姐姐，别等，我更希望你已经有自己的新世界。这个旧的世界就留给我吧，总会有个结果的。你被埋在黑暗的泥土里，这个旧世界丑也好美也好，都和你毫无关系了,身后的赞美或者是诋毁,也都不会再影响你了。

可有人还活着,还等着,还被折磨着。

只是很可惜并不是你以为的那样。被折磨的,并不是作恶的人。

就像现在,柏荣齐还生龙活虎地生活着,还肆意挥霍着勒索来的钱财,过得滋润又惬意。

等等,我心里一动,这是不是就是我爸的计划?让他们狗咬狗,让他们互相折磨,让他们自我揭发,最后身败名裂。

爸爸,是这样吗?

我仿佛又回到了他离开的那一天。

那天我初中毕业,由于统考成绩优异,我被市里最好的高中录取了,之后会在学校寄宿。我爸难得没有喝得醉醺醺的,他给我做了红烧排骨和香辣牛肉,开了一听啤酒,给我也倒了一杯。

他似乎夸奖了我,又好像没有,我有点记不清当时我们有一搭没一搭地究竟说了些什么了,平时我们不怎么说话的。

第二天起床的时候,床头有一封信,夹着张银行卡。

乖女,任何时候都别告诉别人你有多少钱。好好读书,做个有用的人。

这是他留给我的话。

其实他会离开,我大概是早有所觉,所以在短暂的惊讶过后,我很快就平静了。任何人要走,都是蓄谋已久,而不是突如其来。妈妈过世后,很长一段时间之内都有人来给他做媒,说是再找个女人,最好再生个儿子。

我想过他会离开,我只是没想到会是今天。所以我沉默地收拾了房间,自己一个人坐公交车去银行查看了卡里的余额,自己一个人生活了一个暑假,一个人吃饭,一个人睡觉,一个人去图书馆看书……

在暑假结束后,我收拾了行李住进了高中宿舍。

我一个人取钱生活，交学费生活费，一个人决定读文科理科，一个人决定报考哪个大学哪个专业。我一个人可以生活得很好，不需要谁来陪伴，也不需要谁来保护。谁都不要！

我只有两个目标：让不该存在的人消失；生一个孩子。

如果失败了，或者暴露了，那就只有第一个目标，没有第二个。

今晚我要去一趟酒吧，为的不是柏荣齐，而是那个声音沙哑低沉的男人，我怀疑他是酒吧里的另一个合伙人。

刘雅兰昨天一直没有联系我。

这是她转嫁风险的手段，也是在测试我的反应，就像过敏皮试一样。

一无所知的我接到这样没头没脑的照片一定会很诧异的。那么，诧异之外，我会有什么反应，是不是会报警？

她担心我会报警，所以故意涂花了照片上男女的脸，并且没有提出任何要求。

这只是一次投石问路，但她不会等太久的，因为她被柏荣齐逼得很紧。她很快就会采取下一步行动的。所以上班之前，我在自己宿舍的门头上装了个针孔摄像头，借助它我能清楚地看到所有人的脸，也能看到他们上楼后的去向。

放好之后，我想，为了在中央广场失踪的便携旅行包，为了包里斯巴鲁的钥匙，我需要和我爸见一面。

办公桌上有一束花，署名李瑞阳，我把它扔进了垃圾桶。

临近十一点时，我收到了来自刘雅兰的电话。我照旧先没有接，半个小时之后才给她回的电话。

她约我中午午休的时候一起吃中饭，并且说已经在来接我的路上了。

我装作勉为其难地答应了。

她的笑容比平日里更温柔可亲，如和煦的春风拂面，在这面容下藏着蛇蝎心肠，犹如剧毒的食人花。

第五章 阿良

"雅兰姐,这两天睡眠怎么样?有改善吗?"我关心地问。

"还是那样,唉,估计好不了了。"她叹了口气,"你最近怎么这么忙?连吃个中饭都得着急忙慌的,是不是工作上不顺心啊?"

她的关心,带着有毒的试探。

"工作上倒没什么不顺心,就是……"我故作迟疑地说,"嗐,不说这些,姐,尝尝这个,这个好吃。"

"怎么啦?不是工作那就是生活上有烦恼?不会是和你家那位吵架了吧?跟姐说说。"她调侃着。

我摇摇头,把椅子凑近她一点:"姐,可奇怪了,有人莫名其妙地给我寄了张照片,我在想是不是谁给寄错了?"

"什么照片啊?"她有一点紧张。

"是那种不可描述的照片。我估计是渣男寄给前女友的,但搞错了房号。"我神秘兮兮地压低声音对她说,"可能是给院里同样住宿舍的哪个女孩的。"

你会演戏,我也会。

"天哪,是女孩子的裸照啊?那可怎么办?"她很惊讶地问,"还有别的吗?"

我摇摇头:"就是因为没有别的又看不到脸,不然我老早报警了。"

"这个,为什么报警啊?"她低下头,吃盘子里的西兰花。

我说:"肯定得报警啊,这样的照片不是为了恐吓就是为了勒索,怎么能放任呢?"

"那这个女孩子好可怜啊。"她惋惜着说。

"总比看着她被人威胁强吧,再说,万一被勒索了,一次要个三五十万,我们院里小年轻哪里有这么多钱?不还是拖累父母吗?"

她的表情和动作都没有异样,甚至漫不经心地说起了其他话题,但她开始有点食不下咽了。

我装作没察觉,一直有一搭没一搭地和她聊天,末了还邀请她去科室里补觉。她犹豫着拒绝了,说下午还要去学校接孩子。

她走的时候,身形依然风姿绰约,但在车门前找钥匙找了很久。

我不会做你的钱袋子,所以你就自己慢慢受着吧,别妄图从我这里拿钱去填柏荣齐那难填的欲壑。

我很期待,如果从我这里拿不到钱,下一步刘雅兰又会怎么做呢?

…………

城市华灯初上,霓虹灯明灭交错。

这一次,我穿着简单的卡其色长裤,配上白色衬衣,跟在人群中去了酒吧。

今天,我不用迷惑谁。我点了一杯酒、一个果盘,一个人缩在最里面的角落里,静静地看着酒吧里人来人往。

今夜没有下雨,冷空气已经远离了这个城市,天气不凉不热,被大雨阻挡在家里多日的人们三三两两地出来放松了。

对面宋琪的清吧人也很多。

我一个人坐着,等着。

我等的目标来了,那位合伙人在吧台里面和调酒师说些什么。

我装作去吧台结账,边付钱边用他能听见的声音叹气。

"唉,我觉得你们家的酒是越来越没有味道了。看样子下次要换一家了。"

他看向我,但没有走过来搭话。

调酒师歉疚地问:"美女,是不是我们服务不到位啊?有哪些地方您觉得需要改进的?"

我就势坐在高脚椅上,手支着下颌说:"你们的花式调酒味道差了,手法也没改进,都没什么新花样。"

"你们老板不行啊,没用心经营啊。"我啧啧叹气,故意引战,"对面清吧的调酒师花样就很多,味道也很好的。"

合伙人走过来了,递过来一杯酒。

"美女,鄙姓林,是这家店的经理,赏脸尝尝这杯酒。"

声音低沉,但并不沙哑,和监控画面里听到的有区别,是他吗?

"不了,已经没有喝酒的兴致了,"我没接酒杯,"林老板得多花点心思经营了。"

他拉开高脚凳在我身边坐下，说起了眼前的这杯酒。

差不多达到我的目的后，我应和了两句。

"林老板哪里人？从口音上看不像是本地人。"我说。

"对，外省来的，乡音难改。"他说。

他四十左右，比柏荣齐看着要年轻，但身材管理比柏荣齐差，也不像柏荣齐那样名牌加身，胖胖的，发际线有点高，以后有秃顶的可能，在人群中并不醒目，有着泯然于众人的普通。

我无法判断他是不是车里的那个人。不过不要紧，他说的话已经被我录音了。而有专门的软件可以将这次的录音和上次的进行甄别。

我可以离开了。

但是我还没来得及走，酒吧门口进来两个人，两个我见过也见过我的人。

该死，是李瑞阳和他的同事。我转过身，让头发垂下来挡住脸。

李瑞阳是来公干的。隔着不太远的距离，我听不太清，但能从他们的话语里拼凑个大概。

有女孩报警说在酒吧一条街被跟踪后被抢走了随身的包，包里有价值数十万的奢牌手表和戒指等贵重物品。

李瑞阳他们是来酒吧一条街查访的。他们没有停留很久就离开了。

在他们离开后，我又特意多等了几分钟才离开酒吧。

才走过转角，李瑞阳站在阴影里，目光如炬地盯着我。

他穿着便装，身姿笔挺，气势十足，双手交叉抱着站在那里。

我的动作滞了一秒，接着我若无其事地越过他往前走。

在交叉过身时，他一把掐住了我的手腕，拖着我朝另一个方向走去。

"跟我走，好好谈谈。"他说。

他的手硬得像铁，我挣扎了一下，没有挣开。

警车就醒目地停在酒吧一条街的入口。

副驾驶座上那个警察同事饶有兴致地看着我们。李瑞阳打开副驾驶车门把他拉下来，把我推上去，然后绕过车头走向驾驶室。

我打开车门要下车，那个警察同志就站在车窗边低头看着我，车门推到他身前只打开了一个小小的缝隙。他举起左手趴在车窗打招呼："刘医生你好，这么巧呀。"

李瑞阳已经上了车，他倾过身体，将我这边的车门拉好锁住，对同事说："你自己打车走吧。"

然后就开动了汽车，将他同事甩在身后。

"李瑞阳，让我下车。"我说，门被锁住了，我打不开。

他瞥了我一眼，从鼻子里回了我一声："系好安全带。"

"我还有事，就不麻烦你送我了。"我尽量客气地说。

"你去酒吧里做什么？"他不客气地问。

"这是我的私事。"我说，"我没必要向你解释。"

我停了一下，继续说："其实咱俩不熟。"

"你说我们不熟？"他讽刺说。

"谈恋爱分手后各奔西东，不必再有来往。"我说，"我以为我们都是成年人。"

他气红了脸："刘宝珠，你到底是个什么样的女人？"

"这是我的事，我没必要跟你说。"我强调，"成年男女的游戏你玩不起吗？"

他一脚踩住了刹车，用力扯下安全带俯身过来，我在他靠近我的那一瞬间将他推回座位。

"你发什么疯？你的纠缠来得莫名其妙，我不是你的所有物，我们真的不熟。"我也生气了，"你不会知法犯法吧？"

都过去几年了，这点陈年旧事还值得这样纠缠吗？

我说："对不起，那时不应该找你，是我错了。你要我怎么样做才能放下这件事？你说个方法一次解决掉吧。"

他盯着我，没有说话。

第五章 阿良

我再次去拉门锁,打不开。

我转过头对他说:"这太荒谬了,你别再说你对我念念不忘什么的,我不相信,也不需要。这样的感情太荒唐了。"我看着他发红的眼睛,一字一句地说,"你都不像个男人,反倒像个女人。"

"刘宝珠,你怎么这么渣?"

"这才是真的我,不但渣还坏。"我拍拍门示意他打开,"你不要被皮囊迷惑了。"

他瞪着我,眼神说不上是失望还是生气。

这个人不说话也不开门,真的太莫名其妙了。

他沉默着发动车子,车速很快,几乎是冲出去的。往前开了几分钟之后他才减速,开口说:"住哪里?我送你回去。"

"不用了,我自己回去。"我拒绝。

"刘宝珠,你一定要这么拽吗?"他转过头对我说。

他将我送到了宿舍楼前的运动场,终于打开门锁。

我推门下了车对他说"谢谢",也说"再见"。

他没有回应,但紧跟着推开车门下车,喊住了要走的我。

"刘宝珠,最后说几句话吧。"

暮色中,他神色严肃。我停了下来。

"我第一次见到你时,你穿的就像今天这样,白色衬衣卡其色长裤,不过那时候你的头发比现在长。"

他从口袋掏出烟,但拿在手里没有点着。

"我弟弟的生日聚会我本来不想去的,但看到你的第一眼,我很庆幸自己去了。你一晚上都没有开口说话,而我看了你一晚上。

"我说要送你,你没有拒绝,走回你们学校的那一路,经过什么路口,路口有什么景色,至今我还记得,但你连我叫什么名字都没有问。"

烟在他的手指间捻动。

"我从李瑞光那里要来了你的联系方法,而你也赴约了,那几天,我以为……所以后来你说在一起试试的时候,我很开心。不怕你笑话,那天,我连孩子叫什么名字都想到了。所以我特别不甘心,哪怕过了这么多年,再次看到你,这种感觉就又回来了。"

风吹动他的短发,我没有说话。

"不过,像你说的,再纠缠下去就太不男人了。那就到这儿吧,刘宝珠。"他顿了顿,说,"你还欠我一样东西。"

我问:"欠你什么?"

他的目光移到我的嘴上:"一个吻,你欠我一个吻。"

他靠过来,一只手箍住我的后背,一手扣住我的后脑勺,狠狠地吻住了我的嘴。他周身灼热,手臂坚硬如铁,箍得我分毫不能动,一直到他主动停止。

他放松了手,将我的头扣在他胸口,大口喘着粗气说:"一直很遗憾没有亲你的唇。现在好了,我们两清了。"

两清了就好。我目送他的车尾灯在夜色中逐渐远走,然后消失不见。再见,最好再也不见。我摸了摸自己被咬痛的唇,走回宿舍。经过楼梯的时候,我特意从不同的角度看了一下宿舍门头上的针孔摄像头,然后才向上走。

我看到了靠在扶手那儿的黎致远。他的目光落在我的唇上,神色不明。夜风中他的发丝凌乱,风吹动他的衣角,也吹动他左边空荡荡的裤脚……

他看着我,第一次没有冲我笑,然后他摇动轮椅转身回了自己房间。

黎致远觉得自己要生病了。他快要嫉妒疯了。他怕自己一开口,嫉妒的话就要遮掩不住,就要冲口而出。所以他沉默地回了自己的宿舍。

下班后,看着宝珠紧闭的房门,他其实很担心。

因为下午他看见那个刘雅兰来医院了,而宝珠从她的车上下来。

宝珠没有发现刘雅兰在她身后露出的那个表情和那双眼睛,而在远处看了个正着的黎致远敏锐地察觉到了切实的危险。

刘雅兰对宝珠不怀好意,她的目光就像看着猎物的毒蛇。

第五章　阿良

可是还没等到他开口提醒，宝珠就出门了。

只是他没想到，他会等到一个火热的、投入的吻。

这个吻，是属于别人和宝珠的。他承认他嫉妒了。

宝珠是真的不在乎别人对她的态度，别人对她是喜欢或者不喜欢，她其实很少放在心上。然而，这样冷淡的她是如此吸引自己的目光，那自然也会吸引别人的目光。

他知道宝珠和那位警察的绯闻，也知道那位警察说的始乱终弃大概是什么情况。这是宝珠会做的事，她并没有自己是女性、是弱者、是需要别人负责的这种心态，任何时候，她都能对自己负责。

然而他始终记得，第一次见宝珠时她腮边的那串眼泪，那让他从此烙印在心上的珍珠。宝珠，如宝如珠，她值得任何一个人爱如珍宝地对待她。

黎致远滚动轮椅，来到那个不能叫作阳台的逼仄的角落。这整个宿舍可能还没有他家一个阳台大，然而他甘之如饴地蜗居在这里，只因为和宝珠近在咫尺，能看到她房里还没有关的灯。

他又想起今晚宝珠红润的唇，几不可闻地低低地叹了口气。

房门被轻轻地敲响了两声。

至少在开门前，他绝对没有想过会是他正在想着念着的宝珠。

她披着外套，好像有话要说。

黎致远决定先提醒她："宝珠，你一定要小心刘雅兰，她对你没安好心，最好是不要单独赴她的约。虽然疏不间亲……"

他的话还没说完，宝珠打断了他："我今天是去办事，不是和谁有约。"

黎致远愕然了，等他意识到宝珠说了什么之后，他的心里就像有一朵隐秘的花在这一瞬间徐徐绽放。

他由衷地笑了起来："宝珠，你为什么要对我解释？"

…………

是啊，为什么要对他解释？不但多余而且毫无意义。

我为什么要做这样毫无用处、违背自己远离和拒绝初衷的事情？

第一次，我的心乱了。我甚至忘记了今晚的目的。

等我在床上辗转反侧时，才想起今晚的录音。我摸黑起床，打开电脑找到软件，将两段不同时间地点的录音下载下来，然后输入软件进行比对。

进度条提示我比对还需要进行二十五分钟。我起身给自己倒了杯水。隔壁房间的灯已经熄灭了。其实，我应该，也必须离他远一点，再远一点。他看起来温和无害，其实敏锐又聪明，和我完全不一样，他是在阳光下的。

黑暗中，我看着自己的手。我的手很白，白得在夜里依然好看，而且灵活、稳定。但这双手，曾伸进过大体老师的腹腔里寻找各种脏器，也曾带走过许多小动物的生命。

我曾将大体剥皮去脂，开膛剖腹，也曾在课后将一头猪的脏器分门别类地做成标本泡进福尔马林里。

我最得意的一个动物标本，此刻就陈列在那幢灰墙黑瓦的小三层里。

这双手拿得稳手术刀，也终将染上仇人的鲜血。

我将不会再是个正常人，又有什么资格享受正常人的生活呢？

完成这个目标之后，我的余生若能有一个孩子，已经是老天对我的恩赐，再贪心是会遭天谴的。

我一口将水灌进胃里，冷冷的凉白开让我瞬间清醒。

进度条一直在99%徘徊，终于完成到100%时，弹出了一行字：相似度55%。55%，比成功低，比失败高，像是一个人，又不是一个人。不能排除这是一个人，同样也不能确定这是一个人。

我再次截取音频，再次降噪，再次比对，相似度依然只有55.5%。

不行，光靠声音肯定不行，我需要照片。

如果可以将刘雅兰车上的针孔摄像头换个位置，也许我能拍到照片。

换到哪个位置？什么时候换？

不能让他们好过，因为他们过得太好了。

明天过去后，就是姐姐的忌日。我可爱可亲的姐姐，现在是一只猫、一只狗还是一只蝴蝶？

第五章　阿良

晚上我沉沉入睡，梦里有个人在问我："你为什么向我解释？"

他斜眉星目，唇角含笑，带着阳光下的灿烂和清澈，像开放在淤泥里的荷花。他俯下身对我说："宝珠，对我公平点。"

…………

今天开始，我将连续上一周的妇科急诊夜班，所以白天我可以自由地睡懒觉。然而生物钟定时让我清醒过来。

我打开了刘雅兰昨天的行车记录。

中午分开后，她去了一趟东大街，停在东大街和惠民路的交叉口，大概四十分钟后，她径直开车回家，四点半左右，车子从小区开出，来到她儿女所在的学校，然后再回到小区，之后没有再出来过了。

监控画面证明了以上的行程。

她在和儿女通话的时候用的车内的蓝牙电话，所以双方的谈话内容我都能听到。昨天下午到晚上，风平浪静，没有什么值得注意的线索。隔壁似乎已经起床了，我闻到了粥的香味。赶在他出门前，我轻手轻脚地出门了。

今天，我要去找我爸。我先回了自己家，给三外婆带了一些吃的，又给她做了些饭菜，然后在她那里拿了钥匙回家。

在开门前，我借着阳光细细地打量，门锁之间我绑的头发依然还在，还是自己绑的那个反手结。没有人来过。我开了门，家里还是那种熟悉的味道。关上门后，我习惯性地先去看用水，一切完好。

然后我去了二楼的阳光房。水池的后面，取下活动的瓷砖，一小排溶液静静地摆在那里。这是我一点一点收集起来的。量不多，但只要切片够细，依然足够让一头两百斤左右的碳基生物连皮带肉化成腥臭的脓液。

这和柏荣齐很配。我把瓷砖放回原处。爸爸没有回来过。我又去了村里的公共墓地，那里埋葬着外婆和妈妈。她俩的墓地紧挨在一起，两个小小的土堆埋葬着两个人。

人的一生有两次死亡，一次是肉体消亡，一次是灵魂消亡，灵魂消亡意味着这个世界再也没人记得他了。

走到石板小路上，泥土的芬芳扑鼻而来，刺激着我的鼻腔，我抬头打了个喷嚏，就这么一抬头，我看见有个黑影，在外婆和妈妈墓地前蠕动。

黑影时高时低，时胖时瘦，我愣了大概一秒钟，猛然意识到，这是一个人在对着墓碑鞠躬，所以时高时低，鞠躬过后，可能是在挥动手里用来祭奠的酒杯，所以时胖时瘦。

我拔腿就跑。黑影转过身来，朝着山下挥动着手臂。他在向我挥手。

爸爸，等着我，我来了。

隔着这么远，我不知道自己为什么看得这么清楚，或者这是我自己的想象。等我跑到墓碑那里，已经只能看到他远远离开的背影。

爸，你认为还不到见面的时机吗？

我从墓碑那里找了一圈，找到了一封被风吹落的信，信里夹着一张照片。

乖女，好好工作，好好生活，其他的交给我。

我抬眼看去，泪水糊住了我的眼睛，我看不到他的身影了。但我还是奋起直追，朝着他离去的那条路一直追过去，我有话要说。

公墓后山有一条掩映在树林中的路，通向一个市里修的大型水库，路边都是郁郁葱葱的树，没有监控。

这也是我之前选择的路线，目标的终点，也是那辆斯巴鲁的最终归宿。

之后，我可以从斯巴鲁的车窗脱身游回岸边。岸边有我提前准备的防水袋，里面有备用的衣服。之后我会回到医院，正常上班下班，正常夜跑锻炼。而后，医院有一场早就定好的出国交流会，我会跟着医院的队伍去国外学习半年。

这就是我之前的计划。

现在用不上了吗？

爸爸，你的计划是什么？为什么这么多年、为什么直到现在你才出现？

第五章 阿良

是因为你要做的事远比我的计划更艰难是吗?那为什么你盯着的人是刘雅兰?

我站在空无一人的水库边发了一会儿呆。

回市里的公交车上,刘雅兰给我打来了电话,她邀请我去她家,说她还是睡不好。我拒绝了,我告诉她今晚我值夜班,邀请她晚上到我休息室里睡。

她说她看看能不能安排好孩子再决定。

公交车慢慢悠悠,带着我的思绪飞得很远。

明天是姐姐的忌日,不知道刘雅兰会不会在这个日子心神不安,没有也没关系,她会得到应有的结果的。

回到宿舍已经下午三点了,我把包里的信封掏出来,在厨房找到打火机点燃,看着它化为黑烟,然后我仔细看那张照片。

照片很黑,毫无疑问是夜里拍的,场景在哪里看不清,有几个人也看不太清,唯有一张脸,在烟头的火光中,影影绰绰,能看清一个大概的轮廓。他的头发很短,脸型瘦削。

这是谁,爸爸为什么给我这张照片?他既然要我停手,为何又给我留下线索?我百思不得其解。

我将照片藏进盒子里,再次打开刘雅兰的监控和定位。果然,在她给我打电话之前一个小时,她曾经接到两个来自柏荣齐的电话。

我对着监控,压不住我嘴角露出的冷笑。

我想爸爸给我留下线索,是让我看着仇人们如何被一点点折磨,让我放心生活,复仇的事交给他。

刘雅兰的第一通电话,是在中午十二点二十三分打进来的,应该是柏荣齐问她钱的事,因为她在电话这边说她没钱别逼她。

五分钟后她的手机响起了短信提示音,我听到了她咒骂的声音,然后电话铃声再次响起,这次她没有挂掉,只是说要时间准备。然后一个小时后,在下午一点四十分,她给正在坐公交车往医院走的我打了电话。

她还是不死心地想让我成为她的钱袋子。

第六章　四人

下午四点三十分，我准时去急诊科交接班。只是我没想到的是，本周的第一个夜班居然会这么紧张。

医院急救中心转过来一个妇科求助电话，患者孕30周，自述晚上在家时突然下身流出较多液体，自我感觉心跳加快，未见明显胎动，同时感觉下身有无法形容的异样，请求帮助。我接过电话时，问了她几个问题。

"女士，你好，这种阴道有液体流出的情况之前出现过吗？"

"大概一周前出现过两次，像是憋不住尿一样。"

我引导她先自查："女士，现在试着用手摸，感觉自己能摸到什么吗？"

她说摸不到，但是感觉膨出很明显。

我让她现在立刻躺下，就近躺在沙发上或者床上都可以，必须用枕头把屁股抬高，在家等急救医生到来。

我判断这是胎膜早破，一周前已经出现，不过当时算是隐性的胎膜早破，如今是显性的，可能伴随有脐带脱垂。

如果伴随有脐带脱垂，这将会是对胎儿最严重的危害，显性的脐带脱垂，十分钟左右就会导致胎儿死亡。必须争分夺秒，再快一点。

做好登记后，我跟随急救医生一起上了救护车，六分钟后到达了目的地。然而这是个老小区，应急通道中停满了大大小小的电瓶车，救护车没有办法直接停在楼下，急救人员和我一起抬着担架往楼上走。

第六章 四人

家里只有一个十岁的男孩和孕妇两个人。男孩给我们开的门,拨打电话的女士已经躺在床上,屁股底下垫着枕头。来不及指检,我们一起有条不紊地将女士抬上担架固定好,然后一起费力地抬着担架下楼,小男孩紧紧地跟在后面。

一到救护车上,我马上给她做指检,阴道壁膨出,宫口未开,宫颈旁可摸到疑似脐带。这样不行。脐带脱出,胎儿血运循环受阻,宫内缺氧,即使能存活,对胎儿脑部发育的影响也是不可逆的。

我将她的屁股再次垫高,然后用双手推住偌大的肚皮,从下腹部将胎儿缓慢地推向母亲肋骨方向,然后再次指检,这次我清楚地摸到脐带,且脐带无搏动。只怕不好,我心里一个激灵,深吸一口气,用手指隔开胎头和耻骨,有序地行手法回纳术,将脱垂的脐带推纳回体内。

孕妇腹部压痛,体温升高达38.5摄氏度,怀疑羊膜腔感染。

我给产科手术室打电话,要求马上做好剖宫产准备,同时做好抗感染和抗休克准备。五分钟后,救护车到达医院,我们将孕妇直接推进产科手术室,开始紧张的手术。

胎儿已死,整个胎膜内羊水浑浊腥臭。

其实,这种情况下胎儿死亡,对孩子自己、对产妇、对家庭,都不是一件坏事。因为即使胎儿侥幸还存活,这么长时间的缺血缺氧对胎儿的影响也是不可逆的,孩子很大概率会是脑瘫。

刚回到急诊室,内科转过来一个女大学生,捂着右下腹,几乎站不直。突发性右下腹撕裂样疼痛,疼痛难忍,患者自以为是急性阑尾炎,父母二人匆匆忙忙地将她送入医院。然而体检结果与阑尾炎不符,我怀疑是宫外孕,患者也自述停经三个月左右。在我的猜测下病人没有反驳,不能接受的是家属。

两夫妻几乎要崩溃了,尤其是母亲,她恶狠狠地扑过来。我赶紧拦住了她,谁知道她反手给了自己一个耳光,接着放声大哭。

尤其是当她看见我开出来的化验单有艾滋病等四项检查时,她几乎是声嘶力竭地质问我凭什么这样对她女儿,凭什么给她女儿开这样的检查单,凭什么认为她女儿会有这些毛病……

她用力揪着我的衣领,几乎是脸对着脸指责我。

我理解她的心情,然而病人的情况并不乐观,她冷汗淋漓,口唇苍白,意识模糊……而她父母还在纠缠。

我把衣领从她母亲手里拉出来,把她拉到病人身边,让她去看病人的脸,用比她更大的声音在她耳边说:"你女儿快要痛死了,你要不要先救她的命,啊?要不要先救她的命?"

然后,我大声安排她父亲去交费用,叫来护工帮我把病人挪到推车上,直接送往手术室。临走时,我拉上了失魂落魄的母亲。

我告诉她,检查艾滋病不是对她家教的怀疑,也不是对病人品性的怀疑,而是因为手术是会出血的,所有的手术在术前都会要求检查各种会经由血液传染的疾病,包括乙肝,包括艾滋病……

她泪如雨下、抽抽搭搭地告诉我,她的女儿真的很文静乖巧,又还没结婚,家人从来没想到会出现这样的情况。

我只能告诉她:"同为女性,我理解你的想法。出现这样的情况,现在去责怪病人于事无补,不如先调理好病人的身体,然后再去找原因。

"不管是谁出了这样的事,妈妈都是她最后的体面和保障,如果你也跟着其他人指责她,她得不到理解和关爱,就会很害怕、很无助……"

我哽咽了一下,这是说给她听,也是说给往事听,说给我想念的人听。

"好好陪伴她,比什么都重要!"

你还有机会,不要错过。而曾经我的姐姐,她没有机会。在她最无助的时候没有人站在她身边,只有那个小池塘成为她最终的归宿。

今天是姐姐的忌日。

那晚,姐姐在我的怀里哭泣,我们相拥着一起睡着了,等我醒来之后,

第六章 四人

我姐姐死了。我睁开眼，那天的记忆像画卷一样又来到了我眼前。

其实有很多年，我都没有刻意地去记过这个日子。在我初中毕业进入高中之后，一直到在医院重遇柏荣齐之前，我都在过属于自己的自在日子，将我那像珍珠般美丽的姐姐留在了过去。

在这之前呢？姐姐死后，我们来了这个姐姐一直想来的城市，每到这个日子，我都会被我妈带着一起躺在装满水的浴缸里，一直到无法呼吸才呛咳着坐起来，等缓解了又再次躺下去。

就像我妈在杀死她自己的同时，也杀死我一次。

我游泳技术很好，潜泳技术更好。因为不单是姐姐忌日这一天，我妈特别痛苦或者是特别生气的时候，也会采取以上做法。

当然，我那时候不懂，长大学医后才知道，我妈当时已经患有很严重的抑郁症，这是人世间为数不多的能压倒母爱的疾病。

而就在那几年，姐姐的尸检报告被我背得滚瓜烂熟。

死者死因：窒息性死亡。有一般窒息征象，内脏淤血、睑结膜、黏膜、浆膜瘀点性出血；口鼻腔前可见多量泡沫，呈淡红色，泡沫外溢，在口、鼻周围有泡沫痕迹，证明死者为生前溺水……

而最重要的一句：死因符合溺水后窒息性死亡。

现场报告说：遗体衣着完整，无暴力性损害，符合溺水死亡特征……

我的姐姐坚强到连流言都杀不死，她是不可能自杀的。姐姐身上从下颌一直延伸到小腹的那条蜈蚣一般的缝线，就是我心里那只张牙舞爪的恶魔。

柏荣齐、刘雅兰、阿良，你们一个都别想跑。

我闭上眼睛，在这个清晨，允许我默哀几分钟吧。

几分钟后，我打开刘雅兰的监控和定位。

昨晚，刘雅兰再一次把车停在酒吧一条街的路口，然后步行去了酒吧。大概一个小时之后，她重新回到车上，但没有发动汽车，而是在车里坐了大概十几分钟，没有哭泣，只有呼吸声，逐渐变粗加快的呼吸声证明了她情绪激动。

然后她用手机拨号打出了一个电话，她喊："阿良，求你帮我一个忙。"她对着电话那头的人说："阿良，求你帮我一个忙，求你，再帮我最后一次。"

这个时候她才哭出声来，哭的声音低微而婉转，电话那头说了什么我听不见，但是我后背的汗毛在一瞬间全部竖了起来。

刘雅兰说："你能帮我带走刘珍珠的妹妹吗？"

"我没疯，我有不得已的苦衷，你再帮我一次吧。阿良，我实在是没有其他办法了。

"不是，阿良，她就一个人，没有亲人了。

"嗯，她是个医生。

"阿良，求你了，再帮帮我吧。

"阿良，我们两个是拴在一起的两只蚂蚱，我不好了你也别想好，你别忘了，当年不是因为你，我不会办那件事，我一个人办不成事的。

"好，我等你。

"不不不，买好票就告诉我，我去车站接你。

"阿良，千万不要放我鸽子。"

阿良就要出现了，她们要见面了。

我的心在期待的同时，生起一股难以熄灭的愤怒。

原来，还有第四个人啊！

阿良一直在外地，那天在车里和柏荣齐一起威胁刘雅兰的就不可能是阿良。这是除了柏荣齐、刘雅兰、阿良之外的第四个人。

当年，究竟还发生了什么？我庆幸马上就要下班了，我忍着内心的焦躁，我必须在刘雅兰出门时跟上他们，我必须亲眼见到阿良是什么人。

我以最快的速度做好交接，狂奔回宿舍，我需要带上些东西。

在开门时，我好像不小心踢翻了放在门口的饭盒。但我要做的事很多，因此我没空再去捡起放好。我需要先去刘雅兰住的小区确认她开的是自己的车，我需要乔装打扮，之后小心谨慎地跟着定位跟在她的车后……

最怕她不开自己的车，如果这样我得做好准备。

第六章 四人

不要急，深呼吸，冷静。

医院停车场外的第三个路口有一家劳保店，里面有我需要的东西。

我先将自己上班用的手机放在衣柜里，将另一个手机带在身上，带上现金背上背包，我跑出了医院。

来到劳保店后，我付费买了一套户外绿化工人常用的装备，包括能从头罩住脸的长款遮阳帽。换上后，我已经是个户外工人的模样。

但我还没到她小区，就发现定位上的小红点已经开始移动。我赶紧戴上蓝牙耳机打开监控画面，此刻，我很担心开车的不是刘雅兰。

还好开车的就是刘雅兰，因为我一打开监控就听见了她的声音，她正在打电话，和对方确认到站的时间。我换了一辆出租车跟着，在她的车进入市区的时候，终于在车流中跟上了她。

初夏的风从城市的每一个角落吹过，带来了微微的热。我的手心也在发热，甚至带着微微的汗。小红点一直在车流中前进，蓝牙耳机里偶尔传出路上汽车的喇叭声，刘雅兰一直没有电话进来，也没有说话。

十八年前的这个时候，姐姐在做什么？是在等着开庭，还是已经开庭？

不知不觉，在她离去后，我又活了十八年，正好活了一个她的年龄。

有电话铃声响起，才响两声就被刘雅兰接起来。

"阿良，我还有十五分钟到，会在你到站之前，在出站口等你。"

"阿良，见面再说，你在大巴上，说话不方便。"

"阿良，我保证，这是最后一次。"

"好，一会儿见。"

十五分钟，我在她身后约晚两分钟的路程。

我不知道具体的到站信息，只要刘雅兰下车，我就会找不到目标。

我对师傅说："麻烦您能不能再快点？如果十三分钟之后能到，车费我翻倍给。"

"好的，等着。"师傅开心地立刻加快了速度，我居然体会到了推背感。

十二分钟后，我已经到了南站出口，刘雅兰的小红点还在车流中移动。

我兑现了自己的话，并多给了二百。

"师傅，靠边在这里等我，今天您的车我包了。"

师傅大笑："小姑娘，二百可不够包车的。"

"我知道，等一下我出来您还在，我就付清。"

但我立刻感觉到了危机。

我收回拉开车门的手："您怎么知道我是小姑娘？"

师傅回头指指我的手："你不开口我也知道，这手长成这样不可能是大妈吧。"

是了，做手术需要严格执行要求洗手消毒，医生的手比一般人要白，而且绝不会留长指甲。

感谢师傅无意中说的话。我下了车，一边看监控画面一边往出口走，顺手在路边的绿化带里抓了一把泥将手搓脏，再用脏手将露出来的皮肤抹黑。

然后我掏出绿化工人常用的大剪刀，开始在出口处假装忙碌起来。

很快，刘雅兰出现了，并在出口处站着等。

五分钟后，她抬手看了一眼时间，三分钟后，她再次看了一下时间。

她喜形于色地冲着栅栏里的来人招手。

迎面走来了一群人，我掏出手机快速地拍了几张照片。然后后退一点，退到了阳光照不到的阴影里开始录视频。

陆续有人走近她，又陆续越过了她……然后，她放下摇动的手，急切地往前迎了几步。要等的人来了。

刘雅兰的手已经拉住了他的衣袖，他们终于走到了一起，那张脸完全暴露在我的眼前。

阿良，我终于见到你了。你到底对我姐姐做了什么？你和刘雅兰，是怎么将我姐姐引进你们设下的陷阱的？

阿良，你可知道，有一个人在等着你出现，她恨不得将你挫骨扬灰？

刘雅兰和他并肩而行。两人一起走过出口，走过台阶，走向刘雅兰停车的位置。两个人在说话，我听不见他们说了什么。

第六章 四人

我回到了之前等我的出租车上。

刘雅兰的车滑向路口，左转右转进入主道，我让司机隔着几辆车跟了上去。几乎是她的车刚开动，我就从监控画面里听到那个阿良说话了。

"刘雅兰，我是来和你说清楚的，我不会再帮你做任何犯法的事了。"

他在咳嗽了几声后说："我儿子的成绩很好，老师说他考上一本是肯定没有问题的。"

他肯定地说："我有自己的孩子要负责了。刘雅兰，你不用威胁我。"

"何况你不敢举报，我做了什么你就做了什么，我造的孽就是你造的孽，举报我就是举报你自己。你舍不得你现在的生活的。"

刘雅兰没有反驳，车里安静了几分钟。

然后，这个阿良一字一句地说："刘雅兰，我最后悔的就是听了你的话，不然，刘珍珠不会死，姓柏的也不会被放出来，我妹妹也不会……"

不会什么？他没有继续说下去，反而话题一转，又说起了我姐姐。

"珍珠当年做的才是对的。如果不是你，她不会败诉，柏荣齐不会脱罪，你也不会有现在的处境。"

他笑得悲凉："所以你看，我们都是自作自受。"

你看，你们都是自作自受。

不知道为什么，听到这句话，我的鼻子很酸，眼泪不由自主地流了下来。

姐姐，你听到了吗？这个人说你做的事是对的。

你知道，你当时有多勇敢吗？

我的眼泪落在屏幕上。

师傅回头看了我一眼，安慰说："小姑娘不要怕，这世界上好男人多得是，不要蠢得为了一棵歪脖子树哭。"

他以为我是在抓男人出轨的女人。

"就这样吧，我要回去了，这是五万块，就当是我能为你做的最后一件事吧，以后不要找我了。"

在监控画面里，阿良的脚边有个小小的袋子，他把袋子拎了上去。

"停车，我要下车了，以后不要再联系我了。"

说着，他不顾刘雅兰还在开车，强行去拉车门说："不停我就跳了。"

刘雅兰在路边停了车，我先看到副驾驶座位上的黑色运动鞋挪下了车，然后看到了车窗前从车流中穿过马路的男人。

只用了两秒钟的时间考虑，我不再跟着刘雅兰，让出租车司机掉头跟上了他。

他又走回了汽车南站，我看着他进了售票大厅排队买票。

他要走！我已经见到了他的脸，怎么才能知道他的身份信息呢？

我打开手机的照相功能，然后加快速度跑了过去，在他拿着身份证和票从窗口转身走的时候，我故意迎面撞了上去。

我用了很大的力气，他被我撞得摔到了地上，手里的身份证和车票都摔了出去，人更是狠狠地跌倒在地上。

我一骨碌地爬起来，一边连声道歉，一边将他的东西捡在手里。

"对不起了，太对不起了，我给你捡起来……"然后我转身去扶他，"对不起，老板，没摔坏吧？我陪您去医院查一下吧。"

他皱着眉忍着痛站起来，伸手来拿自己的东西，嘴巴里不客气地说："走路长点眼睛好吧，冒冒失失的，你急着去投胎啊？"

"太对不起了，是我冒失了。"然后我才抬起头直视他的脸。

身材中等，脸型瘦削，眉心有着深深的川字纹，手指甲里有黑色的泥垢，虎口处还有薄薄的茧，能闻到一点异味……

这是个干力气活的人，经常接触机油的工种。说实话，这么近距离地看他，有一种挥之不去的熟悉感，我好像在哪里见过他。

不会是最近见的，那就是小时候见过，可是我想不起来。他是曾经的街坊邻居？还是姐姐曾经的同学？他是爸爸给我留的那张照片里的人吗？

不像，照片里的人更胖一点，鼻子更高一点，嘴唇更宽一点！

也不一定就不是，黑夜中的一点光亮会加深人体五官的轮廓，所以才有灯下看美人这样的典故。

第六章 四人

  我不能确认。车票显示，他要去的目的地正是我的老家，是姐姐一生都没有离开的地方，是她至死都被困着的地方。

  而我现在要眼睁睁地看着他从我眼前走掉。这世间，哪有什么公平可言？柏荣齐利用身份的优势祸害了至少三个女孩：我姐姐、刘雅兰、阿良的妹妹。只有我姐姐报了警并站出来指证他，但刘雅兰和这个阿良做了一些事让那首诗出现在人前，成为我姐姐的污点，也成为柏荣齐脱罪的证据。

  而我姐姐之所以会出现在那个地方，是被刘雅兰和阿良设计的。

  案发那天，她或许是满心欢喜地前往那个地方，她以为去见的是自己有好感的那个男孩子李昊宇。也许她在出发前，曾经仔细地梳了头发，选了喜欢的衣服，她也许是带着笑走进了陷阱里……

  而现在，我只能眼睁睁地看着始作俑者之一走掉。

  他在庆幸，庆幸自己已经逃过法律的制裁；他在欢喜，欢喜他的孩子已经长大，以后会有光明的前程……

  而我的姐姐，她死在高考前夕，永远无法和心仪的男孩子一起读大学，永远等不到心仪的男孩子向她求婚……

  她心心念念的男孩子，最后娶了刘雅兰，生了一儿一女……

  这世间，哪有什么公平可言！

  爸爸，在这个特殊的日子，我想要见你。

  这个世界上只有你，只有我，只有我们俩，还在热切地想念珍珠。

  我走进了附近公园里的一个公厕，换下了这套户外工作服，然后我戴上墨镜，沉默地坐公交车回了市里。

  刘雅兰的车好像是在漫无目的开着，从城市的南边，来到了城市的东边，然后又从东边绕回南边，然后又去了北边……

  她一直没有说话，也没有电话进来，一直到中午家里的阿姨给她打电话问她回不回家吃饭。再然后，她拨打过两次电话，但是对方没有接听。

  这也许是打给我的。

  回到宿舍的时候，门口确实有个饭盒放得端端正正的。黎致远写了个便利贴告诉我这是熬的汤，让我记得喝掉。

我没有拿走便利贴，只是沉默地将饭盒放回他门口。

我是个无爱的、不祥的、不纯的人，不需要这样的温暖。

回宿舍后我拿出手机证实了我的猜测，刘雅兰的两个电话是打给我的。

她要做什么呢？她会做什么呢？在没有帮手的情况下。也许，她会问我借钱，说她家的投资出了问题，希望能借急来周转一下……

我照例没有马上回复她。

那个手机拍摄的视频里，我将阿良的身份证截图下来，刘育亮，家庭住址离我奶奶家仅一街之隔。

刘育亮，阿亮，在奶奶那边的叫法里，阿亮，"亮"读二声，所以叫"阿良"。

我想起来了，阿亮，他家还有个妹妹叫阿美。原来是他！

一个是推心置腹的同龄闺密，一个是一起长大的隔壁哥哥，这两个人一起将我姐姐，将我那个全心全意信任着他们的姐姐珍珠，推进了暗无天日的陷阱，推到了无路可退的断头路……

现在是下午了，距离姐姐死的时间，只有不到十个小时了。

害她的人，直接的、间接的，他们都活得好好的，有儿有女，享受着俗世的温暖和幸福……

我被电话铃声给打断了思绪。陌生的本市号码，我按下了接听。

"乖女……"是爸爸。

我想说话，然而我的嗓子像被打了一拳一样说不出话来。

"乖女，是我。"那边还在说话。

我知道，我拼命点头，却说不出一句话。

"乖女，好好工作，好好生活……"他的声音，隔着电话陌生又熟悉。

"爸，我想见你。"我终于说出了话。

爸，见个面吧，我有好多话要说，我有好多事要问。

他在电话里说："乖女，等爸爸做完所有的事再见吧，你什么都不要做，好好生活，乖女，爸爸对不起你们姐妹，但是爸爸很骄傲，我的乖女现在这么好。"

而我已经满脸泪水："不，爸爸，现在见，一共有四个人，柏荣齐、刘雅兰、刘育亮，还有一个人。"

爸爸说晚上九点在中央广场的那棵古树下见面。

我说"好"。我的心雀跃得像要飞起来了。

十六岁那年他离开了我，如今我快要三十一岁了。十五年犹如白驹过隙转瞬即逝。

我没有回刘雅兰的电话，我要先见我爸再决定要怎么做。

晚上六点，我穿着轻便的夜跑衣，像穿街过巷的鱼一样游进了人海里。

我宁愿提前去那里等他，也不想浪费时间在家里等。

静谧的中央广场，安静的角落，偶尔会有个别人匆匆忙忙地从这里路过，再赶去自己想要去的地方。

我曾无数次在心里描绘着这条路上所有细枝末节的事物，有多远，走多少步，控制在多少时间，要避开哪个位置……我反复地在心里演练过，也实地在这里推演过……现在，我在这里等着见我很久没有见过的爸爸。

我不再是孤单的。

古树不会说话，然而风吹动树枝，树叶迎合着风，发出沙沙沙的声音……

爸爸，这十几年，你做了什么？为什么等了这么多年？为什么会选择在这个城市？你怎么知道的这一切？你从什么时候知道的这一切？

你从什么时候开始相信姐姐的？

爸爸，快来吧，你要做什么？我需要听到你亲口告诉我。

姐姐，你也听得到吧？我多希望你能听到。

还有两个小时，就到你死的时间了。姐姐，当我熟睡的时候，在你决定要奔赴死亡之前，你有没有舍不得我，有没有像平时那样亲亲我？

姐姐，我真的好想你。

夜色中有车轮滚动的声音,但没有开车灯,我听到了树枝被压断的声音。

会是爸爸吗?我站起身来迎接他回到我的身边。

黑夜中,有人下车了,没有关车门,有个黑影往我这边走过来了。

我往前迎了上去。突然,黑暗中亮起了两盏灯,有人用力地嘶喊起来:"宝珠,快跑,危险!"

谁在喊?大灯的灯光刺眼,我微眯着眼,看清了向我走来的黑影。

这怎么可能?刘育亮,下午时我曾亲眼看着他进入候车室……

后面有人跟上来喊:"宝珠,快跑!"

来不及了,阿亮已经到我面前了,手里拿着的匕首在灯下发出了冷光。

我假装迎了上去,在他错愕地停下脚步时,飞快地转身往古树后面的林荫道跑去。他的脚步声飞快地追了上来,我感到后背被重重地踢了一脚,顿时失去平衡往前摔了出去,头重重地磕在我自己撑开的手臂上,但我忍着痛,就地往前滚,一直滚到古树下,才得以扶住古树站起身来。

他紧追过来拿刀对着我:"我不要命,只要钱。"

我扬起一把土冲着他的脸撒过去,趁他挥开手的瞬间,我狠狠一脚用了十足的力气踢向他的下身。

他大喊一声,捂住下身痛苦地叫起来,整个人弓得像粒虾米。

感谢这两年的拳击课,也感谢我的拳击教练。

我这才转身跑向对我示警的人,但电光石火之间,我感觉到了一阵剧烈的灼痛,一股电流从我小腿的某一点蔓延到我全身。

之后的情景仿佛电影里的慢动作一样,我感觉到自己倒头摔在地上。阿亮单手捂着下身,另一只手拿着一根电棍。

向我示警的人逆着光急切跑向我。阿亮弯腰拉住我的右手拖过头顶,将我拖向他停车的方向,一边拿电棍指向跑来的人。

跑来的究竟是谁?我的脸贴着泥土,青草从我眼睛、鼻子、耳朵擦过,有坚硬的石头从我脖子擦过……我知道自己不能束手待毙,然而我却有心无力,连手指都没有办法握紧。

时间好像很慢,但其实从事情发生到现在可能也就只有半分钟。

我高估了自己,小看了阿亮,我犯了致命的错误……

示警的人已经扑过来了。混乱中看不清到底是谁,但阿亮已经占了上风,直到来人手里拿着腿,用力地砸向阿亮的头。阿亮躲过去了,然后一脚把他踢开,将他手里的腿抢在了手里。

然后我听到阿亮发出恐怖的叫声,他忙不迭地把手里的腿扔到地上,落在我眼前。一个手感真实的假肢。是黎致远。

阿亮再次举起了电棍,我看到黎致远单脚站了起来,再次扑向阿亮。

不远处陡然传来一声大喝:"那边在干什么?报警了啊。"

左边有个穿着黑衣的人跑向我们,他跑得很快,就要出现在车灯灯光下了。

抢在他露面之前,我用力大声喊:"不要过来,黎致远,有人抢劫。"

爸,是你吗?你听到了吗?

有同伴在保护我,请你不要露面,就在那里,不要过来。

我不知道刘雅兰有没有坐在黑暗中的车里,但她认识你,阿亮也认识你。爸,就在那里,不要过来不要暴露,你要依然隐身在黑暗中。

那边的脚步声停了,进而响起了大声报警的声音:"喂,110吗?这里有人抢劫……"

阿亮立刻摆脱黎致远,车子在黑夜中发出轰鸣,很快开走了。

爸,我安全了。

我看着停在黑夜中张望的那个有点勾肩的身影,露出了由衷的笑容。

黎致远扑到我身边,他的声音急切而害怕:"宝珠,你有没有事?"

他的脸上很脏,鼻子和嘴角在流血,头发上甚至有草叶和泥巴。

我看着他急红了的眼睛,手脚无力地瘫在他怀里笑着说:"黎致远,你的武器可真特别啊。"

他这才长吁一口气放松下来,将我的头搂在他的胸口,大口大口地喘着气，我耳边清楚地听到了他狂乱的心跳，感受到了他胸膛强烈的起伏。

这个地方可真好，除了有心人，哪怕发生了这么大的动静都没有惊动不该惊动的人。真是个动手的好地方，我模模糊糊地想。

爸爸，你没有走过来，真好。

我听到黎致远含糊地说："宝珠，我后悔了，我应该报警的。"

"还好你没报警。"我说。

我的两只手逐渐恢复了力气，唯有被电击的腿麻木不堪，没有知觉。

黎致远扶着我坐起来，先将自己的假肢装好，然后步履蹒跚地将我抱到他的车上。

"宝珠，你知道是刘雅兰做的，对吗？"他边检查我身上的情况边问。

"嗯，知道。"我问他，"你怎么会跟着来？"

他没有回答，着急地检查我身上是否受伤。

我的手臂很痛，但是好在没有脱臼。我的后背也很痛，估计明天就会出现大片青紫，不过没关系，这些都能遮盖起来。然而黎致远的左脸和嘴角都破了，额头和耳朵血迹斑斑，有血迹混在他的头发里，也有血流在他的衬衣领上，到明天脸上就会开始又肿又青又紫，估计就不能见人了。

然而他好像没有感觉到疼痛，他的手小心翼翼地放在我脖子上，那里火辣辣的，应该是被尖利的石头划破了，不过也没关系，穿上高领也能遮挡住。

他问："宝珠，我先带你去医院检查行吗？"

我拒绝了，于是他决定去他附近的另一处住所。

他缓缓开车从中央广场转出去。我默默地看着窗外，有个人躲在古树的阴影里，一直在看着我的方向。

黎致远："宝珠，报警吧。"

不报警的话，我该怎么跟他解释？我在他的注视下沉默了。

刘宝珠大概永远也不会知道，这短短的几分钟，黎致远是怎样的心乱

第六章 四人

如麻。

"这已经不是跟踪了,这是绑架。不能再麻痹大意了,宝珠,你不知道,我真的……"他急促地深呼吸,没有再说下去。

刘宝珠沉默了一会儿,问他:"你怎么会跟来?"

黎致远看着伤痕累累的宝珠,不知道多庆幸自己跟过来了。

自从前天晚上宝珠向他解释过后,她就开始昼出夜伏地躲着他,他都知道。这不重要。重要的是,事后他在宝珠的宿舍门头上看到了一个东西,那是宝珠放置的微型监控摄像头。

她在防备着某些人、某些危险的靠近,她的处境并不像她说的那么安全。但她既然不肯说,那他就不勉强。

他以怀疑车辆是被刘雅兰剐蹭的理由请保安队长帮忙关注刘雅兰的动向。他没法对刘雅兰在宝珠背后露出的那个阴冷的目光释怀。

所以,他知道刘雅兰清晨出门,而宝珠比她更早地下夜班出门了。

这很不对劲。尤其是看到自己放在宝珠门口的饭盒滚到了走廊里时,他更是敏锐地感觉到了异样。

拜中药房优越的地理位置所赐,下午,他又看到刘雅兰出现在医院外面两次,第一次开着她自己的车,第二次开着一辆黑色的车。

大概十五分钟后,一个戴着口罩和帽子的男人拉开车门直接上了这辆车,刘雅兰和他耳语了几句,之后离开了黑车,只留下这个男人守在医院边上。这种情形,他确定只有可能是恶意和陷阱。

黎致远几乎是在那个男人发动车辆的同一时间,看到了一身夜跑衣出门的宝珠。

现在下车库去开车太耽误时间了,还好他看见了医院门口的宋琪,宋琪正在车上百无聊赖地等卿卿下班。于是他把自己的车钥匙给了宋琪,开走了宋琪的车。

他意识到事态非常不对劲,在开车跟上去的时候心急如焚地给宝珠打了好几个电话,但宝珠没有接听。

他只能一直远远地跟在黑车的后面。人群中，他找不到宝珠的身影，失去了宝珠的去向，唯有紧紧跟牢黑车。

他看着黑车关掉大灯开进中央广场时，危机感让他已经要掏出手机报警了。然而，宝珠郑重其事的眉眼在他眼前出现。想到宝珠可能会出现的反应，他最终没有拨打报警电话，而是同样关上大灯，偷偷地跟在后面。

接下来，该怎么形容那一刻的感觉呢？

他几乎是心惊胆战地喊出那句话的。那一瞬间，他被害怕和后悔给淹没了。他早该报警的，比起宝珠的安危，宝珠对自己的观感是讨厌还是喜欢，又有什么可在意的呢？只要她是安全的。

而当他看到宝珠被人从背后一脚踹倒的时候，他第一次痛恨自己是个瘸子，这短短的距离，为什么他要比常人多花这么多时间？如果他是正常人，他能更快地赶到宝珠身边，宝珠就无须吃这么多苦头。

尤其是当他终于将受伤的宝珠搂进怀里时，这种浓烈的情绪将他捆绑着无法挣脱。他意识到，他愿意做任何事，来换取宝珠的安全。然而他都没有说，他心里是惊涛骇浪也罢，是汹涌澎湃也罢，那都是他自己的事。

他只是言简意赅地告诉宝珠他看到了什么，察觉到了什么。他问宝珠怎么打算的，宝珠再一次沉默。他也跟着沉默，他不知道宝珠卷入了什么事情，但他知道，这件事对宝珠非常重要，重要到宁愿身处险境也不愿报警。

他没有再提报警的话。

他将车开进了市区里的新城公寓。这是他大学时蜗居的地方，十分便利，楼下就是药店。等他撩起宝珠的裤腿，他看到了那个电击后留下的直径约两厘米、椭圆形、僵黄的烧灼印痕，他无法控制自己的手不发抖。

宝珠已经能够活动左脚了，她看起来并不在意自己的脚，反而在尝试拉高自己的衣领去遮盖脖子上那道细长的伤口。她在给自己处理额头和嘴角的伤口时很仔细。她距离自己很近，呼吸相闻，肢体相接，近得他一伸手就可以将她抱个满怀，然而他只是沉默地伸手将她头发上的杂草清理掉。

等处理好两人身上的伤，已经深夜了。

第六章 四人

黎致远拉着若有所思的宝珠坐下："你接下来怎么打算？"

他可以不问前因，但他不放心后果。

宝珠看起来好像还没有决定好。

黎致远："没有什么秘密值得你以身试险，宝珠。"

他在宝珠抬起头看过来的眼神里看到了拒绝和否定。

有什么东西，或者是目标，让宝珠将它看得比她自己还要重要，而且重要得多？但她不会说出来，至少是不会对自己说出来。

"这个男人很危险，但更危险的是那个刘雅兰，你不要被她故人的身份迷惑了。"

黎致远知道自己又要过界了。而刘宝珠恰恰是那种心如铁石的人，像他这种外人的言语对她来说是无用的。

黎致远苦笑着将她腿上的烧灼伤用纱布覆盖起来。

"有句话说得好：'不怕贼偷，就怕贼惦记'，不管她用钱还是别的手段，她显然能驱使别人为她办事。这次虽然失败了，但只要她还有机会，她就会制造下一次。要么，就让警方介入，用法律保护自己，要么，"他想说另一种思路和可能，"反击才是最好的防守，得反击到她没有还手之力……"

"黎致远，"刘宝珠打断了他，"这是我的事。"

"我很感谢你，你做的事、你的心意。"她看起来像是要跟他彻底划开界限一样，"但我不喜欢。"

黎致远没有再说话，这是他已经想到的局面。他心里有着难言的挫败和难受，宝珠的拒绝让他没法再进一步，然而他内心压抑的感情让他无法后退一步。事实上，他已经知道宝珠并不是来夜跑的。从她看到有车时主动上前的那两步来看，她是在等人。

如果这个假设成立，那之后她喊的那句"不要过来"，就不是喊给自己听的。她是喊给那个快要跑过来的人听的。那就是和她约好在这里偷偷见面的人。那个人，会是她那个神龙不见首尾的船员爸爸吗？

如果真是她爸爸，那为的就是以前发生在故乡的某一件往事，或者，某一个……她的目标,是不是就是刘雅兰被勒索的原因?

黎致远没有说出口,他不想因为自己的揣测而让宝珠离他更远。

…………

我的心里风起云涌,各种思绪都翻腾了上来。

原来,刘雅兰的车又回城北的那一趟,就是去接已经回头的阿亮。

但阿亮怎么会回来?刘雅兰手里有着什么样的筹码,才能让他放下对儿子的责任,义无反顾从车站回头来做这件事?

刘雅兰怎么确认自己会乖乖地把钱给阿亮?

除非……她手里也有自己的裸照,像自己曾经收到过的那样,她不但要钱,还想要自己的把柄,这样她才会确信自己不会报警。

这就是她安排阿亮将要做的,以抢钱为名的绑架勒索。

这是一个怎样的女人?为了她自己,珍珠是可以被推出去的,珍珠的妹妹一样可以被推出去。

死对她来说太痛快了,让她在这样无法言说、不能摆脱的困境里挣扎沉浮,让她体会到被别人逼入绝境无法脱身的绝望,让她最在乎的人在她的言行中逐渐失望逐渐背离,才是对她最好的惩罚。但是太慢了,真的太慢了。

我抬头看着墙上的挂钟,现在是深夜十点,十八年前的那个夜晚,姐姐正沉没在那个小池塘里。而我对当年的事还是一知半解,对是谁杀了我姐姐毫无头绪。而我此刻最迫切需要解决的,是该怎样对黎致远解释这一切,怎么让他打消报警的想法,怎么让他远离这一切。

但我没想到,黎致远并不需要我的解释,他在沉默了一会儿之后才开口:"宝珠,我可以什么都不问,我也不会报警,但你要答应我一件事。"

他看着我,眼神坚定,语气温柔:"只要你答应我一件事就行。"

我用眼神问他。

"任何时候都不能单独行动,必须带上我。"他说。

这更过分,我不可能,也不会做。

"我做不到,这对你没任何好处。"

第六章 四人

他说:"你安全就是最大的好处。"

他看着我,目光没有移开,也没有退缩。

"这个免谈。"

"那,请允许我住在你的隔壁。"

所以这其实才是他真正想说的吗?

这个人,他不像我人生中遇到的任何一个人,他在中央广场声嘶力竭地喊声,他不顾安危扑过来的身影,他瘸着腿和阿亮搏斗的样子……

他聪明得过分,但又坦荡诚恳,如同光风霁月,好似良辰美景。

"黎致远,你的用心,其实应该换一个人给。"我说,"我是个不会爱的女人。"

"我能作为回报的,只有身体。"我站起来,从上到下地扫视他,视线停留在他下身,"你有生理需要,我可以帮你。"

说完,我拉下拉链脱掉衣服,在他倒吸一口冷气的时候,赤裸裸地站在他面前。

他用不可置信的眼神看着我,以肉眼可见的速度面红耳赤起来。

然后他沉默地去衣柜找了件长衣服,颇有点慌手慌脚地将我裹起来。

我看着他低垂的眼,继续说:"黎致远,帮我保守秘密,不要报警,作为回报,任何时候你有生理需要,敲我的门就可以。"

我感觉他的手停留在我脖子的伤口那里没有动,好半晌,他才艰难地开口:"宝珠,何必这样说自己?"

"这才是真实的我。"我说,"你不要被皮囊迷惑了。"

黎致远,站在你眼前的这个人除了有副好皮囊,从里到外只有阴暗,阴暗透顶。

晚上,当我躺在床上看着黑夜中窝在沙发上的黎致远时,我的心里很平静。做人最忌讳夹杂不清、左右摇摆,没有人可以左右逢源,没有人可以鱼与熊掌兼得,你要知道自己想要的究竟是什么,然后朝着目标坚定地前行。

而我的目标,是别人的命。至少柏荣齐的命我非要不可,他是一切恶的源头，没有坏透了的他，不会有后来的所有事。

而他现在还过得很滋润，远比普通人滋润。如果我一直没有再遇到他，也许我能平凡安静地过完这一生，然而老天让我在这个城市遇到他，亲眼见到他活得意气风发，我不能，也不会什么都不做。

我一直在凝视深渊，一直到深渊把我吞噬，直到我自己就是深渊！

黎明来临时我醒过来了，后背和肩膀火辣辣地疼，我该离开了。

黎致远的脸已经无法直视了，他的眼眶青紫肿胀，眼下也是一片乌青，嘴角高高肿起……

他说："宝珠，别担心，其实没那么多人会关注我，顶多我待在自己办公室不出门。"

我说："其实你不必担心我，大庭广众之下没人会这么猖狂的。"

"我没办法说服你，所以不勉强你，你也别勉强我行吗？"他坚持，"何况，昨天的车是宋琪的，今天我得把车还给他。"

"他的车装了行车记录仪吗？"我问。

这是很重要的。幸好车上没有行车记录仪，我才放下心来。

趁天没亮，我们先回了宿舍。初夏的天穿高领会让人奇怪，正好下巴和脸被草刮过后已经出现了一道道过敏的红痕，我干脆将整个脖子和下巴都涂上药膏，再穿上高领遮盖那道长长的伤口，有人问，那就是严重过敏了。

黎致远戴上了口罩和帽子。

就像黎致远说的那样，其实并没有很多人关注你，每个人都有自己的事要忙。隔壁诊室的小赵医生关切地问了两句，但没等我解释清楚，她就被排队的孕妇催促着回办公室了。

妇科门诊一向看诊的人很多，才上班一会儿，今天的门诊挂号已经挂到了98号。

当一个年轻女孩进来后，我的情绪还是不可抑制地低落了。

二十八岁，白领，高收入人群，自述这两个月消瘦得厉害，左乳常有刺痛感。当我触诊摸到她左右腋下有如葡萄般一颗又一颗肿大的淋巴结时，我没法去看她对生活无限憧憬的目光。我沉默地给她开出了肿瘤标志物的检查。

在她要出诊室时，进来一个送快递的男人，我扫了一眼，马上呆住了。

护士跟了进来："出去出去，这里男士免进。"

他赔着笑："这个必须本人签收，我从住院部找到这里的，刘医生签字了我就走。"

我告诉护士马上就好，让她出去告诉患者等一下。

他的眼睛还像以前一样，眼底红血丝很多。他看着我露出了担忧的神色，嘴里却笑着提醒："刘医生，快签字，签这里。"

爸爸，你怎么才回来？我沉默着收下了箱子。

他看着我笑了一下，出门边道歉边走远了。爸爸，你要是担心我，来看看我好不好吗？

上午的门诊一结束，我就锁上门打开了箱子。

防狼喷雾、电击器、已经装好号码的老年手机。

我把它们装进了自己随身的包里。只是我没想到，一个小时后，我又收到了一份大礼：防狼喷雾、电击器、强光手电，还有一个外表精致的报警器。

我无语地看着戴着口罩和帽子的黎致远。

"宝珠，有危险的时候，按住这个红色按钮，它会发出高分贝的蜂鸣声。"他制止了我将要说出口的话，"宝珠，我唯一的要求，就是远离危险，你知道我说的是谁。"

我沉默着将它们都放进随身的包里。我想，我需要个大包。

我在等两个电话，我知道我一定会等到。

下午两点四十五分，我等到了第一通电话。刘雅兰给我打电话了，我猜得到她的目的。

"宝珠，"她亲亲热热地喊，"你最近好忙啊，给你打了好几个电话你都没接。"

每个人都戴着伪装的面皮,每个人都会演戏。

"姐,你不知道,最近不但忙,"我在电话里吐苦水,"还很倒霉,真的太倒霉了。"

"怎么啦?"她貌似关心,实则试探。

"我遇到了持刀抢劫的小混混。"我貌似激动,实则演戏。

我将昨晚的事用"约会时被打劫"的新版本告诉她。

"哎呀,这么吓人,"她在电话里惊呼着问出了真实目的,"那你报警了没有?"

"没有,我男朋友说那里多年前的悬案都没破,又没监控,下次别去就行了。"我埋怨说。

"你没事就好,"她问,"不过,你们怎么会去那里约会?"

听起来她是在怀疑黎致远出现的原因和时机。我的脑子在飞速打转,什么理由更能合理解释我们出现在那里的原因呢?

她追问了一句:"那里可不是约会的好地方,好奇怪哦,你们怎么会想去那里见面呢?"

"还不是怪他,"我故作羞赧地说,"他说想试试在车里……那里足够安静,不会被人发现。"

刘雅兰在电话那头心领神会地笑了:"你们小年轻啊……"

她在电话里的声音听起来放松了些,很快就和我约好下午在医院见面,她这个做姐姐的得看看我是真的没受伤才放心。

我没报警,你和阿亮别怕。你还要做什么,还会做什么?我等着呢。

胡丽趁着药房不忙的时候过来看我,绘声绘色地说,他们科主任黎致远昨晚坐轮椅从楼梯上滚下去,摔了个脸着地,那脸现在和猪八戒有一比,她还问我有没有听到动静。

然而还没等我回答,她就发现我下巴和脖子上起的红印子。

她心急地上来想翻开衣领看,我说这不知道是碰了什么引起的过敏,让她离远点,免得影响她和宝宝。她犹豫着终于控制住了自己的行为,一个劲

第六章　四人

地心疼我，早把黎致远的伤忘到爪哇国去了。

再过不久就到她的婚礼了。她的婚礼过后，去国外交流学习的时间就要到了。

而我离自己的目标还有着十万八千里的距离。

下午和刘雅兰的约会，她失约了。

我知道原因，因为午休时我正好从监控设备里听到了她打电话的内容。

她要去抓奸。她一直和她老公李昊宇公司里的某位大姐保持着非常好的互动，这次的消息也来自对方的通风报信。

可惜我还要上班，没法去看这场精彩大戏。而在我临近下班时，我接到了另一个我一直在等的很重要的电话。我沿着他说的方向，出了医院大门往左走，穿过停车场，走过那条老破小的路，来到了公园。

公园边的广场很多吃完晚饭出来跳广场舞的大妈，也有许多拖着小型音响在放声高歌的大叔，有三三两两坐在台阶上的人，还有一个坐在轮椅上的人。这次我没有看错，我走过去，一直走到轮椅正对面，对着他喊"爸爸"。

他对着我微笑，喊我："乖女。"

隔着岁月的长河，眼前的脸和记忆中的脸终于重合，脸上是为数不多的对我的笑容。他在家很少笑，对我来说，他更像是一个不常回家的陌生人。他陪伴我最多的，是母亲过世后到我高中寄宿之前的那一年。

然而他还记得欠我的无脸男八音盒……

微风不燥，温度正好。我推着轮椅，在广场上一圈一圈地走，要说的话太多，反而不知道该从何说起。

话题从刘育亮说起，我说："爸，昨天那个打劫的就是阿亮，刘育亮。"

他从肩膀那反手拍了拍我的手背，我停下了推轮椅的动作，他摇着轮椅转过身来。"乖女，你真的没有受伤吧？"

我摇摇头："爸，你接下来准备做什么？"

"乖女，什么都别问，什么都别做。"他的神情很严肃，"你要好好工作,现在做得这么好,珍珠知道了该多开心啊。"

他的脸在广场舞的音响灯光下忽明忽暗。

"珍珠一直想当医生来着。"

是吗?难怪我会选择学医,也许是因为姐姐经常说起,只是我记不得了。

"那个阿亮,他是你姐最后见过的人。"他在轮椅上低下头,"宝珠,他到底做了什么?"

他用手从鼻子下滑过,我假装没看到他浑浊的眼泪。

姐姐最后见的人,是这个阿亮?

"他来找珍珠,是我去房里把珍珠喊出来的,我以为阿亮找她有事说。"爸爸说。

"姐姐死前最后见的是阿亮?"我轻声地说,"他有什么必须杀姐姐的理由?"

"宝珠,或许……"爸爸说,"警方的结论是不排除自杀的可能。"

我没有和他争执这个,只有我相信也没关系。

然而正是我的沉默让我爸红了眼睛。

"如果……我是说如果……"他颤抖着问,"我……"

他说不出话来了。而我懂,如果姐姐真是被人害死的,阿亮是最有嫌疑的,如果真是阿亮,那将姐姐喊起床的爸爸……

迟疑了很久,他问我:"宝珠,你会不会怪我没做个好爸爸?"

他问我怪不怪他,其实我没有想过这样的问题。

他和妈妈在不在家对小时候的我来说不重要,姐姐在就行,饿了、渴了、尿裤子了、无聊了……找姐姐就行。长大了,知道世事艰难,更从来没想过要怪谁。

我没回答他,我一贯不太会安慰人。

我直接问我想问的:"爸,我放在树上的东西?"

他点点头:"我拿走了。"

第六章 四人

"那你的腿是?"

"痛风,有时不痛,有时痛得不能走路。"

痛风,血尿酸水平过高导致尿酸结晶形成尿酸石,导致关节变形红肿热痛,尤以夜间疼痛更明显。这些症状反复出现,越来越重,直到活动受限,出行受阻……需要忌口的食物很多,尤其不能喝啤酒。

"你还喝酒吗?"我问。

"不喝酒还是你爸吗?"他笑。

血缘是如此奇妙,即使这么多年不见,我也没有觉得尴尬。他在为珍珠奔走这一点,盖过了所有因为他的失踪带来的负面影响。

我心潮澎湃地坐在香樟树下听他讲话。

姐,你也想听吗?香樟树迎合着风,跳动着发出沙沙的声音。

"你还记得你奶奶过世那时候我带你回老家的事吗?"他问我。

那是我读初三下学期时,因为请假时间太长没有及时返校让班主任批评了,这是我初中唯一一次被批评。我不喜欢奶奶,我始终记得她在客厅里和妈妈争吵的样子,她尖刻地说:"谁让你没把女儿教好,自己不好好当妈……"

她冷嘲:"女孩子穿什么裙子?鞋子洗那么白干什么?打扮得好看有什么用……"

她热讽:"还不是你自己不自爱?苍蝇不叮无缝的蛋,怎么他不招别人……"

她说了很多扎心的话,也说过很多次……所以她的葬礼,我只是回去吃席而已。而事情就从那次的葬礼上说起。就在葬礼上,爸爸见到了一个人。那个人醉醺醺的,形容邋遢,旁人说起他,无一不摇头叹息。他靠在葬礼搭起的棚子边上,就着肉喝酒。

爸爸以为是附近的流浪汉,然而他听到别人喊那个醉汉的名字,他不敢相信这个醉汉其实是他认识的人。

他在家长会上见过他,他们俩的女儿都是学校的尖子生。

这个人叫李林军,他的女儿名叫李夏。

在高考前夕，姐姐过世后不到半年，李林军的妻女出了车祸，意外身亡。

爸爸当时十分难过，他拿了一瓶酒，端了几盘菜，扶着李林军坐在临时搭起来的厨房里，两人相顾无言，只是无声地喝酒。葬礼结束后，爸爸抽空去了一趟李林军的家。在他家里，爸爸再一次见到了那首诗。

愿我如星君如月，夜夜流光相皎洁；不见白头相携老，只许与君共天明。

这首诗被裱了起来，就放在李夏的遗照旁边。一样的工整，一样的格式，一样带了签名。他问那个大清早就已经带了醉意的李林军："这是你女儿写的？"

他得到了肯定的答复。

因为字迹特别漂亮，李林军特意从女儿的遗物里找出来，和其他的作品一起装裱好，然后郑而重之地放在女儿旁边。而李夏，也曾参加"助力贫困爱心圆梦"的捐助活动，也是和柏荣齐一起。

爸爸说，他的疑心从这里开始。

之后他把我送回学校，一直等到我初中升学考试结束，然后他又回了老家，没有惊动任何一个亲戚，开始按照珍珠曾经说过的——去找。

珍珠说："雅兰可以帮我作证那不是情书"。

但是当年在庭审前他去找刘雅兰时，刘雅兰哭着说："叔叔，我什么都不知道，我帮不了珍珠，我不敢作假证。"

这些他都记得。他查到刘雅兰那时候已经从外地某学院毕业，留在那里结婚生子，家里人都以她为荣。

他没有惊动刘雅兰，只是找到了案发时珍珠的辩护律师，又通过这位曹律师拿到了所有的卷宗。

珍珠报警的时间是事发后的清晨，她是独自一个人前往警局报案的。她详细描述了案发经过，在警方询问她为什么晚上会出现在案发现场时她没有回答，但清楚地指证加害人为柏荣齐。因为距离案发时间短，女警给珍珠做检查时收集到了完整的物证，包括指纹、指甲下皮屑以及体内精液。

柏荣齐到案后，对事实经过供认不讳，但辩称两人是恋爱关系，事发时珍珠已经满了十八岁，这一切都是珍珠自愿的。

事实上，警方并没有采信他的辩词，因为证据链完整，很快就对他提起公诉。转机出现在庭审之前，柏荣齐的辩护律师拿出了证据，同时呈上了两份证人的书面证词，这两位证人以正当理由申请了不出庭作证。

这两个人，赫然就是刘雅兰和这个李夏。

爸爸说，这时候他已经确信珍珠说的都是真的。他花了很长时间来找柏荣齐和刘雅兰的下落。

柏荣齐事发后被赶出捐助会，自己做起了生意，做得还不错。而刘雅兰过得更好，听说她弟弟在老家结婚时，姐姐和姐夫全款给弟弟买了车用来跑运输。但他从来都没有怀疑过隔壁这个大男孩阿亮，一直到他从电话里听我说出阿亮的名字。

我问他接下来准备怎么做。爸爸沉默了一会儿，说："宝珠，乖女，这些交给我吧，你好好生活。"然后他笑起来，这笑容让他满是皱纹的脸像绽开的花一样舒展，"乖女，你需不需要钱？爸爸给你，给你很多钱。"

他像狐狸一样嗫嚅地说："我现在很有钱。"

他说的是真的。他一直放在腿上的黑色塑料袋里都是现金，一摞一摞的，目测在二十万左右。

他嗫嚅地说："乖女，拿着零花。"

我没有接，我最想知道的是那张照片里的男人究竟是谁，又扮演着什么角色。

"他叫林凯，"我爸目光阴沉，"当年庭审结束，是他来接的柏荣齐。"

原来，当年庭审结束后，柏荣齐得意地挑衅我爸妈时，他就在柏荣齐身边，就是他拉走了当时得意扬扬的柏荣齐。原来那么早，我就见过他。

"那他现在呢？"我问。

"他现在是酒吧的经理。"我爸说。

原来,前几天我见到的就是他。

"他做了什么?当年和现在?"我问爸爸,但他沉默着没有回答。

爸爸将我的手拉过去捂在自己手心里,哀求道:"宝珠,交给我,爸爸会做到的。你好好生活下去行吗?你们是我最后的牵挂了。"

你们?哪个你?哪个们?我没有问。

他说:"宝珠,你等着看,看我用钱砸死他们。"

提着这一塑料袋钱,我回了医院。

临走前,爸爸说:"乖女,你要听我的话,不要插手,爸爸给你钱,你去买套房子,然后生几个孩子,好好过日子。"

他有秘密没告诉我,我也有。这样也好,不管是谁败露都不会连累到另一个。

有一些疑惑解开了,又来了一些新的疑惑。

刚回到诊室,小赵医生语带调侃地告诉我,我不在诊室时有很多人找我。不用问是谁,因为我已经看到来人了。有黎致远,还有之前宫外孕破裂女大学生小梦的妈妈。

黎致远在门外等,让我和那位妈妈先谈。

她向我表示歉意,然后神色哀伤地问我:"医生,该怎么办?"

我无法回答她,这超过了医生的职责范围,医院已经依据强制报告流程进行了报警,接下来要做的只有诊疗行为。

作为家属,这位妈妈很彷徨。她的女儿不肯透露始作俑者,她的老公对她很有怨言,她又不想让别人知道,想把负面影响降到最低。

坦白说,她并不是一个坏妈妈,她是这世间家有女儿的万千妈妈的缩影。我只能建议她好好和女儿沟通。

黎致远一直在门外等着。我不太想面对他。因为我预感到他会说什么。

在这个母亲离开后,他说:"宝珠,至少接我电话,告诉我你很安全。"

第六章 四人

  他的着急和担心都是真诚的。然而我真的不需要别人的关注，我只想要无人打扰、无人关注地做自己的事。所以我说："黎致远，你不要再做这些。"

  本质上，我们就是两个毫不相干的人。所以我假装没有看见他眼里明显的失望，我不知道他在科室门外究竟坐了多久。你看，空有一副好皮囊的是我，不识好歹的还是我。

  今夜的急诊没有太忙，至少没有急诊手术，在没有人的时候我静静地戴上耳机，打开了刘雅兰的车内监控。

  之前的下午，她开着她的车从别墅区来到了湖滨一条街，她老公的公司就在这条街上。但因为是步行街，小红点最终停在了某个升降停车场，我听到她打开车门又关上车门的声音。之后监控设备里一片死寂。

  爸爸说，刘雅兰的老公被调到本市不是没有原因的，至少有他的一半功劳，他没说具体是怎么做的，他就是要让刘雅兰和柏荣齐失去现在拥有的全部的东西，金钱、名誉、亲情、爱情……

  监控设备里突然传来了声音。有人打开车门，有男人说："能不能别闹了？你看看你像个疯婆子，有意思吗？"

  副驾驶上有人坐了下来，他穿着锃亮的皮鞋，用不屑、嫌弃的声音说话。

  刘雅兰歇斯底里地大喊："我闹？是我闹吗？你说我像疯婆子，是谁把我逼成疯婆子的？不是你跟这个小妖精吗？"

  "我不想和你吵，你先回去吧。回去我们再说。"

  听起来这应该是刘雅兰的老公昊宇。

  "你还想回去找她？啊？你以为她真爱你，她爱你的钱而已。"刘雅兰大喊。她好像从驾驶座扑了过来，因为车里画面的光线晃动，她咬牙切齿地喊："我哪一点对不起你？啊，我哪一点对不起你？"

  "刘雅兰，为着孩子我给你脸面，但你别以为我不知道你昨天去见了谁。"李昊宇说。

  "我见了谁？你都爬到人家身上去了，你是发情的狗吗？"她喊。

"你别以为我不知道，你说他是谁？你还要用珍珠来做挡箭牌吗？我以前不知道，我现在还不知道吗？"他喊。

在他的喊声里，我坐直了身体。他终于说到了珍珠。

刘雅兰似乎是惊呆了，因为她用着难以置信的语气问："你在说什么鬼话？"

我几乎能想象到她此刻诧异的脸。

"我不想再说这个，你回去吧。晚上我会回家的，回家再说。"

不，就在这里，再多说一点吧，让我多听一点。

"就在这里说，说清楚。"刘雅兰急迫地说。

我听到了打火机的声音，李昊宇点上了烟。

"那就说清楚，你和刘育亮什么关系？"他问，"他到底是珍珠的男朋友，还是你的男朋友？"

"你什么意思？"刘雅兰的声音很冷。

"你心里知道。"他抽着烟，含糊地说。

"珍珠死了这么多年了你还没忘记她，就连这个小妖精长得都像她。"刘雅兰冷笑，"这就是你的理想型？你就喜欢这样的？"

"刘雅兰，你别像个泼妇，我说的什么你心里有数，我又不是傻子。"李昊宇说，"以后你别管我的事。"

"我不管你，你好跟小狐狸精花天酒地是吧，啊？你到底有没有心，我对你这么好，你为什么还要找别人？昊宇，我对你哪里不好？"她不甘心。

我也不甘心，别就这样算了，再多说点旧账吧。

然而他没有继续说下去。他推开门下了车，站在车门边说："看在孩子的面上，你最好不要再和刘育亮见面了，不然我不保证会做什么。"

在他走后，车子里发出了一阵撕心裂肺的哭声，间或有擤鼻涕的声音。

就在我满心失望的时候，有电话打了进来。好半响刘雅兰才接通电话。

"阿亮，她没报警，你放心。"她安慰着电话里的人。

"阿亮，我真的没办法，你帮帮我吧。"

第六章 四人

"你已经回去了？阿亮，你怎么……"

"阿亮，阿亮……"

显然，对方挂掉了电话。监控画面里，有个黑影快速地掉下来落在副驾驶座位下，她拍着方向盘，恨恨地说了声："我不甘心。"

我也不甘心，我希望能听到更多的秘密。然而没有了，定位回到了别墅区，有只做了美甲的手伸过来捡起了手机，开门下车了。

之后车子没有移动过位置，监控设备里也没有动静。

我回宿舍的时候，隔壁的门打开，黎致远坐在轮椅上对我说："宝珠，谈一谈行吗？"

我带着简易药箱去了他房间。

只能说，这已经不像医院宿舍了，收拾得干净整洁大方，还拥有一个像模像样的厨房，阳台更是被清理出来，成了一个小小的书房。和我的房间一比，简直是天上地下。

这是个注重生活品质的人，何必蜗居在这里？

他头上的伤势经过一天后看起来更严重了，左眼已经被血肿包围，鼻梁黑青，这种血肿至少还会延续三天才会慢慢消减。

我给他换了药，倒了温水让他把药吃了。

他一直没有说话，我让做什么就做什么。但我知道，我给不了他想要的，他给的我要不起也不想要。

换好药后，我在他轮椅前蹲下来思索着要说的话。

他抢先开了口。

"不要再说了，拜托。"他看着我的眼睛，"宝珠，就让我待在这里，以防万一你有需要。"

其实我已经没法从他低垂的眼睛里看到什么，但是我感觉很心酸，我没有再说话，沉默着拉好了他的房门。

在医院不远处有一幢小高层，不管是从妇产科门诊还是我住的宿舍，都可以清楚地看到那边。我爸说，这个建筑的第六层最右手边，如果能在窗户看到红色气球，那就是他在找我，那么下班后我就可以去那里找他。

我从窗户看过去，那里空空如也。当然，我爸有他要做的，我有我要做的。

不知道昨夜刘雅兰和李昊宇在自己家里究竟谈了些什么，为什么李昊宇会说阿亮是姐姐的男朋友？李昊宇在当年又做了什么？他是单纯地被刘雅兰蒙骗了吗？

如果可以，我最想放针孔摄像头的地方是刘雅兰家里。我有一个大胆的想法，也许只要我小心求证我就能实现它。

我还没来得及约刘雅兰，胡丽就来了。

她直接堵到了我宿舍，气鼓鼓地敲开门，气鼓鼓地坐在我床上，气鼓鼓地盯着我。

"你现在怎么会有空？"我问她，中药房应该正是忙的时候吧。

"我今天休息。"她竖起一根手指头，"刘宝珠，你有多久没找我了？"

"呃，昨天上午我们不是还见过面？"我愕然。

"那是我找你，我问的是你主动找我。"胡丽像小孩子一样嘟着嘴。

她要求我现在去选伴娘服，和卿卿一起。

我想不出该怎么拒绝她，但是现在真的不合适，我右肩的皮肤已经出现了明显的瘀血和青紫，后背的瘀血和青紫想必更厉害，更别说我脖子上甲状腺以下位置那个已经结了血痂的伤口，哪一处都不能让人看见。

我只能说我刚下夜班，真的很累，想先睡一觉。

话还没说完，胡丽眼睛都红了，瞪着我不说话，眼泪要流下来了，孕期的激素会让人敏感而情绪不稳。

看样子今天不去选礼服会有很大罪。我赶紧给她递过纸巾，她不接，我只好坐到她身边。还没来得及说话，她一把拉下了我的衣领，立刻就看到了那个伤口。

胡丽倒抽一口冷气："怎么回事？怎么这么深的伤口，这是用刀划的？宝珠，你到底遇到了什么事？"

第六章 四人

她追着我问,我不知道该怎么回答,只能先将衣领拉高。

"我就说,你和黎主任太奇怪了。一个突然过敏得这么严重,一个突然从楼梯上滚下去摔成了个猪头,怎么可能这么巧!"她兀自气愤地说,"刘宝珠,你到底发生了什么事?有什么不能告诉我的?啊?咱俩多少年的交情了?还比不上黎致远吗?他知道的凭什么不让我知道?"她凑到我眼前,气愤的点多少有点奇怪,"你可不能有了新人忘了旧人。"

我无奈地说:"他又没怀孕。"

她跳起来双手叉腰,活脱脱一个茶壶。

"那你就是承认你们有事啰。快说,你到底发生了什么?最近你都奇奇怪怪的。"

"胡丽,等你过了三个月,到时候再告诉你行吗?"我伸出手摸着她的肚子,"别跟着操这么多心,宝宝重要。我家里发生了一些事,黎致远正好遇到了,就出手帮了我。"

三个月后,我应该已经在异国他乡的街头散步了吧?那时候会很快乐的吧?

"宝珠,不管遇到什么,你都不要怕,咱要钱有钱,要人有人。"她拍拍胸膛,"姐有钱,姐养你。"

这个,好吧,难道最近有钱人都这么遍地可见了吗?

"你哪来的钱,不是月月光吗?"我笑她。

她从来就没有存住过钱,她的原话是:"我脸上的哪一条皱纹不比口袋里的钱重要,反重力精华不香吗?修复面霜不香吗?要把钱存起来看着自己变老吗?"

她一下忘了礼服的事,兴致勃勃地说起了结婚的事宜。原来结婚挺烧钱的,结婚也挺赚钱的,烧了双方父母的钱,她的小私库反倒盆满钵满了。

看着她的财迷模样,我哑然失笑。

直到程鹏给她打电话,她才不甘不愿地去医院门口等程鹏来接她。

我给刘雅兰回了电话。电话里,她的鼻音很重,声音嘶哑,吐词含糊,我约她下午出来，她犹豫了一下，最后答应了。我们约在下午三点，地点就在医院附近的一个咖啡厅。

之后，我去商场选了两个给孩子们的礼物，顺便给刘雅兰买了一对放在车上的笑脸娃娃。但我刚回到宿舍后不久，就响起了急促的敲门声。

打开门的时候，我不禁一愣，刘雅兰居然提前来了。

她比我想象的更急。于是我借口换衣服，让她等了我一会儿，这才带上礼物和她一起步行去了咖啡馆。

我特意去给她点了牛奶："姐，你睡眠质量不好，咖啡尽量少喝。"

她似乎有点感慨："小时候你爸爸出海总会给你们带好吃的，像咖啡、巧克力这样的洋东西就只有你们家才有，我是托珍珠的福才能吃到一回。"

"嗯，那时候奶奶总会把零食锁到她柜子里，"我补充说，"我和姐姐也难得吃一回。"

"网上说，人这一生都会被年少不得之物困住，这句话真有道理，"刘雅兰说，"明知道是苦，也要勉强来试试。"

她说的好像是咖啡，我却联想到了李昊宇和她的婚姻。

感慨之后，她亲昵地埋怨我。

"你怎么这么忙啊？想见你还得提前预约了。这个城市里我只有你这一个妹妹，只有见到你才觉得我也算在这个城市里有娘家人。"

话说得不可谓不甜，我做了个感动的表情。

"唉，宝珠，你工作这么忙，工资一定很高吧？"她好奇地问。

我先哭穷："高的话我还需要住宿舍吗？"

"那你工作这么多年，应该存了不少钱吧？我看你平时很节俭啊，又不买车又不买房，肯定存了不少钱吧。"她说。

"就是因为没钱才不买车不买房啊，姐，哪像你这么幸福？姐夫对你真好。"我半真半假地说。

"说起你姐夫，他最近工作不太顺，宝珠，你要是有余钱，不如我帮你投资？你姐夫人脉还不错的。"她怂恿我。

第六章 四人

我摇头拒绝了，继续哭穷。

在她送我回医院的时候，我把礼物都给她放到了后座上，然后我坐到了副驾驶座上。

在车上，她终于艰难地开口："宝珠，借我点钱吧。"

"姐，你遇到难事了吗？"我关切地问。

"都怪你姐夫，非要投资，我想借五十万，下个月就还你。"她说。

"姐，我倒是愿意借，但是我没那么多，我只有不到五万块。"我说，"医生工资很低的。"

她显然很失望，但也没放过这五万块。我说我明天取给她。

在我准备从副驾驶座下来时，她拉着我的手腕说："宝珠，做姐姐的实在不该说这样的话，但是，你能不能用你的账户透支五十万给我，我保证两三个月一定还给你。"

她说上次吃饭时，看我结账用的是某行的白金卡，透支五十万是没问题的。

我说我要考虑一下。

我终于知道为什么她笃定我有钱了，这张信用卡是我唯一的一张信用卡，是在某行办理业务时柜台推荐办的。

之后她皱起眉头捂着肚子，我甚至听到了她肚子传来的肠鸣音。

"可能是昨晚着凉了，肚子疼。"她说，"这附近哪里有厕所？"

"五分钟之后就到我们医院了，能忍得住五分钟吗？"我问。

"不行。"她皱着眉，表情痛苦。

"那你从这右转，往小路上走不到一分钟就有个公厕。"我给她指路。

右边的这条小路，只有一个已经坏了的监控摄像头，我之所以知道，是因为前一段时间卿卿在这里穿行时丢了钱包，报警后发现没监控视频可查。

我们一起下车，我对冲进厕所的她说："姐，我要赶回医院交班了。"

但我并没有真的离开，而是闪身藏在附近的房屋墙后。

四分钟后，刘雅兰提着包从厕所出来，但还没走远，又急匆匆地返回厕所。然后她从车头右边往左走，伸手去拉车门。

我在墙边看着她上车，她靠在驾驶位上，脸上是放松的表情。

之后她伸手把后座的礼物取了过来，放在副驾驶位上，打开了那个我特意买给她的笑脸娃娃的包装。

她取出娃娃，还在耳边摇晃了几下，似乎嘟囔了一句什么。

她仔细地检查我的礼物，并且里里外外都仔细看过了。

如果在送给她或者送孩子们的礼物里做手脚是不理智的，因为不会成功还会弄巧成拙。就像我不信任她一样，她也不信任我。

但意想不到的是，在我去交接班时，无意中抬头，我看到了小高层那边飘荡着红色气球。

"乖女，如果在这个位置看到红色气球，下班后就来六楼最右边的房间来。"这是之前见面时爸爸说的。

我赶紧喊住要下班的胡医生，希望她能替我一个小时。

"那你可快点，广场舞在向我招手呢。"胡医生笑着答应了。

我再三感谢后，就直奔目的地。

我从安全通道上楼，一口气爬上这幢老房子的六楼。楼里陈旧而黑暗，好几层楼的声控灯都是不亮的。我伸手敲门后，门很快从里面打开，我爸郑重地对我说："宝珠，不要再去找刘雅兰了，她是个很危险的人，比柏荣齐还危险。"我爸说，"这是个心里只有自己的女人，你不知道她到底有多危险。"

我爸终于说起了自己离开后的经历。

从李夏父亲李林军那里起了疑心之后，爸爸做的第一件事就是去找刘雅兰。他想问一问刘雅兰为什么会给柏荣齐作证，为什么说这首诗是珍珠写的情书，为什么出具这份让珍珠百口莫辩的假的书面说明。

在司法机关的记录里，刘雅兰的那份手写的书面说明在某种程度上是帮助柏荣齐脱罪的关键。

柏先生在参加活动时，很受女生的欢迎。珍珠也给柏先生递过纸条……我见过的一张纸条上是一首情诗，还有另一张是约柏先生见面，我劝她不要这样做，毕竟我们都快要高考了，不能耽误学习。

我知道的就这几次，其他时候的我就不知道了。

那天晚上的事我不太清楚，不过放学的时候，她很开心地说她有约会。

我爸花了很长时间才找到她，又花了不少时间查清了她当时的处境。

当时刘雅兰已经大学毕业，正在平谷区的某个银行里实习。

她是非常幸运的，本来这个实习机会是她同寝室另一个女孩的，这个女孩从楼梯上滚了下来，左腿骨折需要在医院静养三个月，就这样错过了实习机会。而在刘雅兰实习期间，一直手把手带着她工作的前辈由于作风问题，被单位通报批评并调离原岗位，而这位前辈的老公知道后也和那位前辈闹翻，前辈不得不辞职……最终刘雅兰顺利得到了这个岗位，代价只是被前辈当着众人打了一个耳光。

我爸正色说，这是个心里只有自己的人，其他所有人不过就是她路上的垫脚石。我爸还恳切地说："宝珠，你现在之所以安全，是因为她对你还没有起疑心，一旦她有了疑心，你的处境会非常危险。"

他的眼神里有着挥之不去的担忧。

"乖女，万事有我，你一定不要再卷进来了。"我爸说，"好好打算一下未来的生活。"

我是有所动摇的，但我在自己的心开始摇摆的时候对他说，也是对我自己说："爸，你知道珍珠为什么会出现在柏荣齐面前吗？因为是刘雅兰设计引她过去的。"我努力克制自己声音中的哽咽，"你知道珍珠那时候有一个走得很近的男孩儿吗？你知道他是谁吗？"

我盯着他的眼睛，一字一句地说："他就是刘雅兰现在的老公。"

然后我垂下眼睛，没去看他震惊的眼神。

"你知道阿亮为什么要对我动手吗？因为柏荣齐用她的秘密对她进行了好几次勒索，而她觉得我有钱。"

我问他："爸，你的计划到底是什么？你怎么知道你一定会成功呢？"

如果你没有成功，而我有了我自己的生活，那珍珠呢？谁来替珍珠要一个公道？

我不要做被蒙在鼓里的那个人。

我爸说，他有东西给我看，明天下午如果窗外飘着红气球，那就来这里找他。我很期待。他说他很有钱，可是他用的那个轮椅是最便宜的那种，在我推着他一圈又一圈地散步时，既不顺手也不好用。

他说："你们是我最后的牵挂了。"

他说的"你们"，是指的我和谁？谁和我？分开的这十几年里，他已经有他的故事，我也有我的。

胡医生看到我回岗后乐滋滋地说："你继续熬夜班吧，我回家跳广场舞去了，小姐妹已经在喊了。"

我再次感受到了广场舞的魅力之大。

分诊台的护士敲门进来问我："刘医生，有一位年轻人说是之前挂的你的号开的化验单，今晚刚下班来取的结果，问你可以让她挂急诊看吗？"

我点头表示可以。

进来的是位年轻女性，我记得她，是之前挂门诊号被我开了肿瘤标志物等检查的那个年轻白领。B超、钼靶和胸部CT等等都告诉我，这是个最不能接受的悲剧，她如花的生命刚绽放就要面临枯萎。

她惴惴不安地把所有的结果都递给我，脸上的神情好像是等待宣判。

在我开口之前，她说："医生，是不是结果不好？我在网上查了一下，说很有可能是恶性的。"不过接下来她又笑了，"我男朋友笑我，说他有次口腔溃疡也在网上查，得出的结论是快要挂了。"

她甚至调皮地皱了皱自己的小鼻子，嘴角隐隐有一对小小的梨涡。

第六章 四人

我艰难地给她解释了她的病情,希望她明天能安排时间做穿刺活检。

她的脸色像瞬间被蒙上了一层黑灰。

"医生,会不会弄错了?会不会是别人的化验单写错了名字?"她用颤抖的手捂着脸,"我就要结婚了。"

21mm×12mm×14mm肿块,内部回声不均,形态不规则,边界不清,有蟹足状改变,微小沙粒样强光点……

我由衷地希望是弄错了,她比我还小两岁。

我没想到,这个晚上我还有了意外收获。

监控显示零点左右,刘雅兰开车去了酒吧一条街,从监控画面里我清楚地看到了酒吧一条街的标志性建筑。

刘雅兰拨出了一个电话,简单地和对方说自己已经到了,车停在哪个位置。大概十分钟之后,有一个人影逆着光走了过来。黑夜中,他的脸在霓虹灯里时隐时现,能清楚地看出是柏荣齐。

"钱带来了?"他用着轻佻又随意的口吻问。

"柏荣齐,我再说一次我没有钱了,你们再逼我也不可能有钱了。"刘雅兰咬着牙说。

"那要不你再好好看看我们手里的东西?我们还有更劲爆的,其他姿势的,寄给你老公看看,也许他这个上市公司的老总愿意花钱买下来?"

他叼着烟,话说得下流又粗鄙。

刘雅兰没有说话,她喘着粗气,大口大口地呼吸,我能听到她咬着牙的声音。但她很快就恢复了正常,因为她的声音轻松下来了。

"你曝光我,其实就是曝光你自己,你不怕你自己做的事都暴露出来吗?"

柏荣齐恶狠狠地说:"你别怪我,要怪就怪林凯,不是他拉着我去赌,我不会欠这么多钱。"

他放了狠话后,语气放松下来。

"你帮帮我,咱俩都能过这一关,你不帮我,咱俩就一起死。咱俩也不是第一次合作了,你看上一次合作多完美,多天衣无缝。"他的声音得意扬扬,"不是你恐吓李夏一起作证,我就出不来。"

他停顿了一会儿,发出一阵意味不明的笑声。

"我就是出个主意,你看你执行得多完美。刘雅兰,咱俩骨子里就是一路人,如果我们联手,那简直就是天衣无缝。"

"别再说以前的事了。"刘雅兰打断了他,"这是十万,是我最后的钱了,你要是再来逼我,我就去报警,要死一起死。"

"刘雅兰,你就是我的天使,我怎么舍得你死?"柏荣齐说,"你都不知道,我在同乡会上看到你的时候有多惊喜,你简直就是救我于水火之中的仙女。看在咱俩交情的分上再帮我一次,都说一日夫妻百日恩,咱俩可不只是一日夫妻啊。"

"你闭嘴,拿了钱赶快滚,"刘雅兰低声喝道,"从我眼前消失。"

我听到了开门声,监控画面里有霓虹灯透进来的光线。

"你怎么和刘珍珠的妹妹还有联系,那丫头现在多大了?长得怎么样?"他倚在车边下流地说,"要不然,你让我尝尝她的滋味。"

刘雅兰没有回答,柏荣齐得意地笑起来。

"哈哈哈,刘雅兰,老天让你到这里来就是给我排忧解难的。"他警告道,"你别想摆脱我,给我凑够五十万,不然,我就寄给你老公。"

他离开后,刘雅兰在车里哭得厉害。

我听得非常痛快。直到刘雅兰拨出一个电话。

已经午夜了,她大概是有点糊涂了,因为这个电话是她直接用车内的蓝牙拨出的。

我清楚地听到了电话那头有人气急败坏地喊:"刘雅兰,你是疯了吗?"

是阿亮,刘育亮,已经回到家乡的阿亮。

"阿亮,亮哥,救救我吧,再帮我一次吧。"刘雅兰哭求道。

"刘雅兰,你够了。你是不是要搞得我家里天翻地覆才罢休啊?"

"亮哥,求你看在以前的情分上,帮我最后一次吧?"

第六章 四人

"刘雅兰,你是不是还以为我像当年那么傻?你不就是仗着我以前喜欢你吗?"阿亮也喊,"我已经受够了,我等了你多少年?从你高中等到你读大学,结果你嫁给别人,我不欠你的。"

"你让我去骗刘珍珠,我照做了;你让我去骗李昊宇,我也照做了。"他要疯了,"一直是我在做,是我,是我作孽,我就不该听你的。"

"我为什么要听你的?我把珍珠骗出来,故意让在附近等她的李昊宇看到我们,让李昊宇说她不知廉耻,刘珍珠就是被这句话逼死的!"

他在电话里大口大口地喘着粗气,我在监控设备的另一头连呼吸都停止了。

"你不要再说以前的情分,你为的就是李昊宇,你让柏荣齐强奸了珍珠,又让我去骗了珍珠。"他用力地喊,"你别忘了,珍珠是对你最好的人,你被家里打伤了腿,是珍珠救了你;你在家里没饭吃,是珍珠分给你吃的。刘雅兰,你难道不会做噩梦吗?"

刘雅兰一直没说上话,阿亮发泄着这许多年来的积怨。

"刘雅兰,上次你用我儿子威胁我,我不得不从客车上下来再回头帮你,你也说是最后一次,现在你又说是最后一次,到底什么时候是个头?"

他喘着粗气,整个监控设备里只有他的声音。我终于知道为什么明明自己亲眼看见他离开,他却又出现在中央广场了。

"我不会再做了,你别妄想我会再帮你做任何事,你要是敢把照片发给我老婆孩子,我就杀了你。"他恶狠狠地威胁,"你别以为我做不到。"

阿亮急促地挂掉了电话。我的心在怦怦跳,我的恨意在翻腾。

那个晚上,爸爸说阿亮来找珍珠的晚上,原来是这样。

我的姐姐,死之前不仅见过阿亮,还见过李昊宇。

阿亮、李昊宇、刘雅兰,究竟是谁杀了她?

爸爸,你的计划究竟是怎么样的?你的计划还需要多久才能完成?

爸爸,我快要控制不住我心里的魔鬼了。

…………

三点，急诊收治了一位停经7周的年轻女性。她表情痛苦难忍，自述右下腹撕裂样疼痛，肛门坠胀，查体下腹部紧张，压痛，反跳痛，移动性浊音，B超显示盆腔积液增加，穿刺后可确诊为宫外孕破裂，需要紧急做腹腔镜手术。

陪同前来的是婆婆，在我检查时，她毫不顾忌病人的情况故意大声问："医生，她怎么怀一个掉一个、怀一个掉一个，是不是私生活不检点？"

"你是病人家属？"我问，"如果不是请你出去等。"

"医生，我年纪大说话不好听，可是只母鸡就会下蛋，她这结婚快十年了，怀一个掉一个，掉了四五个了，肯定是以前不自爱。"

我抬起眼看看她，嗯，不是亲妈，鉴定完毕。

"这个我倒是没看出来，不过，怀一个掉一个极大可能是因为她老公的精子质量差。"我慢悠悠地说。

她被噎住了，脸上一阵红一阵白，抢白说："你这医生年纪不大，真不会说话。"

"我年纪轻，说话不好听，不过她老公是必须查一查精子质量的。"我手上的检查没停，"不然大概率还有下一次。"

"生孩子关男人什么事？"她愤愤不平。

我没有时间理她，需要马上交费进手术室了。

我把开出来的单子交给家属，她兀自嘟哝着"生孩子关男人什么事"，就是不接单子。

病床上的女人头发已经被冷汗浸湿了，一缕一缕地粘在脸上，她喘息着，艰难地对我说："医生，麻烦帮我交一下费行吗？"

我叫来护士，护士拉着还在絮絮叨叨的老人一起往收费中心走，边走边顶了一句嘴："您老人家的思想得改改了，生孩子就是夫妻双方的事，难道您儿子是您一个人生下来的，跟您老公没关系？您种下去的西瓜种子是坏的，您还想着吃西瓜……"

我拿出抽纸将病人的冷汗擦掉，叫来护工一起将她送往急诊手术室。

"要不要帮你通知其他家属？"我问她。

"我打过电话了，明早的高铁，明天中午才能到。"她咬着牙忍着痛，浑身在发抖，痛得要哭了，"下辈子再也不远嫁了。"

我一边和她说话分散她的注意力，一边往手术室赶。

消毒，备皮，暴露手术区，脐下建立微创口，输入二氧化碳建立气腹，探入腹腔镜探头，腹腔内可见700ml左右血量，右输卵管间质部有一个约2.5cm的包，表面的破口正在汩汩出血——宫外孕中最危险最典型的输卵管间质部妊娠破裂，病情发展凶猛，出血大。

考虑患者以后的生育需要，需要实施保守手术，切开右侧输卵管，剥除孕囊……术后最快三个月患者才可以尝试再次怀孕，但是她老公的精子质量真的是需要好好查一查的，否则难免重蹈覆辙。

第七章　为父

下夜班回宿舍的时候,我遇到了黎致远,他戴着黑色的口罩和帽子,帽檐下露出来的颧骨部位还是高高肿起。他看着我笑了一下,好像要说什么,但是没有说。我们就在门口点头打过招呼,然后各自走向目的地。

正在洗漱的时候,我收到了刘雅兰的电话,她在电话里伤心地哭。

"宝珠,能来陪陪我吗?"她说,"我和你姐夫吵了一架,现在一个人在外面,我不想回家。"电话里她的声音听起来很无助。

"宝珠,你能不能陪我一起去酒店?我好想好好睡个觉。"

我第一时间意识到了危险,但我没有马上拒绝。

事实上,只身去酒店见陷于困境的她是个危险的行为,尤其是在爸爸预警之后,我不应该将自己置于危险之中,这太愚蠢。

我一边听她带着哭音的诉说,一边揣测着她的心理。

如果我是她,在这种境况下会怎么做呢?

也许是将我引进酒店,酒店里面有柏荣齐,将珍珠的遭遇重演一遍,那她将怎么脱身?会撕下她一直伪装的面具吗?

我心里始终有种冲动,想去当面质问她,问她为什么这样对珍珠。

但我清楚,这样的互撕除了能让自己出一口气,不会有什么实际作用,所以我说:"不好意思,今天真的不行,科里有事要加班。"

她听起来很失望,但在我的坚持下也只好挂掉了电话。

我爸说得有一部分是对的,让她身败名裂,让她费尽心机得到的一切都离她而去,让她被自己在乎的人背叛抛弃,让她失去一切她在乎的东西,让她在炼狱里受尽煎熬,比直接杀了她更能让我痛快。

我会去见她,但是只能是我主动定时间地点。

我在等对面小高层六楼飘荡的红气球。

中午,胡丽趁着午休,带了方便面直接敲响了隔壁黎致远的门,然后把我从床上拖了下来一起吃泡面大餐。胡丽说:"你俩最近都上夜班,我感觉我像被你们抛弃了一样,好弱小,好可怜。"

我看她还挺悠闲。

胡丽说:"最近卿卿好像很久没露面了。"

有吗?我没留意。

小姨和卿瑞还在本市没有离开,可能她更多的时间在陪家人。

胡丽又说:"你俩为啥都不说话?你俩这样显得我话特别多。"

"你本来话就不少。"这是黎致远最近两天第一次开口,"程鹏不止一次说你是百灵鸟。"

"主任,这是夸奖吧?"胡丽反问,她很疑惑,"我怎么总觉得不像是好话呢?"

"那你得问你家程鹏,我就是个没有感情的复读机。"黎主任笑着说。

"程鹏说你最近怪怪的,"胡丽点着头复述程鹏的原话,"'我远哥最近居然买了拐杖,他不是最恨拐杖的吗?'"

之后她笑着打趣:"这是程鹏的原话啊,我也是个没有感情的复读机。"

黎致远笑了。

胡丽问:"主任,你怎么想起来用拐杖啦?"

黎主任淡淡地说:"这是以防万一。"

他的视线从我脸上扫过。而我抬起头从黎致远家的窗户向外看,看到了对面小高层六楼飘荡的红气球。

这次我爸没有坐轮椅。他斜靠在窗户前,从窗外照进来的阳光将他的影子拉得很长。这一次他带了很厚的一摞资料,其中有他最开始花钱请私家侦探找的柏荣齐的个人信息,详细到连他老婆娘家的亲戚以及收入情况都有。还有刘雅兰的。

柏荣齐来本市已经七年了。期间,他开过瓷砖厂,开过印刷厂,后来游手好闲了一段时间,三年前接手了酒吧。这些资料里有酒吧的各项执照、经营流水,更重要的是有柏荣齐个人的银行流水,在大笔大笔的支出下他已经是入不敷出了。里面还有他混迹牌桌的各种照片。

我问:"爸爸,你腿脚不便的时候谁在帮你办事?"

不可能都是私家侦探吧?这太惹眼了。我爸没有直接回答,只是说等事情办成了,以后有机会让我认识。其实不必,在我的计划里你不曾出现过,在你的计划里我也不必出现,自己能守住的秘密才是真的秘密,其他的都是变数。

柏荣齐现在的经济状况很糟糕,他欠了不少赌债、高利贷等,正在被多方追债,所以他才会不停地去勒索刘雅兰,这次是五十万,而这绝不会是最后一次。

刘雅兰的资料不多,工作履历简单,在生下第一个孩子后就一直是养尊处优的全职太太。资料里有很多她娘家人的资料,包括父母、弟弟和弟媳。

而她老公李昊宇的履历最引人注目。李昊宇毕业于某著名财经大学,第一份工作所属单位就是大事务所,三年前更是被猎头公司以百万年薪推荐到现在这个单位。

三年前,柏荣齐接手酒吧。三年前,李昊宇被猎头公司邀请。

两年前,柏荣齐开始赌博。两年前,李昊宇第一次被发现出轨。

一年前,柏荣齐开始负债。一年前,李昊宇准备调动到本市。

…………

我大概明白了爸爸的想法。

我爸说:"乖女,你知道人最怕什么吗?最怕曾经拥有无限风光,最后却落得满盘皆空。"他平淡却坚定地说,"我就是要他们最后一无所有,无处容身，自己活不下去。"

我爸又说："乖女，爸真的能做到。你好好考虑自己的生活，找个好男人，生几个孩子，让你爸我能看到你幸福，行吗？"

我问："爸爸，为什么这个计划会拖了这么久呢？"

他低下头："乖女，如果说我做了错事，你会不会原谅我？"

"我做了很多错事，我不该不信任珍珠，我没照顾好珍珠，同样也没照顾好你，我还走了好多弯路，耽误了太多时间。"我爸不敢看我的眼睛，"乖女，你怪不怪我？"

那年，他远赴外地，终于找到了刘雅兰。那时候已经是深冬了。北方的天真的很冷，风吹在脸上跟刀子刮过一样。

他等在刘雅兰下班的路上，看着穿着职业装干练精致的她走出银行，和同事边走边笑。他冲过去拦在刘雅兰面前，刘雅兰和同事同时惊叫一声："臭要饭的，快滚开。"

他伸手拉住刘雅兰："我问你，我有事要问你……"

刘雅兰举起手里的包，不停地砸向他："臭要饭的，脏死了，别碰我……"

他上下打量，惊觉自己已经很久没有注意过自己的样子了。

第二天，他特意在旅馆将自己清洗得干干净净，穿上了新衣服，剃干净了满脸的胡楂子，再一次守在刘雅兰工作的银行外面。

这一次他见到了刘雅兰的男朋友。

彼时，刘雅兰一只手挽着男友，另一只手里捧着一束鲜花，正甜蜜地跟男友耳语着。他一直跟在后面。他们在餐厅吃饭的时候，他就站在餐厅外面，他们手牵手穿过夜市的时候，他跟着人群也穿过夜市。

刘雅兰穿着及膝的短裙，蹬着雪白的球鞋，好几次，他都在恍惚之中仿佛看到了珍珠。也许是个误会，小女孩能有什么坏心眼呢？可能就像她对自己说的那样，她什么都不知道。

我爸说他当时想放弃了，直到他听到了更多的话。

刘雅兰的男友似乎在问:"你怎么还跟那个人的男朋友有联系啊?"

刘雅兰娇俏地依偎着男友,温柔地说:"那毕竟是珍珠的男朋友,和我们从小一起长大,我总不能不接电话吧。"

她男友用不屑的语气说:"珍珠这种不知廉耻、玩弄感情的人,你老记着她做什么?"

我爸说他当时就像被雷劈中了一样。在男友接到一个电话离去后,刘雅兰一个人抱着花坐在花坛边。爸爸说他还是不甘心,想上前问个清楚。就在他靠近时,他看见刘雅兰抬起头,脸上再也看不到原先那种温柔的笑容,她满脸戾气,双目圆睁,将手里捧着的花砸在地上,用脚尖碾碎每一朵盛开的花瓣。而最让他感到震惊的是她嘴里念叨的话:"我赢了,他向我求婚了,他向我求婚了。刘珍珠,你就该被我踩在脚底下,踩得像烂泥一样。"

我爸说,他知道自己不用再向刘雅兰问个究竟了。

他付给私家侦探一大笔钱,用来确定刘雅兰每个月的动向,然后他悄悄地回到了老家。他要给珍珠翻案。他的珍珠,不能在死后还背着莫须有的骂名,他的珍珠清清白白地来,也要清清白白地走。然而要翻案很难,当时为柏荣齐作证的两个人,李夏已经车祸身亡了,而刘雅兰不可能为珍珠翻供。他把希望寄托在柏荣齐身上,林凯就是在这时进入他视线的。

林凯和柏荣齐两人是同一所大学毕业的同学,又一起回了老家。

我爸联系了当年珍珠的辩护律师,详细讲了自己发现的刘雅兰和李夏的情况,询问该怎样为珍珠翻案。曹律师告诉他,所有的强奸案都有一个大共性:在强奸案的审判中,女性哪怕是受害者,仍然会遭受"过度审判",诸如她穿的是什么样式的衣服、为什么这个时间会出现在这里、为什么是她而不是别人、是否进行了激烈的抵抗……

这样的质问会反复地进行,受害者要无数次地回忆当时的细节,承受来自各方的歧视与偏见,甚至会在法庭上被加害人的辩护律师恶意带节奏……

根据法律规定,有的妇女与人通奸,一旦翻脸,关系恶化,或者事情暴露后怕丢面子,或者为推卸责任、嫁祸于人,在类似情况下把通奸说成强奸

第七章 为父

的，不能定为强奸罪。

这就是对方辩护律师的目的，有证人证词，再加上珍珠已满十八岁，这种情况只能说柏荣齐违背了社会的公序良俗，依然无法追究他的罪。

律师指出，想翻案，首先要推翻珍珠和柏荣齐是男女朋友关系。

第一是解释情书的由来，珍珠说是刘雅兰在课后让她写着玩的，那就找到其他同学证实她的说法。第二才是证人证词。在一个证人已死亡，而另一个绝对不会出来作证的情况下，那就找一找珍珠是否真有男朋友，由这个男朋友来推翻柏荣齐的说法。

最重要的一点是，从柏荣齐的口供结合现场情况以及珍珠的验伤报告来看，律师怀疑这绝非柏荣齐第一次作案，如果能找到其他的被害人，这将是有力的证据。但由于我国强奸案的报警率不到20%，要找到并说服其他受害者为别人站出来的可能性极低，受害者的家人会死死地守住这个秘密，甚至对来寻求帮助的人破口大骂，或者搬家远离。

事实证明了律师的话。

随着大学毕业后分配工作的不同，姐姐曾经的同学分散到了五湖四海。

爸爸用了好几年的时间，不远千里地到全国各地寻找姐姐的同学。在他以老乡这个身份谈起刘珍珠时，大部分男同学发出了意味深长的笑；一部分女同学甚至为柏荣齐打抱不平，说珍珠是狐狸精；友善一点的，也只是连声说可惜。

爸爸只得到了两个人的帮助。一个是平时在教室里沉默不语的女生，她向我爸证实曾目睹过柏荣齐对其他女生的骚扰行为。那是在某次的爱心捐助活动后，柏荣齐曾搂着一个女生……

那个女生，就是刘雅兰。但是这位友善的女同学说，要她作证是不行的，因为她曾给柏荣齐写过情书。但是自从目击了这一幕之后，她就像吞了死老鼠一样恶心，再也不喜欢柏荣齐了。

另一个，是珍珠曾经的同桌，也是当时的班长。他在聊天时亲耳听珍珠说过，虽然柏荣齐是个有名的爱心人士，但为人轻浮浪荡，品行不端，所以他绝对不相信珍珠会和柏荣齐是一对。但班长说他即使出庭，他说的证词也不会有什么作用，因为他没有证据可以证明他说的话。

　　班长说的是对的，他的证词是可有可无的，重要的是那首诗产生的真正经过。但关于那首情诗，没有人有印象，更没有人能证实珍珠曾有过男朋友，她总是和刘雅兰一起，她俩是密不可分的一个小团体，有男同学搭讪她也不会搭理。

　　爸爸说，难的不单单是找真相，更难的是，他将珍珠当年受到的侮辱歧视、冷嘲热讽、挑衅污蔑重新体会了一遍，而他体会到的不及珍珠这个当事人的万分之一。他一遍又一遍地在脑海里想象着珍珠当时的绝望和痛苦，更难受的是，在珍珠绝望痛苦的时候，他这个父亲……

　　我爸的喉咙里痰声作响，他说不下去了。他的眼角有泪光在闪，他背过头去。

　　柏荣齐那时生意顺风顺水，婚姻美满幸福，他过得风生水起，来往的人对他只有恭维和羡慕，人们早已忘记他早年的风流韵事。刘雅兰则顺利地留在了北方，结婚时回老家大摆筵席，俨然成为她父母家人的骄傲。

　　而珍珠呢？我爸说，死算什么？唯有让他们失去自己最在乎的东西，才是对他们的惩罚。他说这话的时候满含热泪，喉头哽咽，他的头发是灰扑扑的，他的脸是干瘪的，他比同龄人显得更老。

　　他说："珍珠，感谢你妈，她是真正的股神。"

　　我爸说，难受到极点的时候他也曾想过让柏荣齐和刘雅兰双双去死，所以他轻信了网上的"买凶杀人"，将当时还剩下的钱全部转给了骗子。

　　之后他穷困潦倒，颓废不堪，无颜再回到家里，只能像另一个父亲李林军那样以酒度日，浑浑噩噩地麻痹自己。

　　"乖女，你想做的事，我在心里想过百遍千遍，可是这没用。对珍珠一点用都没有。两个作恶的人，不管杀了哪一个，另一个依然会过得很好，这太不够了，我不甘心。"

　　在他以酒度日的那几年里，突然有一天，一家非常有名的酒业公司给他打来电话,说公司为了庆祝上市十五周年,特意邀请一部分忠实的原始股民参加他们的新品发布会,而他就是被抽中的幸运儿之一。

他带着身份证踏进了交易中心,查到了他要查的结果。他名下有一个从开户后就没有过任何交易记录的账户,酒业集团上市时每股价格为三十一元三角九分,他名下的账户里有一万两千股,在几年前,在他查询时价格已经达到了每股一千零八十五元二角九分。现在又翻了好几倍了。

他说:"你妈这一辈子从没有听过我的话,也没有支持过我的任何事,只有这一件事,我常常在嘴巴里说,她默默做了,却从来没有说。"

我低下头没有说话,因为不知道该说些什么,有种陌生的情绪在我心中激荡。

我爸将一个东西放在我手心里:"我托朋友送了刘雅兰女儿一个叶罗丽娃娃,带监控的,和她车里的监控一样,如果这是你想要的,我也可以给你,你好好看看。宝珠,别再去找她了。"

他又一次拉着我的手,老泪纵横:"宝珠,我知道你要做什么,真的,这不值得,我两个女儿不能毁在同一个人手里。你听我的,你就等着、看着,爸爸会做到的。"

回宿舍的时候我是蒙的。我躺在床上发了很长时间的呆,什么都没想,但又好像想了很多。

去交接班的时候,我看到了黎致远。他不疾不徐地走在医院的花坛边,往医院大厅走过去,离我不过四五米的距离,穿着简单但洁白的衬衣,花坛里盛开的芍药花在他走过去的时候微微晃动,我仿佛能闻到花香。

芍药花,以花蕾入药,能通经活血,治妇女闭经,干血痨症,赤白带下。

他还戴着帽子和口罩,就像我还穿着高领一样,但是天气已经很热了,接下来的一周都是高温天气。

这个城市的天气如此古怪,我们俩就像是这个季节不合时宜的存在。

刚进急诊楼的大厅，就听到一阵撕心裂肺的哭声。

这不是一个人在哭，在医院大厅侧面的角落里，有一对母女正相拥着抱头痛哭，而那位父亲正面对着大厅的圆柱，昂着头无声地垂泪。

我认识这个年轻的女孩，看这样子，应该是穿刺后确诊了。

这世上，有人期盼着世俗的幸福，期盼着还有明天和以后，然而就是这样朴素的愿望，也会在挣扎浮沉后破灭。

医院里每天都有人哭，有人为孩子哭，有人为爱人哭，有人为父母哭，有人为自己哭。而我很健康，没有高血压、高血糖、高血脂，没有胃病肝炎，没有感冒咳嗽……

前几个晚上崩溃的母亲又在诊室外等我。她请我去和她女儿小梦聊一聊，因为她女儿还是不和她说话，也不和警察说话，她完全不知道事情的来龙去脉，她害怕还有下一次。

我拒绝了，这不属于我的职业和能力范围，我不想给自己找麻烦。然而她拉着我的手，就要往地上跪，我赶紧拉住了她：“你这样是没用的，我是个外人，她不会想跟我分享秘密的。也许你该找一找她的朋友和老师。”

她似乎愣住了：“找朋友，万一朋友没有保守住秘密呢？别的同学都知道了，那我不是害了她？”

她和刘雅兰一般年纪，然而她更憔悴。

她要找一个陌生的、不会对她女儿另眼相待的，但是她女儿又能信任的人，她说只能想到我这一个符合条件的人了。

她比我年纪大，却不停地对我说好话。可怜天下父母心。

我和她约好明天早晨查房后会去，她几乎是立刻落下泪来，千恩万谢地走了，是在一再确认我会守信后才迟疑着走的，我怀疑她明早会直接守在我科室门口等我下班。

在这个世界上，如果还有人能为另一个人付出一切，将自己的面子、自尊踩在脚下，那一定是父母。

第二天，她果然一大清早就等在我诊室门外了。我没有脱下白大褂，和

第七章 为父

她一起去往她女儿的病房。为了孩子的隐私，他们选择了单人病房。

我走进去关上了门，也把她关在门外。

这个连男孩子的手都没有牵过的女孩小梦，遭遇的是法律上难以界定的"灰色强奸"，来自熟人的。

…………

刘雅兰给我打了好几个电话，我没有回复她。本来昨天说好要借给她五万块钱的，她着急了。

监控显示，李昊宇已经有两天夜不归宿了，刘雅兰在车里连打了几个电话，其中一个被接听了。他们又在电话里吵起来了，但谁也没有再提珍珠。

而就在昨晚十点左右，她接到了老家父母打来的电话，他们说家里的车子太小太旧，现在已经不适用了，想再买一辆七座商务车，问她要钱。他们还说车子不贵，大概三十多万，别贷款了，因为贷款要还利息……

这是她父母对她的要求。真好，内忧外患，前后夹击，刘雅兰，你现在是什么心情？

我一觉睡到了中午十二点，起床后将刘雅兰的监控录像以倍速快速地看一遍，然后我准备出门。

门口有个饭盒，我想了想，沉默地提去了妇科病房。隔着病房的玻璃，我看到小梦在做笔录，今天对她来说是很艰难的，警察的问询、医生的体检，所有当年姐姐报警经历的一切，她都会经历一遍。

我想她会需要一个人，一个和她的家人无关，和她的过去未来都无关的人，在这个时候陪陪她，和她说说话，让那些难堪的、屈辱的、悲伤的、愤慨的情绪，能有一个小小的出口宣泄。我愿意让她在我怀里哭，把当年年幼的我不会做的、没能力做的、来不及做的，统统都做一遍。

当我提着饭盒在病房外等着时，有人在背后喊我："刘医生，好久不见。"

转过头，一个年轻的警察正冲着我咧嘴笑，是李瑞阳的搭档。然后，李瑞阳的脸就从他身后出现了。我点头打过招呼，越过他们走进了病房。

小梦躺在床上一直看着我走进来，她咧开嘴对我笑了一下，然而眼泪马上就流了下来:"姐姐,生活都是这么苦吗?以后不会这么苦了吧?"

不,生活一直都这么苦,所以我们才要努力找点甜。

我把饭盒送到她鼻子底下:"闻一闻,有你想吃的吗?"

她这才破涕为笑,接过饭盒认真地闻,迟疑地说:"好像有红烧排骨或者红烧肉,我闻到了红烧的香味。"

我们一起打开饭盒,呃,没有红烧肉,也没有红烧排骨,有杂粮饭,有糖醋里脊,有香煎银鳕鱼,我笑话她:"可见你鼻子不太灵。"然后我把糖醋里脊端到手里,"这个你只能看我吃了。"

我和她边吃边杂七杂八地说话,说了很多,要走的时候她拉着我的衣角问:"姐姐,你明天还来吗?"

我问她:"明天我可不带好吃的来,你是想我来?还是想我送吃的来?"

她终于露出了笑容,她的妈妈笑中带泪地看着她。

小梦,我不知道以后会不会这么苦,但我希望所有的噩梦就到这里结束,以后你的生活会越来越好。

护理站的小护士们正在交头接耳,看到我出来,个个忙着向我招手。

我猜得到她们要说什么,所以我决定先发制人:"前两天做穿刺活检的女孩,结果怎么样?来办住院手续了吗?"

她们齐齐"喊"了一声,我赶紧溜走了。

在回宿舍的路上,我再次看到了李瑞阳。他站在警车外,他的搭档在驾驶室探出头来看着我。我没有转身,也没有改变方向,我只是看了一眼就收回目光,径直上楼了。

我准备去刘雅兰家了。等我眼看着她的车开进小区,她的孩子背着书包踢踢踏踏地走上楼之后大概十分钟,我才敲响了她的门。

刘雅兰显然很意外,开门后甚至忘了要请我进去。

我把钱递给她,歉疚地说:"姐,对不起,我来晚了。"

她好像这才想起让我进门,手忙脚乱地倒水,孩子们还在放书包。

虽然说是叠墅,但空间比黎致远家稍微小一些,也有可能是孩子的东西多，显得空间小，进门左手边是开放式的厨房，然后是饭厅，向右走是个下沉式的客厅，连着外面的大阳台。她女儿正在客厅摆弄她一整排的漂亮娃娃，其中就有个叶罗丽娃娃。

我和刘雅兰寒暄着，并没有打扰她女儿，一直到她女儿好奇地自己走过来，我才和她打招呼。

刘雅兰对她说："安安，快跟阿姨问好。"

她很乖巧地和我说话，拉着我去看她一长排的玩伴。

我顺手捞起一个问："我觉得她的辫子真好看，你的辫子比她的还好看，是妈妈给你扎的吗？"

"是阿姨扎的。"她抓过那只紫色的叶罗丽，递到我面前，"我最喜欢这个。"

我认出，这就是我爸托人送的那个叶罗丽娃娃。听我爸说，这个看上去平平无奇的玩具真的很贵，它还有个隐藏的付费功能——远程监控。

你只要下载App，输入序列号再扫码登录，这个娃娃的眼睛就是你的眼睛，这个娃娃的耳朵就是你的耳朵，它在的地方，就是你的地方。

…………

离开刘雅兰家后，我接到了黎致远的电话，问我如果科室里没人的话能不能去一趟他的办公室，还说胡丽留了一些东西让他转交给我。在和急诊护理台确认后，我疾步往中药房而去。

夜班时分，中药房里的煎药室药香扑鼻，黎致远正守在熬药机前。

"主任也要熬药吗？"我问。

"主任难道不是科室的一颗螺丝钉，哪里需要哪里钉吗？"他说。

这么官方的语气，还是我第一次在他这里听见。

我沉默地接过他手里的东西准备回科室。

"宝珠，要是科室不忙就在这里选一下吧，卿卿交班的时候也是在这里选的，"他轻声说，"她用红笔标记了五角星。"

原来是伴郎和伴娘服的画册。

我在卿卿选中的三款礼服里选了两款。正要走时，窗外传来一阵压抑的哭声。那个年轻女孩我认得，但是在哭的不是她，是她对面的年轻男孩。

他说不要分手，再过几个月就准备结婚的人提分手太荒唐了。

他说他知道原因，但他不觉得这是拖累。

那个年轻女孩强忍着眼泪，绝情地要求必须分个彻底。她并不舍得，只是她的人生已经这样了，没必要再搭进去一个。她的心思我觉得我能明白。

年轻男孩抹着眼泪，打开手机一定要她看："这是我爸今天中午转给我的，他说先给你用，反正老家有房子住，他和我妈做工一天还能挣个三百多，要是这几十万不够，他们再想想其他办法。"

年轻女孩的眼泪不受控制地流出来了。

"我妈说，等你手术，她和我爸一定提前赶过来，现在先不过来，这几天还能赚点钱，现在是用钱的时候，免得四个大人都守在医院里。"他一直举着手机给她看，"我们都没放弃，你就要先放弃吗？"

他的感情真挚又勇敢，这应该和他父母是一对靠谱的人息息相关，他说他相信她的病一定会好转的，他一定会陪在她身边的。

最后，他用着赌气的口吻、恶狠狠的表情，说着最温柔的情话："你要是不赶我走，我就和咱妈咱爸轮流陪着，这样他们还能稍微休息下；你要是赶我，我就带着被子睡在你病房的走廊上，让别人都笑话你。"

我听到黎致远嗤地轻笑出声，于是我看了他一眼，他也正看着我。

我说："其实不用担心，阿娟她们不会让他睡在走廊上的。"

这会影响每个月的绩效考核的。

回到诊室，在深夜四下无人时，我打开了我爸放在我手心的东西，画面连接到那个叶罗丽智能娃娃，之后屏幕中出现了刘雅兰安静而温馨的家。

如果此刻她家还有人醒着，就会发现排成队伍的玩偶里，有个娃娃在黑夜中无声地抬起头来，她那双漂亮的眼睛，正在看着周围的一切。

黑夜散去，又是一个忙碌的白班。

第七章 为父

卿卿想起宋琪毫不犹豫地答应陪自己回母校参加建校庆典，心里不无得意，但这依然没阻挡住她前往中药房的步伐。

胡丽当然在，黎致远也正在交班，中药房里正堆积着小山一般的待验收的中药。卿卿在黎致远旁边蹲下来，用甜度恰好的声音问："黎主任，你自己家里提供的药，你还查得这么细心啊？"

戴着口罩的黎致远没有看她，只是将正抓着中药材的手伸到她眼前。

卿卿带着点惊喜地娇笑着："给我吗？这个能像枸杞一样嚼着吃吗？"

黎致远抬起头看着她："你摸摸看。"他示意卿卿伸手。

卿卿用不过分灿烂但依然十足好看的笑脸看着他，接过他手心的中药，不由得"啊"地惊叫一声，花容失色地将手心里黑乎乎的散发着腥臭味的药材扔得远远的。

"这是广地龙，和沪地龙价格不一样，"黎致远不紧不慢地说，"这是好东西哦。"

胡丽在边上发出一声意味不明的笑。

卿卿甩着手，忙不迭地去切药室那边的水龙头下洗手。

胡丽在她看不见的后面，对着黎致远竖起了一根大拇指点赞。

"干得好。"然后胡丽喊卿卿，"你是来找我呀，还是找黎致远呀？"

卿卿边擦手边走过来："你就这样喊黎主任啊？黎主任脾气可真好。"

胡丽翻了个白眼。

"也是，喊全名是不太礼貌，要不我也跟着宝珠喊'远哥'算了。不行，'远哥'是宝珠的专属称呼，我跟着喊好像也不太好，这可为难了……"

黎致远看了胡丽一眼，胡丽发誓，她绝对在这瞪过来的眼神里看到了笑意。

"伴娘服选好了吗？"卿卿问，"哪天去试礼服啊？宝珠也选了吗？"

胡丽将画册递给她。她看了下宝珠的选择，娇笑着说："宝珠还是这样啊，在我选的礼服款式里面直接选，这也好，她一向没什么品位。以前就是这样，我买哪个款式，她就跟着买个同款不同色的。"

胡丽将手放在肚子上，她要平和，不能生气。

"可不？她都不用挑款式，穿啥都好看。"然后她问黎致远，"远哥，你说对吧？上次宝珠穿运动短裤，你不是还说她好看，说她的腿修长匀称来着？"

短腿的卿卿忍住翻白眼的冲动，问："哪天去试礼服呀？黎主任也一起去吧？"

胡丽说："等宝珠决定吧。你家宋琪不也去吗？"

我看着那个老年机发了一会儿呆。我在等我爸联系我。

这分开的十几年，我固然是一个人生活着，但是比起我爸，我无疑是幸福的那一个，我心无旁骛地学习，学习使我快乐。

而我爸，他沉浮着挣扎在珍珠的案子里，将珍珠走过的绝望日子反反复复地走过，他过得比我苦，比我更煎熬，他花了这么长时间来筹谋来执行……他说他一定能做到，这是支持他走过这漫长岁月的精神支柱，而他理应得到一个结果。

我有什么权利要求他按照我的想法来做，我有什么权利打乱他的计划？

我可以等，等我爸在等的这个结果。

但刘雅兰没有时间等了。因为柏荣齐已经打过很多个电话给她，并且放话说如果一周内没有收到钱，他就直接去找她老公。

李昊宇一直没有回过家，有了外遇的男人还不如狗。只是他还有"父亲"这个身份，每天早晨起床后和晚上睡觉前都会跟孩子们联系。

刘雅兰只会在车上给阿亮打电话，在家里从来不会联系阿亮，但是监控视频显示，阿亮再也没有接过她的电话。

她的车再也没去过酒吧，她很不安，很焦虑，晚上不停地开灯关灯，她在家里很少和孩子说话。孩子有事会直接找阿姨，阿姨不在才会找她，谁都能看出她的魂不守舍。而我一周的急诊夜班就快要结束了。

我的生活好像又归于平静，除了一有空就看监控视频，我好像回到了刚进入医院时的样子。

对面小高层的六楼已经连续三天没有红气球飘动了。这也很好，对我来说，我爸是十几年前就失去消息的人。对于他来说，我是十几年前就抛弃了的人。他隐身于黑暗中，成为一支难防的暗箭，这很好。

我们最大的优势，在于我们想要对付的人不知道我们要对付他们，所以才能伤人于无防备之中。

我没有再去过中央广场附近。但我好像生病了，对任何事都提不起精神，不追剧不追星，不看新闻不听八卦，除了每周一节的拳击课，下班后我几乎都不出门。

今天是胡丽把我拉出门的。中午吃饭前我还在补觉，她把我从床上挖起来，说是要去试礼服。胡丽气鼓鼓的："宝珠，你是不是忘记还有我这个朋友啦？你是不是忘记我要结婚啦？我等得胡子都快长出来了你也不联系我。"

呃，她长胡子不是等的，而是受孕期激素影响。

她把我的被子掀开，将衣柜里的衣服扔给我。

"速度刷牙洗脸。"她甚至守在浴室门口，"今天必须跟我走，宋琪和卿卿都在等呢。"

其实我们反而是最先到的。"我们"指的是胡丽、黎致远和我。

还是在那个胡丽定制婚纱的店里。卿卿和宋琪大概半个小时后才到，程鹏是最晚的。

这真的很枯燥无味。其实我认为胡丽全权拿主意最好，试来试去太麻烦。我看着她和卿卿边斗嘴边选礼服，无聊到打了个哈欠。

我更想回去睡一觉。一直到宋琪说了一句话，我瞬间清醒过来。宋琪说没想到本&色酒吧会转让，他哥喊他入个股一起将酒吧给盘下来。

我用手捂着嘴巴打了个哈欠，以掩饰我的开心。

柏荣齐已经到了穷途末路了吗？连酒吧都要转让了吗？是爸爸的计划奏效了吗？失去了酒吧，下一次再失去什么？只失去事业和钱，这远远不够。

当年的真相应该大白于天下，那些误会珍珠的人都需要了解到，珍珠是多好的一个人。

　　而那个人，我是说李昊宇，他更应该知道，曾有一个女孩，即使身处困境，依然勇敢地独自一人拼命抗争，而他说的那句"不知廉耻"，成了压垮这个女孩的最后一根稻草，灭绝了这个好女孩继续抗争的勇气，断送了这个好女孩对生的期盼。他更要了解到，造成这一切的就是他的枕边人，他必须知道。

　　好像有谁和我说了一句什么话，我回过神来的时候，就见卿卿坐在我身边，亲昵地挨着我说："我表姐就是这样，一心只记得学习啊工作啊，一点生活情趣都没有。"

　　我说："啊？"

　　大概是我呆板的样子取悦了她，她笑得更开怀了："姐，你这个习惯不改，你远哥可要受罪了。"

　　哈？远哥？哪位？

　　我借着去喝水的机会摆脱了她的手。

　　黎致远举着一条裙子喊我："宝珠，你要不要试一试这一条？挺特殊的。我觉得很适合你。"

　　真的很适合，半高领，不露背，衣袖在肩关节下四指，不能露出来的全盖住了。我拿去试衣间了。结果胡丽就要选这一件，因为它挡住了所有会抢镜的地方；而卿卿觉得太平凡，因为它挡住了所有会抢镜的地方。

　　黎致远说："就这件吧，宝珠穿这件最合适。"

　　正好走进来的程鹏听到了最后两句话，他惊讶地大声说了一句："哎哟不错哦，远哥都已经有了服装决定权啦，这混得比我都好了。"

　　最后胡丽选了两套伴娘服，黎致远建议的这套和卿卿选择的一套。

　　终于，在我感觉到分泌的胃酸快要把我的胃自我消化掉时，这件令人难熬的事总算结束了。

　　中午吃的还是牛排，因为胡丽想吃。

　　困扰胡丽的早孕反应不会持续很长时间了，HCG开始持续降低，HPL会缓慢升高，这一阶段她的孕吐会逐渐减轻，她的性欲会逐渐苏醒。

在我将胡丽点的牛排全部骨肉分离后，卿卿哼了一声，将她面前的牛排也推给了我。

"胡丽，我才是正牌妹妹耶，为什么你的待遇比我好？"

胡丽得意地挺起她一点都没有大起来的肚子："因为我是两个人，肚子里这个还是她的干女儿。"

卿卿问："宝珠，和你传过绯闻的解剖老师是不是姓张？张老师今年得有快六十了吧。"

胡丽警告地瞪着她："唉，卿卿，你这个人真的是没意思了啊，老是说这些以讹传讹的话……"

我递给她一杯柠檬水打断了她的话。"不是，系里有两个解剖老师，和我传绯闻的是单老师。"我坦然地看着卿卿，"他今年五十五岁，正好比我们大两轮。"

卿卿反而没话讲了。

单老师，我学业路上的良师益友，在我的人生路上，他是像刘主任一样给了我很大信任和支持的长辈。我不需要避讳他，任何时候都可以坦然地提起他。

他们正聊着，卿卿突然问我："宝珠，你怎么会一个人去泡吧？"

我轻描淡写地反问她："不然呢？敲锣打鼓地去泡吧才是正确姿势？"

不管卿卿问这个是什么目的我都不在意，谁也别想看到我心虚，因为我不会心虚，任何时候面对这样不痛不痒地刺探，都不会让我心虚。我甚至毫不闪躲自己的目光，坦然地直视她，直到她目光躲闪。

刘雅兰在我这里要不到钱，她的目标会放在哪里？她是会对柏荣齐动手，还是会从她老公那里拿钱？

她有把柄在柏荣齐手里，阿亮不会再继续帮她，她没有可信任的帮手，投鼠忌器，估计她没有胆子直接对柏荣齐动手。

那就是会在她老公那里着手，几十万对她老公李昊宇来说，其实不是一笔大开支,但问题是刘雅兰不敢告诉她老公这笔钱真正的用处,她会用别的作为借口,将真正的用处瞒得死死的。

她会怎么做呢?我很期待。所以我迫不及待地想回去看监控录像了。

我向他们告别,说我要回家继续睡一会儿,好为夜班养精蓄锐。

黎致远忙站起来说要一起走,我婉拒了。

事实上,确实不能错过任何一段时间的监控画面,因为有可能会错过一些重要的细节。

早晨在送孩子们去学校后,刘雅兰直接回了家,她一个人在厨房忙活,最后将成功的作品装进保温盒。然后她上楼梳洗,化了个美丽精致的妆容,提着保温盒,开着自己的车,到了她老公就职的公司楼下。

大概一个多小时后,她又回到了车里,之后她缓缓开动车子,穿过城市,来到了柏荣齐的小区附近。

她先在车里坐了一会儿,默不作声地坐在驾驶座上,我听到了窸窸窣窣的声音,但分不出是在做什么。

她似乎是在调整座位,因为我感觉到了画面的移动,她要干什么?

然后,我听到了她明显轻松起来的声音。电话里,她说:"柏荣齐,钱我可以给你,但我要一些保证。"

"你要是能按照我说的给我这个保证,你就拿剩下的四十万走,不然,我一分钱也不会再给。"她斩钉截铁地说,"我怎么知道你会不会一而再,再而三地要挟我?你得让我相信这是最后一次。"

电话那头说了什么我听不到,但是刘雅兰和柏荣齐约好了晚上八点见面,就在酒吧。那么我也要去。但胡丽也来约我了,伴郎伴娘在婚礼前需要碰一下各项流程。

"今晚不行,"我告诉胡丽,"今晚我真的有事情,很重要的事情。"

胡丽被我严肃的样子唬得一愣一愣的:"那要不我跟他们说换一天?"接着她好奇地问,"你有什么重要的事情?"

我还没说话,她自顾自地懊恼起来。

"早知道就约明天了，我们约在宋琪的清吧。"她可惜得很，"还想跟你一起泡吧来着。"

失忆清吧就在本&色酒吧对面，视野极佳，那是不是意味着我也可以不露面就看到柏荣齐和刘雅兰？这个位置是不是进可攻退可守？

可是黎致远认识刘雅兰，也见过柏荣齐，宋琪见过柏荣齐，胡丽见过刘雅兰，跟着他们一起去弊端是显而易见的。但如果不去清吧，我本来也准备隐身在暗处，隐身在本&色酒吧附近。于是我答应了。胡丽开心得不得了，她自己不能化妆，一直撺掇让我好好收拾一下，准备艳压卿卿。

我换上了轻便的运动装，她无语地翻了个大白眼。

晚上，到清吧后不到十分钟，我就后悔了，在这里真的太不方便了，我连戴上蓝牙耳机的机会都没有，更别说打开监控了，不停地有宋琪的朋友过来热情地打招呼敬酒，我想我应该离开了。

但我已经在落地窗外看见刘雅兰提着包神态轻松地穿过夜色，走向了酒吧，夜风中她衣袂飘飞，神态优雅。

我需要离开去查看下监控画面。可是，我又一次来不及离开。

李瑞阳和他搭档，不，有更多的警察，穿着制服的，穿着便衣的，他们出现在酒吧门外，将本&色酒吧的大门给关了起来。

发生了什么？是我爸的计划吗？

刘雅兰也被拦在了酒吧里，警方正在对酒吧里的人员进行盘查和登记，阵势不小。宋琪的哥哥已经出门去打听情况了。

我看见他递了一支烟给守在门口的警察，对方连连摆手坚定地拒绝了。之后他和警察说了几句话，回到店里对我们摇头说："警方说现在不便透露，但我看事情不小。"

然后，我看到李瑞阳带着他的搭档从酒吧走出来，穿过这条隔开两家酒吧的街道，走进了失忆清吧的大门。他们走到吧台，向服务员询问起情况。我趁着他还没发现，和胡丽简单说了一下，背起包走向了厕所。

柏荣齐一直没有出现在酒吧，哪怕他和刘雅兰约好了在今天拿钱。

我在女厕所的隔间里打开了监控。

刘雅兰家的客厅里，阿姨正陪着她女儿玩耍和聊天，她女儿抱着一个娃娃窝在阿姨的怀里，态度亲昵。

刘雅兰的车就停在酒吧一条街的外面，车内一片黑暗和沉默。

没有其他任何提示，我也没有太多时间思考，因为有人在敲厕所隔间的门，大概是我霸占厕所的时间有点长了。

我按响马桶，让冲水的声音掩盖我并没有上厕所的事实，然后打开厕所门走了出去。我没来得及走回自己原来坐的位置上，因为那里坐了别人，于是我坐在就近的桌前。

旁边的人给我递过来一杯白开水，原来我无意中坐到了黎致远的身边。

他侧过头来问我："胡丽和婚庆公司谈好了，她还想再待一会儿，你要现在走吗？"

我环顾四周，胡丽和卿卿已经去酒吧展示区看花式调酒了，黎致远大概是一个人坐在靠窗的位置看大屏幕上的篮球赛，宋琪和他哥哥正在吧台接受警察的问询。

"胡丽和卿卿估计还要玩一阵子，这里环境比较好，也不过分吵闹，程鹏说大概十点走。"他柔声问，"一起再坐一会儿？"

这个角落能看到对面酒吧的大门，但因为整个窗户做的是向内延伸嵌合式的窗台，有个不大的转角，不阻挡向外的视线，又能隔绝向内的视线，实在是个好地方。我点了点头，坐在这里没有动。一个年轻的警察走了过来，在我右边的空位里坐下。正是李瑞阳的搭档。

"唉，刘医生，这世界真小啊，上次去酒吧查案碰见你，今晚查案又碰见你，可见你和我们警队的缘分不浅啊。"他用力地点着头，"你们医生应该很忙吧，经常来酒吧吗？"

看似调侃的语气，其实是在盘问，我摇了摇头表示不常来。

黎致远侧身问年轻警察："对面发生了什么大事吗？"

"这个还不能说。"年轻警察也侧着头说，"这个真不是我摆谱啊，警队有纪律，确实不能说。"

他讳莫如深地说："反正过一阵子你们就知道了。"

然后他又笑眯眯地看着我说："刘医生，以后要泡吧可以喊我们李队陪你，绝对让你有满满的安全感。"

我只好喝了一大口水，继续沉默。好在他很快就和我说再见了。

对面已经有人陆陆续续地从酒吧的大门出来了，我看见有警察在刘雅兰的身边记录着什么，而刘雅兰已经看了两次手表了。

旁边的黎致远咳了两声，轻轻地碰了碰我的手肘，我看到了他带着提醒的目光。我收回自己的视线，看到已经走到我面前的卿卿，她作势往窗口张望了一下，坐在之前年轻警察坐的位置。

"表姐，你在看什么？窗外难道有比黎致远还帅的男人吗？这么吸引你的目光。"

我也不知道怎么回答，只好继续沉默。

卿卿侧着身体，隔着我问黎致远："远哥，你们在聊什么呢？能找到共同话题吗？我姐闷得很，以前学校男生就喊她木头……"

黎致远隔着我打断了她的话，笑着说："卿卿，你这是以小姨子的身份在对未来姐夫进行考核吗？尽管我现在还没有资格，但在我眼里宝珠没有哪里不好，就连不说话都很可爱。"他顿了顿，"话多的女人太聒噪。"

卿卿瞬间安静了。

不一会儿，胡丽走了过来，程鹏也跟着过来了，这个角落俨然又成为中心，卿卿没有再说话。

我又扫了一眼窗外，看到了黎致远看过来的目光，即使刚说过这样暧昧的话，但他的眼神里没有轻松的笑意，反而凝重又警觉。

他一定也看到刘雅兰了。

宋琪和他哥哥已经从吧台走出来了，李瑞阳合上了手里的本子，招呼那个年轻警察一起走，却被年轻警察拉着往我们这个方向走过来。

而窗外，刘雅兰提着包正款款从本&色酒吧的大门走出来，她的步履不紧不慢,姿态悠闲,表情轻松。我应该跟上去才对,然而我还坐在这个人群之中,看着两个警察向我走过来。

黎致远的脸突然在我眼前放大,我不由自主地向后仰着头,感觉到了脸上的温热。黎致远背对着大家,他的唇几乎贴在我的脸上,就像蜻蜓点水,做出了一副亲吻的假象,用很低的声音问:"要不要走?"

我好像听到了胡丽的欢呼声,好像还有其他声音。然而这些声音都被拉得很远,唯有俯下头来的这个人近在眼前。

我不由自主地向后退,却被一只温暖的大手扣住了后颈,他的气息就在耳边,这个姿势太近太亲昵,我能闻到他臂弯之间淡淡的药香。但我瞬间知道了他的真正用意,于是我没有躲开。

黎致远将头和唇远离后,看着我没有转开眼睛:"宝珠,我们走吧,这里太吵了。"他不由分说地拉着我,跟愣着的大家说再见,牵着我从两位警察的身边穿过,走出了清吧。

他走得比平时要快,能明显地看出脚步踉跄,他说:"宝珠,留意车牌号。"然后他快走几步,跟上了前面结伴而行的两个年轻人,搭讪道:"刚才这个阵仗有点吓人啊。这个酒吧应该开不下去了吧。"

两个年轻人回头看他,其中有一个人回道:"可不是?这要查实是真的,可够他喝一壶的了,至少也得十年起步吧?"

黎致远故作惊讶:"有这么严重啊,那这是刑事案件啊?"

"我听警察盘问服务员时,说是已经有三个人报警了,而且警方还反复问服务员平时工作中怎么辨别未成年人。"另一个搭话说,"这真的是胆大包天,还敢外逃?在自己的酒吧犯事能逃到哪里去?"

"老板不在吗?我看到有个人在酒保边上,他不是老板啊?"黎致远的反应真的很快,"那这是犯事潜逃,可是刑罚从严从重的标准。"

"可不是嘛,这老板疯了,自己作死。"

就在这转角,两个年轻人向左,我们向右。黎致远和他们互道再见,拉着我坐上了他的车。

"这里是单行线,只能右转并入南山路,"他说,"我们试试看能不能追上。"

其实不用这么麻烦,我只要查看一下监控录像,就知道刘雅兰的车往哪里走了。但是我没有说,自己能守口如瓶的才是真秘密。

黎致远边开车边问我:"宝珠,你有什么要说的吗?"

我反问他:"比如呢?"

他咳了一声说:"比如……嗯,比如刘雅兰的秘密?比如本&色酒吧老板的秘密?"他一直看着前方,没有看我。

我没有什么要说的。南山路是一条很安静的路,只有一个车道,对向车道隔着郁郁葱葱的法国梧桐,不管哪个车道车都不多,没有看到要找的这个车牌号。

我说:"黎致远,我要在前面下车。"

"宝珠,你是要一个人跟上去吗?"他转过脸看着我,"而且你知道她的目的地是吗?"

我没说话。

"这两个人都很危险,"他说,"宝珠,我不知道你非做不可的理由是什么,你不想说我就不问。"

他停顿了一下,恳切地说:"或者你把我当司机,能送你到你要去的任何地方,等你办好事,我会一直在原地等你,不会走开。"

我拒绝了。

"宝珠,你知道我也可以偷偷跟着你的,对吧?"他说。

"这是我自己的事,"我强调,"我一个人能做好。"

"一个人总会有顾不到的地方,"他诚恳地说,"宝珠,你可以放心地把后背交给我。"

这不是放不放心的问题,这是应不应该的问题。我做的事不需要同谋,也不需要帮手。

"我累了,我们回宿舍吧。"我说。

我一个人满身尘埃就行，没必要拖累谁。

在宿舍门口，黎致远喊住了我。他看着楼梯扶手转角的那个位置说："宝珠，再好的监控设备都是死物，人都是孤独的，都是需要有同伴互相依偎着取暖的。有需要，随时找我，我就在这里。"

他转过来的脸上表情很温柔。我也看向我的宿舍门头，那里有我放置的一个针孔摄像头。我知道他知道了，他知道我知道他知道了。

监控画面显示，刘雅兰并不像她表现出来的那么轻松。刚一上车她就拨打了一个电话，才刚响两声她又摁掉了。

她恨恨地骂了一句粗话。之后她开着车出现在柏荣齐家楼下。

她拨打的那个电话，是打给柏荣齐的吗？是因为柏荣齐失约才开车来这里的吗？

她开车离去的时候似乎很懊恼，一路上说了好几句粗话，在快要进入她居住的别墅区时，她再次拨打了一个电话，这个电话是打给她老公的，因为我听到她喊昊宇。她说："昊宇，今晚回家吗？"

她应该是得到了肯定的答复，因为她在电话里说："好。那等你下班。"

在这么多天不接听她的电话后，她们的夫妻关系好像得到了极大的缓解，就因为她的爱心餐？她一路开回了自己家，匆匆忙忙地上楼，换了一件有点性感的睡衣再次出现在监控画面里。

又过了十五分钟，房门开了，她像一只投林的乳燕，一头扎进了李昊宇的怀抱里，呜咽着说："昊宇，不要不理我，我只有你可以依靠。"

她哭得很婉转，很悠扬，很好听。

李昊宇搂着她的肩："这一次我同意了，下一次你可不能再心软了，不能纵容他们得寸进尺，从小他们就对你不好。"

他放开她的肩膀，换了鞋子进入客厅。

"这六十万就当买断了，以后能不联系就别联系了，反正老家也不回去。"他在沙发上坐下来，"我辛辛苦苦一年，他们倒好，一张口就拿走一半。"

第七章 为父

刘雅兰抹着眼泪,依偎着他在沙发上坐下,揽着他的胳膊,将头靠在他肩膀上,哀怨地说:"嗯,昊宇,还好我有你,能嫁给你,是我最大的幸运。"

难怪说撒娇女人最好命,在能沟通讲理的人面前,撒娇比撒泼好使。女人,既要有能放下身段撒娇的软,也要有豁得出去撒泼的蛮。

沙发上的场面逐渐向少儿不宜的方向发展,耳机里的声音也逐渐不可描述起来。李昊宇说着要回房的话,我在想要不要暂时休息十分钟。

中年男人在向老婆交作业时,能有十分钟就算不错了。

就在这个时候,一阵电话铃声响起,两人就此拉开距离。我看到李昊宇拿过手机,冷笑了一声:"阿亮,你怎么还和他有联系?"

他接通了电话,打开了外放。

阿亮在电话里咆哮:"刘雅兰,你不要太过分,别再给我打电话了,我不会再帮你的,难道你不怕珍珠半夜来找你吗?"

然后刘雅兰扑过来,挂掉了电话。

李昊宇冷冷地质问:"他说的是什么意思?"

还没等刘雅兰解释,他压低声音,用愤怒的语气说:"我说过让你不要再和他联系,现在说一说吧,你们到底做了什么?"

刘雅兰急切地去挽他的手臂:"昊宇,我没有和他联系了,是他经常打电话过来。"

李昊宇冷哼了一声:"那……刘珍珠到底是怎么回事?"

刘雅兰没有说话。

"刘雅兰,别把我当傻瓜,我不揭穿你是因为你是我孩子的妈妈,刘珍珠毕竟是死了这么久的人,我可以不翻旧账,但我不要被蒙在鼓里。"李昊宇愤怒地强调,"现在不说,那你以后永远不必说。"

是啊,说吧,多说一点吧。

刘雅兰显然是在措辞,她拉着李昊宇的衣袖没有放松。

"昊宇,珍珠的事我知道得也不多呀,当年的事,你不是比我还清楚吗?"她撒着娇,"当年我就是个传声筒,看着你给她写信,我再帮你送给她,昊宇,你都没有给我写过信。"

"你扯这些干什么?"李昊宇没好气地说,"你说梦话让珍珠去找阿亮,阿亮说怕不怕珍珠半夜来找你,你们两个和珍珠的死有关?"

刘雅兰显然不清楚自己说梦话有多严重。

但是枕边人有了细微的异样,其实很难瞒住同床共枕的另一个人,只不过是有时候人会因为爱意,或者会因为信任而忽略了其中的异样。

"昊宇,我就是觉得自己嫁给你,对不起珍珠。"她轻言细语地说,"有时候想想自己能嫁给你,就跟做梦一样,我怎么会这么幸运呢?"

李昊宇显然对这一招很受用,他放缓了语气,但还是追着问:"你找刘育亮帮你做什么?"

"我怎么会找刘育亮?"她好像受了莫大的冤屈般斩钉截铁地说,"我跟他之间除了珍珠,根本八竿子打不到一起。"

李昊宇左右走动了几步,又坐回沙发上:"我只问一次,以前阿亮是你的男朋友,还是珍珠的?"

刘雅兰摇着他的手臂,委屈地说:"你尽冤枉人,我有没有男朋友你不知道吗?人家清清白白的一个人,被你这样说。"

李昊宇冷哼一声:"我不是当年的毛头小子了,要说珍珠喜欢那个姓柏的我相信,你说珍珠喜欢阿亮,哼,当时我是太生气了,后来想一想怎么都觉得不可能。喜欢我,喜欢姓柏的,再到喜欢阿亮,这跨度太大了,年轻的我看不穿。"他微微翘起下巴,"现在来看,那天晚上的事真的太巧了。"

他敲着沙发的扶手,盯着刘雅兰,等刘雅兰给他一个解释。但是刘雅兰快速地转身走去厨房,去将她精心熬制的汤给端来。

她伸手端汤的时候被烫到了,发出"嘶"的一声,然后她娇声说:"哎呀,好烫。"

李昊宇停住了敲扶手的动作,似乎想站起来,但没有起身,只说了一句:"每次都说让你小心,你能不能长点记性?"

刘雅兰将手指含在嘴里,含含糊糊地说话,李昊宇最终还是站起来,一边往她那里走一边嘴里埋怨:"烫着了要用冷水冲,说了多少次了,又不是小孩子……"

今晚刘雅兰注定会百般煎熬。因为手机又响了,这次应该是信息,她还等在厨房里。

李昊宇停住了往厨房走的动作直接打开了手机,我不知道他看到了什么,但是他勃然大怒,将手机狠狠一摔:"不知廉耻的原来是你。"

他在刘雅兰的错愕中摔门而去,刘雅兰放下汤赶紧追了出去,两人都从监控画面里消失了。

楼上的灯亮了起来,刘雅兰的女儿从楼梯上走下来,嘴里喊着:"爸爸,妈妈。"然后她站在空无一人的客厅看着大开的房门哇哇大哭。

不一会儿,李昊宇迅速出现在监控画面中,后面跟着刘雅兰。

李昊宇心疼地将女儿抱在怀里,在她头发上亲亲。

"乖,爸爸在,不怕不怕啊。"

他女儿搂着他的脖子,软软地说:"爸爸,你不要和妈妈吵架,要和好呀。"

李昊宇抱着孩子往楼上走,刘雅兰亦步亦趋地跟了上去。

楼上的灯又熄灭了,只剩下厨房的灯让这个客厅有着微弱的光。大概十五分钟后,刘雅兰独自走下了楼,她在客厅里找被李昊宇摔出去的手机。

最后在沙发底下找到了。

她半蹲在沙发前,脸正对着娃娃,我能清楚地看到她脸色瞬间阴沉,目光狠戾,面容扭曲,这一刻的她,才是真正的她,狠毒,阴沉。

我不知道李昊宇和她看到的是什么,是谁发来的,但她伪装的那层面皮就快要挂不住了。

李昊宇一直没有下来,而她独自在沙发上坐了很久。汤应该都凉透了,她一直坐在那里没有动,低垂着头,我看不到她的脸,她耳朵边的头发垂了下来,仅仅露出了她保养得宜的脸,连鱼尾纹都透着狠。

第八章　爱恨

　　我睡得很好很安心，梦里有个人将我揽在怀里，一只手穿过我的头发，另一只手紧紧地搂着我的腰，轻柔地吻着我。醒来的时候好像还能记起梦里的缱绻旖旎，我口干舌燥。我的排卵日到了。

　　清晨的监控录像显示，刘雅兰已经在厨房里忙碌着给家人做早餐。

　　吃早餐时，刘雅兰在递牛奶的时候把手搭在李昊宇的肩膀上，他既没有躲开，也没有反应，只是宣布今天早晨他会送孩子们去学校，女儿欢欣鼓舞地跳了起来，儿子则是耸耸肩一脸无所谓。

　　他没有和刘雅兰说一个字，也没有和刘雅兰有任何的眼神交汇。

　　等他们出门后，刘雅兰在厨房里摔了一个杯子。

　　在七点三十五分的时候，刘雅兰接到了电话，她说："昊宇，你听我解释。"电话那头说了什么，她连连点头，"好，那我在家等你。"

　　挂了电话后，她飞快上楼，又换了红色连衣裙下楼来。

　　十分钟后门开了，她再次投向李昊宇的怀里："昊宇，你听我解释。"

　　李昊宇将她的身体远远推开，冷静地说："我们离婚吧。"

　　刘雅兰整个人都呆住了。

　　"你妈要的六十万我照样给你，你愿意给谁我不管，你开的车子归你，房子你就别想了，你知道这房子值多少钱，我不可能把房子留给你，你想要多少钱你说，下午就去民政局把手续办了。"李昊宇说。

"不，昊宇，我不离婚，为什么要离婚？我哪对不起你？我不离婚。"刘雅兰哀求道。

李昊宇冷笑一声："你凭什么以为我会要一个不守妇道的女人。"

刘雅兰扑过去抱着他："昊宇，我没有，这是诬陷，你听我解释。"

李昊宇坐在沙发上："好，那你解释解释。"

拼命喊着要解释的人，反而一下子说不出话来，她紧挨着李昊宇坐下，将他的手牢牢地箍在怀里。"你晓得刘育亮跟我是一起长大的，他是对我有想法，我从来没答应过他，更没跟他发生过什么，这你是知道的。"她顿了顿，"他昨晚莫名其妙地发这么个信息过来，我也很奇怪的好吧。你晓得他一直过得不太好，他这是见不得我过好日子。"

李昊宇没有说话，刘雅兰急切地去扳他的脸："昊宇，你知道我心里只有你，能嫁给你陪在你身边跟你一起养育孩子，这么幸福的生活，我怎么可能跟他有什么呢？我又不是脑子坏掉了，有宝不要，非要捡根草。"

耳机里刘雅兰在苦苦解释，不得不说，她很懂说话的技巧。这番话听下来，我也差点相信了她的话。

这么好的一个姑娘，从小城市里辛辛苦苦地考上大学，自立自强，有颜有才，挡不住狂蜂浪蝶死缠烂打。她说得哀切又自然，听着像真的一样。

李昊宇一直在听她说，到这个时候终于不紧不慢地问："那你也承认刘育亮喜欢的是你了？你以前不是说他是珍珠的男朋友吗？"

刘雅兰摇着他的手："昊宇，为什么我们俩之间，老是要提起刘珍珠？"

"好，那不提。结婚前刘育亮为什么来京市找你？这次为什么又来这里找你？不是你告诉他他会找得到你？十几年了，你们联系过多少次？你去找过他几次？"

刘雅兰坚决否认自己和刘育亮联系过很多次，她的声音很软："昊宇，你不能光凭别人的一两句话就判我死刑。这不公平，嘴巴长在别人身上，他要胡说八道我怎么拦得住？"

"这是你们的通话记录吧。你说我信你，还是信证据？你最近连女儿存压岁钱的账户都提光了，你用这些钱做了什么？给刘育亮带回老家用？你跟他有什么见不得人的，他说他老婆孩子要离开他，问你满意不满意？这是什么意思？嗯？什么意思？"

李昊宇最后说："你要知道，我最恨别人骗我，也最恨女人不守妇道。"

我听到了开门关门的声音，屋子里安静了下来，只有刘雅兰的哭声，在几分钟后又归于平静。

在我忙碌着交接班时，她在忙着平复心情吧？不会的，这不是一个坐以待毙的女人，她之前做了什么安排？现在又会做什么安排呢？

其实我手里有几段很有用的录音，稍加剪辑寄给李昊宇，他们的夫妻关系将会破裂无疑，可这也会暴露车内有监控设备的事实。

这个女人做事很谨慎，事实上，这么长时间以来她从未在除了自己车子以外的其他任何地方跟阿亮联系过。啊，不，在汽车站，她曾去接过阿亮。我想我可以送她和她老公一份小礼物。

妇科门诊一向是很忙的。刘主任在隔壁的专家诊室，她忙得连八卦的时间都没有。中午在食堂吃饭时，胡丽神秘兮兮地给我看一则新闻，本地的酒吧一条街迎来了大整顿，某家酒吧疑似出现了连环捡尸性侵案件。

胡丽问："这说的就是昨晚我们看见的本&色酒吧对吧？"

我点头。

"哇，新闻里说的事离我们这么近，我们差点成为新闻当事人。"胡丽惊叹。

"呃，'新闻当事人'这个词不是这么用的。"我提醒她。

"咳，别在意细节，你知道我说的意思。"胡丽挥了挥手。

她想说的是新闻事件的目击者。但胡丽的关注点在后面。

"你知道吗？昨晚你和黎致远这样那样之后，卿卿好像和宋琪吵架了。卿卿一直黑着脸，宋琪也没有哄她……"

在我默不作声挖饭吃的时候，她又犹豫着神秘兮兮地问："宝珠，你和黎致远这算是定下来了吧？算是确认关系了吧？"

第八章 爱恨

我停下了挖饭吃的手。我这样的态度真的是对的吗？含糊不清让人误会，迟疑不定又让人抱有希望和期待。或许我真的应该考虑搬家了。

……………

我爸约我了，用红色的气球。但胡丽也约我了，就守在我诊室的门口。

距离她的婚礼不到十天了。今晚是她和程鹏双方的父母请伴郎伴娘吃饭作为答谢，是不能缺席的场合。我稍稍考虑了一下，告诉她我会晚点到，让她帮我打一下掩护。

交好班后，我先去了对面小高层的六楼。我爸是要告诉我柏荣齐的消息的。柏荣齐没有跑路，他躲在老家。酒吧的案子不是唯一一个让他躲起来的原因，高利贷追债也是一个主要原因，而酒吧牵涉到的案子，犯案的手段都是同一种，柏荣齐借品新酒的机会邀请独自出现在酒吧的女性去酒窖，在酒里下了药，然后趁人意识不清时犯案。报警的是三个成年女性，仅凭这三位成年女性的报案以及现有的物证，律师说有难度。警方和律师都在积极地争取更多受害者的告发。

柏荣齐现在的高利贷欠款越滚越高。而李昊宇的总公司即将对本地分公司的财务状况进行审计，李昊宇将会发现他在公司当硕鼠所得的不当得利已经被家里的蛀虫掏空了。大戏很快就要上演了。

我爸说："宝珠，你不要再做任何事，就等着看吧，爸爸做了什么，有什么计划都会让你知道，好不好？"他看着我，眼里有泪光，但很开心。他手里有那台斯巴鲁的车钥匙，有针孔摄像头，但他都没有给我。

他得意扬扬看着我的样子，那微微勾起的嘴角，连弧度都和记忆中的珍珠的模样一样。我没法拒绝。

等我赶去酒店时已经是最晚到的了。

胡丽的父母是我很熟悉的，程鹏的父母是第二次见。

四位长辈对我们都十分感谢，席间的氛围很好。

怨我大意，胡丽说卿卿和宋琪闹矛盾了，我眼拙没有看出来，卿卿言笑晏晏，宋琪也是风趣幽默，衬得我和黎致远寡言少语。

在散席的时候，程鹏的母亲拉着我的手，语重心长地说："宝珠啊，听程鹏说你和黎致远是一对，现在就等你们的好消息了。"

彼时黎致远正好站在我身边，我正在想该怎么说，他先开口："兰姨，你别听程鹏瞎说，他这是换着法子故意刺激我呢。"他亲昵地向这位兰姨打小报告，"最近他老是用肚子里的宝宝刺激我这个高龄单身汉啊。"

我放松下来，他解释比我解释好，然后我对上了黎致远了然的目光。

大概是长辈都有给晚辈做媒的爱好，在我和黎致远送胡丽的父母回家时，胡丽的母亲拉着我的手，颇为欣慰地看着我，一直露出那种老母亲的笑。在背着黎致远时，她说："宝珠，一个人自由自在是挺好，两个人相亲相爱也不错，我看这个男的还行。话不多，但是细心，你别急着拒绝，先处处看。"

一起回宿舍时，黎致远喊我散一会儿步，他有话说。我们沿着医院的运动场绕圈散步，走到那条通向急诊大厅的走廊时，他停下来，站在那里。

"宝珠，我第一次见你，就是在这里，"他指了指身后的中药房炮制室，"我坐在这里，看着你从急诊大厅的门外跑过来。"

他又看向通往急诊大厅的路。

"第一次听说你的名字，也是在这里。"他指了指自己站着的这个地方，"那时候我在想，怎么有人叫这么土的名字，宝珠，宝珠，珠宝……"

那时候，黎致远正处在自己人生的最低谷，顺风顺水的顺畅人生路好像在那场车祸后戛然而止，他从中医药大学离职，在家躲了很长时间。

每天掀开被子看到自己消失不见的左腿，他觉得自己的人生也就是这样了，从此以后他就是个离不开拐杖和轮椅的瘸子了。他整天足不出户，他哥黎静修实在看不下去，给他找了一份医院中药房的工作。

"致远，你没办法接受事实，没办法继续在人前上课，那你去试试炮制中药材吧，再闲下去人就废了。"

就这样，他来中药房上班了，担了个不大不小的职务。

第八章 爱恨

炮制室的铁门一关，里面自成一个小世界，他每天和中药材打交道。麦冬以杭州笕桥产的为最上品，可惜已经快要绝收了。就像他，好像还有大好前程，却都如同楼阁星辰，看似伸手就能摘，却碰都碰不到了。

他厌恶拐杖，厌恶自己走路像个瘸子。宝珠就是他黑暗生活中出现的那道光，不亮，却吸引他一直向光源靠近。

他看着她从来医院实习到在实习生中脱颖而出，看着她一步一步以专业素养在妇产科拥有自己的一席之地，到如今能独当一面，她好像从来没有什么怕的东西。可是他怕，无论什么场合，凡是两人需要同时出现，他都是最早去最晚走，他可以不在乎任何人的眼光，但他怕看见她的目光。

他开始渴望站在她面前。于是他咬牙做复健，咬牙练习用仿生假肢走路，忍着创面被磨破的钻心的痛，笑着面对一切。

现在他能站在宝珠面前，和她像朋友，不，比朋友更亲近，他能开门就看到她，敲门就和她说话，和她同在一个空间里入睡，他真的不会勉强宝珠一定要在他怀里，必须成为他的某个人，一定只是他的某个人……

她首先是她自己，是最独特最好的自己。

黎致远模模糊糊地想着过往的那些心事，他很感谢那时候看到了宝珠，不然他都不敢想他现在会是什么模样。

眼前的这个女人，娟秀的、冷静的、妩媚的、绝情的、狼狈的……她的很多面他都见过，她有不想触及的过往故事，有不能言说的秘密，他都知道，也没有忘记这个女人勒住自己的气管时毫不犹豫地狠戾。这不是一只无害的小白兔，他已经了解到了。但那又怎么样呢？她不必是温柔贤惠的，也不必是安静柔顺的，更无须是长袖善舞的，她是她自己就行。

黎致远说："宝珠，别有负担。"

他在宝珠的眼睛里看到了自己。

"如果你还想我搬走，我会搬走的。"他并没有说谎，"等你处理好自己的事，由你来决定我们之间的关系，好吗？"

…………

晚上十点多，医院里很安静了，隔壁的灯也熄灭了。

借着暮色的掩护，我先去了自己的小窝，换装后去了大学城附近的网吧，去送上我为李昊宇和刘雅兰准备的薄礼。最重视面子的成功男士，公司的邮箱里收到了自己老婆急切地、亲热地去接其他男人的照片，就在那几天大量提现的时候，刘雅兰还能怎么解释自己的行为呢？

其实，如果我会开锁的话，我最想去一趟柏荣齐的家。前一天晚上和刘雅兰约好了第二天晚上拿钱，在该去拿钱的时候跑回了老家，这无论如何也称得上落荒而逃吧，不知道家里那些重要的东西有没有来得及带走。

而事实上，和我有同样想法的还有刘雅兰。

因为我在监控设备里听到了好几个她找开锁公司的电话，她许以重金，冒充要去抓奸的正室，不过都被拒绝了。

这个女人远比我想的大胆，敢想也敢做。最后一个电话，她没有讲自己的要求，她用简单的、自信的语气冒充这家的女主人。

"师傅，我把自己家的钥匙落在客厅了，能来帮我开锁吗？证件当然有啊，开了门我就可以拿给你的，放心吧。"

在电话里她得到了肯定的答复，然后代表着她车的小红点一路穿街过巷，来到了柏荣齐的小区附近。而我也在打车过去的路上，离柏荣齐家还有五分钟。距离她预约的开锁时间，还有十二分钟。

她来得及，我也来得及。她来得及做她要做的，我来得及赶到现场，而到现场后要怎么做，我还在考虑。报警？或者不报警跟上去？

报警，不能让她拿走任何跟柏荣齐的犯罪行为有关的证据，也让正在查找柏荣齐的警方，在除了酒吧之外的地方第二次发现刘雅兰，从而揭开十八年前尘封的案子，让刘雅兰和柏荣齐捆绑在一起。

我往12110发送了报警信息。

我已经到了小区附近，刘雅兰的车停在小区的正大门，距离柏荣齐的房子不远，离我的距离更近。

她在正大门保安室以访客的身份进入，又以业主的身份让开锁公司为她打开门，她怎么能确认开锁公司的人会在她不出示证件的情况下就开锁呢？

这真是一个无数次刷新我的认知的、谜一样的女人。

我站在楼层之间的暗影里，看着站在灯光通明的地方的她。她没有任何紧张的表现，完全就是一个正常的业主，在开锁公司的工作人员出现时，她甚至主动迎上去扬着声音喊："师傅，这里。"

"哎呀，可终于来了，急死我了。今天一天都没发现自己没带钥匙，下班回家了要开门，哪里都找不到。师傅，你说像我这样的记性还有救吗？"

戴着眼镜的师傅憨厚地笑："正常，我们的客户基本上都是你这样的情况。"他推了推鼻梁上的眼镜，"还有人拿着钥匙出门扔垃圾，结果扔了钥匙又提着垃圾回家，找不着钥匙进不去家门要找我们开锁公司的。"

我听到刘雅兰在问："师傅，你们开锁公司正规的吧，在公安那里有备案吧？"

他们一路边说边走，准确地进入了柏荣齐家所在的门厅，按了电梯。

等他们进入电梯后，我也进入了门厅。

我走安全通道上了楼，就站在柏荣齐所在楼层的安全通道门后。

我打开了一点门缝，同时打开了手机录像功能。

已经快晚上十一点了，整栋楼都很安静，所以我能清楚地听见开锁的师傅正在再次确认她是不是业主，她肯定地说开门就能给师傅看相关证件。

师傅拿出工具开始开锁，边忙边说："这个门锁不太好打开，需要的时间会长一点。开锁都是八十一次，我们不讲价的啊。"

刘雅兰大方地说："行，师傅，我不讲价。"

不到十分钟，门锁打开了，我听到刘雅兰说了一句："太好了。"

然后她对开锁的师傅说："师傅，你进来，我给你看证件。"

我将门缝推大了一点，能清楚地看见师傅跟着走了进去。灯亮了，门没关，然后我听见师傅一声惊叫："你干什么？"然后又是一句，"别脱衣服。"

接着门关住了，隔绝了我的视觉和听觉。

我很焦急，警察怎么还不来？

我不能眼睁睁地看着刘雅兰得逞，我推开安全通道的门，向前走去。

我刚走出去两步，柏荣齐家的门再次打开了，有人要从里面出来。

开锁师傅在说："算我倒霉，你快删了照片。"然后提高了音量喊，"别以为我年纪大就不懂，清空删除照片才行，快点。"

他的身影在门口晃动，我赶紧退了回去，又躲回安全通道里。

开锁师傅在嘴里骂骂咧咧："今天真是遇到疯子了，疯女人，真是疯了，真倒霉。"

他一边骂骂咧咧，一边从门口往电梯走，刘雅兰在屋里没有跟出来。柏荣齐的家门被打开，她也如愿了。开锁师傅并没有报警，也没有阻止她进去，此刻她应该正在找她要找的东西。

好在片警已经赶到了，他们在电梯口拦住了开锁师傅。

"有人报警，说开锁公司协助他人非法入侵民宅，师傅，你等一下，配合一下调查。"

"已经通知物业保安过来配合了。"其中一个片警说。

开锁师傅连忙分辩："跟我没关系啊，我就是被人打电话忽悠来的。"

警察敲响了门，要求屋里的人开门配合检查。

门一动也没有动，刘雅兰没有开门，也没有走出来。

警察再次敲门，还是没有人开门。

我比警察更急，既希望刘雅兰找到要找的东西，直接连东西带人被警察扣住，又担心她找到了之后进行销毁。

电梯"叮"的一声响，物业赶到了。就在这时，柏荣齐家的门也打开了。

有人走了出来。透过门缝，我清清楚楚地看到了来人，物业的人率先打招呼："您在家啊？那怎么警察接到电话说有人非法入侵呢？"

开锁公司的师傅说："真是的，开锁这么多年，头一次见到家里有人还要找开锁公司的，这女的也真够奇葩的……"

警察怀疑地问："你是业主？找人开锁的是哪个？怎么不出来？"

没有什么比这更让我惊讶的了，屋子里有人，这个人我见过，刘雅兰也见过。

这个男人,曾和我对坐着喝酒的男人,终于开口说:"这真是误会了,她以为我在这里和别的女人约会呢,真是对不起这位师傅了。"

他连连道歉,声音低沉,沙哑。

这就是我在酒吧里见过的那个经理,我爸给我寄的那张照片里和本人并不像的林凯,也是那天从后座上车的声音沙哑男。

隔着门,他的声音和当天我在监控设备里听到的那个声音重合了。

这就是我一直想找的第四个人。原来这就是他。

我用手机记录着这一切。

声音沙哑的林凯笑着解释:"都是误会,她就是爱疑神疑鬼的。"

他出示了自己兜里的钥匙和门禁卡。

警察说:"让你老婆出来讲明情况,要是属实的话我们做个笔录就行了,不然非法入侵民宅可最低也要治安拘留的。"

刘雅兰这才低眉顺眼地走出来,先给警察道歉:"对不起,给警察同志添麻烦了。"然后给开锁师傅道歉。

她还开始倒打一耙:"警察同志,我能问一问是谁报的警吗?这不是报假警吗?"

"这怎么是报假警呢?你请了开锁公司来开门是事实吧?这房子户主是谁?是你吗?冒充户主欺骗开锁公司是事实吧?认真计较起来,你的行为是违法的啊,最低也是一个非法入侵他人住宅,有空多学点法律知识,别糊里糊涂犯法了都不知道。"这两名警察尽职尽责地要求刘雅兰一定要出示证件做笔录。

刘雅兰连连哀求,最后才不得不出示了证件。

年长的警察问:"再说一遍,你俩到底是什么关系?"

刘雅兰支吾着。

"说说看,你老公叫什么名字?"警察问。

林凯赶紧说:"不是老婆,是我……我们是……咳,警察同志,不瞒您了,她是我女朋友,我老婆常年在外地……"

开锁公司的师傅最先离开,我没有跟上去,只是记下了他工作服上的公司名称和电话。然后警察离开了,最后是物业。当这个楼层只剩下林凯和刘雅兰时,林凯冷笑了一声:"难怪柏荣齐说你有点东西,这真是让我意外啊,好手段,好胆量。"

他用手挡在门前,阻止了刘雅兰继续进去的动作。

"唉,我可不放心让你进去,出了岔子柏荣齐可不会放过我。"

刘雅兰尝试推了他一下没推开,瞪着他说:"我要去拿包。"

林凯将她推开:"别,你就在这里等,我去帮你拿,在里面出了点什么事,我可拿你没办法。"不一会儿他就拿着包出来了,"我真是小看你了,能想出这个办法威胁开锁公司的人不报警,你真是有才有胆,比我们男人强多了。"

"这都是你们逼出来的。"刘雅兰打断了他,鄙视地说,"也就是你们这样的烂货只敢欺负女人,谁比谁高尚吗?"

他们吵了两句,刘雅兰说:"不要在这里吵,下楼吧,去车里说。"

她的车停在小区外,里面有我装的监控设备。

他俩一前一后地进入了电梯,柏荣齐家的房门锁上了。

我想了想,转身走楼梯上了楼,我在顶楼的安全通道里待了十几分钟,打开了监控画面。

我今天已经暴露在安全通道的监控画面里了,可我不想我的监控也暴露,而且我也不能跟得太紧,谁知道他们有没有可能杀个回马枪,或者在暗中等着看有没有人跟踪他们呢?

刘雅兰和林凯一前一后从小区正大门出来,逆光走向刘雅兰的车,看不清两人的表情,但我亲眼看到林凯走向副驾驶座。

听到关门的声音,我才放下心来。

我一边听他们说话,一边快速下楼,从侧门出来,隐身于黑暗中。

小区外每隔很远有一个路灯,路灯下飞蛾不停地扑向灯泡。我坐在树荫下，远远地看见他们短暂地打开了车内灯，又马上关闭了。

林凯在嘲笑她："你要找什么我们都心知肚明，我只是没想到你胆子这么大，你找私家侦探查柏荣齐了吧。"

"东西在你手里？钱我一定会给，我说了，"刘雅兰强调，"我需要一个保证。"

林凯问她："什么保证？"

刘雅兰说："你能拿得出视频的原件我再和你说，不然，你能代表柏荣齐吗？"

林凯嗤笑起来："刘雅兰，说真的，你这么聪明的女人，当年怎么就和柏荣齐搞到了一起？"他一副百思不得其解的口吻，"你又不是他喜欢的类型，他的目标一开始就是刘珍珠。"

黑暗中，我屏住了呼吸。

林凯继续说："刘珍珠才是他喜欢的那款。"

刘雅兰冷笑了一声："又是刘珍珠，你提一个死人干什么？最近怎么大家都喜欢提死人？"

"白天不说人，晚上不说鬼。"林凯的语气轻松，"反正不是我害的，我是不怕的，你怕啊？"

"怕？我会怕她？我……"有话要冲口说出，但被她吞了回去。

她冷笑了一声："你们俩才该怕吧？现在警察这么大阵仗地查酒吧，你们俩谁能脱身？不如你帮我一个忙，我帮你想办法脱身。"

她抛出了她的诱饵，有没有鱼上钩？谁又是谁的猎物？

林凯应该是点上了一支烟，因为我听到了刘雅兰说："扔掉，别在车里抽烟，烟味太大，我明天要送孩子的。"

我听到了车窗摇下来的声音，林凯发出了伸懒腰时放松的叹息声："刘雅兰，十八年过去了，你又让我刮目相看了。"

刘雅兰冷笑着哼了一句："说点正事吧，酒吧要关了，你需要钱吧，你把柏荣齐手里的东西都偷出来给我，我给你钱，只给你一个人钱。"

林凯哈哈笑了两声："警察可是查过我的,我就是个在酒吧打工的,跟你说的这些可毫不沾边,你可别败坏我名声。"

刘雅兰继续说:"你知道我老公是做什么的,钱我有,就是不想被柏荣齐要挟。"

她用蛊惑的口吻耐心地劝说:"四十万本来就没多少,两个人分多没意思。你给柏荣齐当了这么多年的小弟,就不想试试自己扬眉吐气吗?"

"好口才,刘雅兰,当年你就是这样恐吓李夏的吗?"

林凯的语气更沉闷沙哑了,像喉咙里含了沙砾。他说:"我一直很奇怪,李夏怎么会听你的呢?"

"别说以前的事,没意义,说说眼前吧。"刘雅兰不想继续说往事。

"别啊,就算是让我解开一下十八年前的疑惑吧。"林凯说。

"我说了,别说以前的事,我什么都不知道。"刘雅兰的呼吸明显加快变粗了。"你要再说这个我就走了,柏荣齐不来,我是绝对不会给你们钱的,你现在需要钱吧?考虑考虑我说的吧。"刘雅兰继续抛出诱饵,"我要没被删改过的原件,包括后来的复制件,还有照片的底片。"

两个人都没有继续说话。

之后林凯下车,刘雅兰把车往自己住的别墅区方向开去。

我继续坐在树荫下。林凯还在大门口徘徊,他抽了一支烟,然后走到了一辆车边,开门坐了进去。

我快走两步,离他稍微近一点。我看见他重新拿出一支烟,在黑暗的车里打开打火机点上了。此刻,他的脸终于和我爸寄给我的照片有了轮廓上的重合。他掏出手机打了个电话,我听不到他说什么,他的嘴巴一张一合,在夜色中也没法读出口型。

而刘雅兰在开了二十几分钟车后,再次拨打了一个电话。

她说:"阿亮,上次是我不好,我是看你一定要坐汽车回老家着急了,才发了照片威胁你。我知道我不好,但当时我只能从宝珠那里下手拿钱了。亮哥,我们从小一起长大的,只有你对我才是真的好,你再原谅我一次啊。"

第八章 爱恨

电话那头阿亮说了什么我没有听见，我只听到刘雅兰继续问："当年李夏的事，你还和谁讲过？亮哥，我只有你可以信任，其他人我都信不过的。你帮我找一找柏荣齐，看看他是不是跑回老家了，有没有出现过。亮哥，只要我渡过这个危机，你儿子就是我儿子，行吗？"

电话那头的人声音很不稳定，有时候我能听到咆哮的声音，但刘雅兰始终轻言细语，温柔地哄着。

刘雅兰又得逞了，从她欢欣的语气来判断，阿亮同意去帮她找一找柏荣齐了。她也到家了。还有一个刺激在等着她，我从她家里的监控画面中已经看到了。本应该出差的李昊宇正面色阴沉地坐在客厅的沙发上，一言不发地等着她。

客厅里没有开灯，若不是我在看监控画面时一直有打开这个小窗口，我不会一下子就看清沙发上坐着这个人的。

刘雅兰开门后没有开灯，她换了鞋子，将包放在了入户的鞋柜上，然后轻手轻脚地去了相邻的卫生间，没有看到沙发上的人正目光灼灼地盯着她。

她刚一关上门，李昊宇就走到了她的包前，从里面拿出手机查看，然后拨打了一个电话。这一次，在接通时他打开了外放，自己一声不吭。

电话很快接通了，那头的人有点生气但没到气急败坏的程度。是阿亮。

"你能不能别这么急？我会去找柏荣齐的，但也不能现在出去找啊！"他停了一下，"你能不能有点耐心？都过去十八年了，谁会去翻旧账？"

这几句话的声音，显然已经引起了刘雅兰的注意，她急切地拉开厕所门奔了出来，然后发出了一声惊恐的大叫。

电话那头也在急切地问："阿兰，你怎么不说话？"

李昊宇冷笑着捂住了刘雅兰的嘴巴，她只来得及发出"嗯"的一声。

阿亮又重复问："刘雅兰，你怎么不说话？"

刘雅兰扭动着身体，要从李昊宇的桎梏中挣脱，李昊宇只好挂掉了电话。他先将刘雅兰推倒在沙发上压制住，用一只手操作着手机，编了个短信并故意念给刘雅兰听："没什么事，就是突然很想你。"然后他放开手，居高临下地看着刘雅兰,"现在,我们等着看他会怎么回复你吧。跟我玩心眼?你以为删除通话记录就行了吗?"

他背对着镜头,我看不清他的脸,但是光听他的声音,就能想象他咬牙切齿、怒气冲天的样子。

"亏我还真以为是冤枉了你,你怎么这么会演戏?"

刘雅兰扑过来,拦腰抱住了他:"昊宇,昊宇,你听我说,你听我说……"

"我听你说了十几年了,"他的怒火已经压不住了,"我现在不想听你说,我要听阿亮说。"

他打掉刘雅兰伸过来抢手机的手。卫生间的灯开着,我能看清两个恶心的人所有的表情。

手机一直沉默,没有信息回复过来。

刘雅兰有着死里逃生的庆幸,从她明显放松的嘴角能看出来,李昊宇很急躁地不时看手机,急切地等一个回复的信息。我也在等。

刘雅兰将李昊宇拦腰抱着,说:"昊宇,我就是拜托他在老家帮我找个朋友……"

李昊宇打断了她:"你以为我不知道柏荣齐是谁吗?"

"你对刘珍珠做了什么,你不说,我大概也能猜得到,你故意将她被人破了身子的消息告诉我,又故意散布得全校都知道,我以为你是替我打抱不平。"他冷笑着说,"所以你说你约了珍珠让我能问个明白,我很感激你,我确实需要当面问问她为什么要玩弄我的感情,然后你和这个阿亮设计了一出好戏,让我亲口对她说出恶毒的话,你想干什么?你想让珍珠去死是吗?你当时是不是也躲在那里,亲眼看着我骂她不知廉耻,你是不是心里很得意?啊?"

刘雅兰继续扑过去搂着他:"昊宇,我没有,别把我说得这样恶毒,我不是你想的这样……"

李昊宇继续说:"其实你大可不必搞这些小动作,刘珍珠和柏荣齐约会

第八章 爱恨

是事实,不管她最后是自愿的还是被强迫的,总是她自己用两条腿走去的,你不这样做,我也不会要她。"他盯着刘雅兰,"你也一样,你要是和刘育亮有一腿,我也绝对不会要你。要不是当初你是清清白白给的我,就凭结婚那年刘育亮闹的那一出,我就不会娶你……"

刘雅兰赶紧辩白:"绝对没有,昊宇,我心里只有你,我也只有你一个男人,昊宇……"

我几乎要听吐了,两个恶心的人说的恶心的话、做的恶心的事,真是恶心他妈抱着恶心哭了——恶心死了。

快来个什么电话或者信息,让这个以为自己镶了金边的男人清醒点吧。

老天大概听到了我的心愿,终于来了个信息,应该是李昊宇久等的重量级的信息,因为他越看脸色越黑,然后他狠狠地抽了凑过来的刘雅兰一个耳光,然后又补了一个耳光,并将刘雅兰拎起来,打开房门将她推了出去:"滚,别再让我看到你。"

姐姐,你知道当年的那个俊朗优秀的白衣少年,到底有着什么样的内心吗?我不知道李昊宇最后收到的是什么内容的信息,但我猜是来自阿亮的。

之后刘雅兰不停地拍门,隔着大门她的声音非常含糊,我根本听不清她说了什么,屋子里李昊宇就好像是热锅上的蚂蚁,在客厅里气得团团转,连声咒骂着刘雅兰,也骂阿亮。

闹剧持续到凌晨三点多,一直到他女儿醒来找他,他才和女儿上楼,然后就没有出现在监控画面里,临上楼时带走了刘雅兰的电话。刘雅兰是被她儿子打开门放进来的。她光着脚站在客厅里,先和儿子说了几句话,然后在客厅不停地找手机,最后一无所获,在沙发上一直发呆到睡着。

我也很开心地睡了。醒来后,胡丽带着大餐和黎致远一起来了。早餐吃的是面条,胡丽吃得太饱了,自己撑到了。我让她千万不要有那种一人吃两人补的想法,不要过度进食把自己吃成妊娠糖尿病。

她一脸嫌弃地看着我:"宝珠,你知道你过得太清醒会少了很多乐趣吗?"

好有道理,我竟无言以对。

今天是胡丽婚礼前上班的最后一天,母校的建校庆典就在这周六。

今天又是很忙碌的一天。中午,胡丽给我打好了饭菜,告诉我在食堂等我,她说这是我们俩今天必须有的仪式感,庆祝她将要结束单身。

在吃饭的时候,她亲昵地埋怨我都不给她准备个单身Party,她说她一直向往着美剧《老友记》里三位女主结束单身的Party。呃,其实她不是向往Party,她是向往Party里的帅哥。

在她终于停止絮絮叨叨的埋怨时,她看向食堂窗外,小声地嘀咕了一句:"这丫头真是找死。"

我顺着他的目光看过去,在黎致远经常坐着吃饭的长椅上,卿卿和黎致远正坐在一起吃中饭。俊男美女,让人为之侧目。

最糟糕的是,在对面门诊大楼的圆形门里,宋琪正站在那里,他也如同我和胡丽一样没有作声,只是静静地看着。

隔着这么远的距离,我好像能看到他面无表情的脸。

卿卿到底知道自己在做什么吗?

我对胡丽说了几句话,让她走到门诊大厅去,不要跑,放轻松。然后我穿过回廊,走进阳光里,走近卿卿。

我的脚步声惊动了这两个人。卿卿抬头看见我,了然而又得意地冲我笑:"表姐,你找过来了啊。"

她还要再说话,我打断了她,我坐下隔着黎致远喊她:"看着我,别回头,宋琪在门诊大厅已经看了你很久了。"

她的笑容终于呆滞了。她想要转过头去看,但是我喊她:"看着我吧,卿卿,你今天中午和宋琪分手,相不相信下午就会有医院里的小姑娘约他?"

她没说话,我知道她是聪明的。

那边,胡丽已经走到宋琪身后了,我看见她从背后拍了拍宋琪,两人说了几句话,然后一起往这边走过来。

"胡丽约了我们几个来看她喜宴上的菜色。"我对卿卿说。

我不知道这样做能不能缓解宋琪的愤怒和疑心,但我知道,卿卿需要受

第八章 爱恨

点教训，才会懂得珍惜。

没有任何一个男人，会甘心放弃自己的自尊来爱一个女人，如果他在追你的时候把自己低到尘埃里，等尘埃落定的时候就是他反噬的时候了。

只有双向奔赴的关系才能长久，否则，迟早都是水月镜花，昙花一现。

宋琪黑着脸盯着卿卿，卿卿游移不定地躲开了他的目光。

胡丽一屁股坐到了长椅正中，右边是黎致远和我，左边是卿卿和宋琪。

这把长椅终于第一次充分发挥了它的作用，五个人坐得满满当当。

胡丽热情地招呼宋琪："要知道你中午过来，我就不喊卿卿和宝珠了，有远哥和你这两个美食家，她俩就纯粹是打酱油的。"

我瞟了一眼，宋琪主动拉住了卿卿的手，两人十指相扣，就放在宋琪的大腿上，于是我趁势说要先回宿舍，故意忽略了来自胡丽的死亡凝视。

…………

刘雅兰在早上五点半从沙发上爬起来，给孩子们精心地准备了早餐，在李昊宇带着女儿下楼时，像个没事人一样给他们把早点端到面前。

她儿子下楼的时候问："你们还能和好吗？"

李昊宇让他专心学习，不要管大人的事。

一直到李昊宇送孩子们出门，他们没有互相说一句话，也没有眼神交汇。更明显的其实是刘雅兰，她没有像以前那样放下身段去哄李昊宇，也没有像上次那样借着送餐具不时和李昊宇来点肢体接触。但是在李昊宇出门之后，她上楼简单地收拾了一下也出门了。

她穿着普通的休闲服，和以往那个精心打扮的形象大相径庭。她戴着鸭舌帽和墨镜，这个样子，很像是要进行某项行动之前乔装的我。

她要去做什么？代表她车的小红点再次来到了李昊宇公司所在的商务大厦附近，我从监控画面里发现她走向了商务楼里面，她是来找李昊宇的吗？

阿亮昨天回复的消息，一定是爆炸级的消息，不然李昊宇不会那样怒不可遏，刘雅兰也不会像现在这样一副准备放弃李昊宇的模样。除非是重量级的无可解释的内容，她才知道自己触了逆鳞，挽回无望。

她在大厦待了将近两个小时才离开,她的手机从昨晚开始就一直在李昊宇手里。从大厦出来后,她去了一趟通信营业厅。从营业大厅出来后,她手里拿着一个新手机出现在监控画面里。然后她开着车,来到了某银行。又过了一个小时左右,她神情轻松地从银行里走出来,手里拿着一沓纸张,在拉开车门上车的那一刻她甚至哼着歌。

她貌似并不惧怕失去李昊宇,并不在乎是否会离婚,或者说,除了孩子,她有其他的筹码吃定李昊宇了。

午休的时间实在是太不够了。下午门诊要结束时,卿卿堵在我诊室门口等着我下班。卿卿说她和宋琪两人要请我吃饭,不能不去。

这几天都没有柏荣齐那边的消息,刘雅兰那边还有什么后招我也还在等,实在没兴趣浪费时间去做电灯泡。

然而卿卿一副百无聊赖的样子,守在诊室门口没有离开。

我问她:"宋琪呢?"

她有点呆滞地说:"哦,在车上呢。"

"黎致远哪里吸引你?"我问。

她用左脚在地上画圈圈,一直没有回答,沉默着等着我。

看样子不去不行。我们上了车,先去接的小姨和卿瑞。小姨看到宋琪,浑身上下都透着满意和欣赏,我们三人都成了陪衬,这让卿瑞很不开心。他把头扭到我这边,委屈地抱着我的胳膊。

我看到卿卿在副驾驶座看了他很多次。

我没有推开卿瑞,毕竟他内里只是一个六七岁的小孩子。不过小姨很快就把他接了过去。他又赖在小姨怀里撒娇。吃饭时,宋琪主动接过了喂卿瑞的任务,让小姨能好好吃饭,小姨感动得很,宋琪开玩笑说:"我这是提前练习以后怎么带孩子。"

然而卿卿似乎没听见,她沉默地吃着碗里的饭菜。

吃过饭后我就先回宿舍了。这几天没有本&色酒吧的相关新闻传出,而刘雅兰和阿亮通过电话,阿亮说他没发现柏荣齐回老家了。

第八章　爱恨

　　我爸说的大戏到底会怎么上演，我很期待。临近晚上十点，我意外地接到了来自宋琪的电话，于是我出发去了失忆清吧。

　　本&色酒吧依然处于停业整顿中。
　　我进失忆清吧的时候，宋琪的哥哥正在对本&色酒吧的一个调酒师进行面试。
　　宋琪坐在不显眼的位置，我找了一会儿才找到他，正要向他走过去时，他哥哥先走了过来。
　　"刘医生，"他笑着打趣，"我一直以为宋琪会折在你手里，没想到最后是折在你表妹手里。"
　　他用下巴点着宋琪的方向："九点不到就一个人来了，喝闷酒喝到现在，谁也不理。"
　　九点不到，那基本上就是我离开而他送小姨、卿瑞回家后。我不知道该怎么回答，就只好沉默着笑一笑向宋琪走去。略为昏暗的灯光下，宋琪的背影不像平时那么挺直，有种寥落的感觉，宽厚的肩膀微微耷拉着，我沉默地坐到了他对面。宋琪抬眼看我："你坐的就是我们相亲的位置。"
　　他说的话和他的笑，我都不知道该用什么表情和什么回答来应对，只好沉默地看着他。
　　宋琪耸耸肩，一副潇洒的做派。"我还以为你是我栽过的最大一个跟头呢。"他给我倒了一杯酒，"来，喝一杯。"
　　很好看的玻璃杯，在灯光下隐隐有流光溢彩的感觉，酒红色的液体从酒瓶倾泻而下，在酒杯中旋转跳跃，就像短暂而华丽的舞台剧，令人有种想打碎的残酷的美。
　　我不知道该说什么。
　　来面试的调酒师和宋琪的哥哥正聊着酒吧的事。调酒师说谁都没想到会出这么大的事，酒吧的经营一向很不错，盈利也很好，在酒吧第一次传出要转让的消息时，他和朋友还动过心，想要贷款来接手经营。柏荣齐这事挺出乎意料的，大家都以为他迟早会栽在赌钱上，谁知道会先栽在女色上。

上次警察封锁酒吧时，将办公室里的很多用品都带走了，还将所有的酒都取样带回了警局。

作为酒吧的员工，他们知道的并不多，参观酒窖的活动其实偶尔才有，都是柏荣齐直接经手的，很少假手于人，所以他们对案件的了解和外人差不多。但是说到赌债，他们了解的就多了，至少已经有四伙人上门来追过债了，一次比一次紧，一次比一次手段厉害。现在这个阶段接手酒吧的经营权显然是不明智的，因为很容易陷入债权纠纷。

他们聊得很开心，宋琪一直都闷闷不乐，他打电话让我过来，但好像又不知道该怎么说。

安慰开解人不是我的强项，我只能跟他说："宋琪，在下结论前，和卿卿开诚布公地好好谈谈。"

我不知道他为什么喊我过来，这对他来说有什么作用，但我仍然希望卿卿能够得到幸福。

…………

我没想到，想看到刘雅兰一败涂地、痛哭流涕会这么难。

今天晚上李昊宇和刘雅兰的交锋，刘雅兰完胜。

我从失忆清吧回来的时候已经很晚了，黎致远房间的灯还没有熄灭，在我熄了灯后他的房间也终于陷入一片黑暗。

在暗香浮动的夜里打开刘雅兰的监控画面，其实是一件大煞风景的事，可这已经成为我的日常。也幸好我打开了监控画面，我才充分认识到，我爸说这个女人是个很危险的人，这不是危言耸听。

李昊宇显然已经收到了我在网上发给他的照片，所以晚上他气势汹汹地回家。在他将照片甩在刘雅兰脸上，还没来得及狠狠羞辱她以出口恶气的时候，刘雅兰也同样拿出了一沓照片，以及一叠纸张，还有一张手写的A4纸。

她不慌不忙地将李昊宇带回家的照片一张一张地捡起来，在看照片时甚至发出了一声轻蔑的笑声，没有过多的视线停留，她的视线更多地放在眼前这个风华正茂的男人身上。

当然，绝不再是以前那样含情的、崇拜的、带着爱意和仰视的眼神了。

她平视着他，平和、平静，甚至是稳操胜券地直呼其名说："李昊宇，你看，这下可怎么办呢？"

她的表情就像是在对待一个无理取闹的情绪化的儿子一样："离婚呢，也不是不可以，你看，我给你的这些东西，够不够换这个房子再加上三百万的现金？"

李昊宇气得都要变成结巴了："这，这些东西，你、你，你从哪里来，来的？什么时候拿在手里的？还有谁、谁知道？"

他扑了过去想要抓住刘雅兰。

刘雅兰避开后还微笑着整理了自己的发型，轻描淡写地说："你看，我手里的本钱是不是还算齐全？这些东西，跟处女膜比起来，是不是重要得多了？"

李昊宇大吼："你怎么有脸要这些东西？你骗了我这么多年，骗了我的钱，骗了我的人，骗得我团团转，你该赔偿我才对，你怎么有脸要这么多？"

"多吗？"刘雅兰说，"我为你生儿育女，我亲自侍奉送走了你的父母，我忍着你在外花天酒地，难道我不应该要？"

她平静的面容终于被打破："难道我就该被你一文不名地扫地出门？李昊宇，你能不能别这么天真？我当初选你，就是为了现在的生活，就是为了现在的名利地位。"她再次冷笑一声，"你以为我是刘珍珠？"

她终于第一次，在李昊宇面前卸下伪装，冷酷而不屑地笑："你和刘珍珠一样天真，天真得让人想笑。"

她带着轻蔑的笑容，用欢快的语气，说着残忍的话。

"一个一个，都天真地以为我是一个蠢女人，唉，"她叹了口气，有着孤独求败的高处不胜寒之感，"天真得很哪。"

她点了点自己给李昊宇准备的东西，说："就算作风问题不重要，那这几个账号的流水重不重要？重不重要？我往你总公司一交，够你判几年？"

她边说边好整以暇地翻着自己和刘育亮在车站的照片。

"或者你就忍一忍，反正我忍了这么多年，已经忍习惯了，你也可以试一试，忍啊忍啊，迟早都会习惯的。我继续当我的总裁夫人，你也继续用你的权力换钱和色，咱俩各得其所。不过，房子要变更到我的名下，你说呢？"

李昊宇喘着粗气："你把我当什么？当成刘育亮那个没见过世面的傻子吗？你交上去试试，你把这些交上去试试，不但房子车子都保不住，就凭你的消费，你以为连带责任你跑得掉？既然咱们是一丘之貉，那就别想像甩烂抹布一样甩掉我。"

刘雅兰站起来走到李昊宇面前，忽视他难看到极致的脸色，表情动作都很温柔地给他整理衣领，说："昊宇，我们还像以前那样生活好不好？你能保住你想要的，我也能保住我想要的，为什么非要学刘珍珠？玉石俱焚就是两败俱伤，有什么好处吗？"

"那你告诉我，你的第一次到底给的谁？刘育亮？柏荣齐？你到底跟别人上过几次床？"李昊宇恶狠狠地凑近她的脸，"你简直不知廉耻。"

刘雅兰陡然发出一阵抑制不住的笑，她笑得前俯后仰，乐不可支。

"十八年了，你的台词一点变化也没有。"她哈哈大笑，"连表情都跟那天夜里一模一样。你看看你自己，你去照照镜子，你说这话可不可笑？"

她在沙发上坐下来："还有大把的好时光等我去浪费，还有大把的钱等我去挥霍，我才不会在意这些虚妄的东西。"

"记得早点把那六十万转给我，我妈催得紧呢。"她起身往楼上走，边走边伸懒腰，"明天要去做个SPA，累得慌。"

快要到楼梯转角的时候，她回过头来："明天记得去接两个参加集训的娃，孩子交给你啰，我要睡会儿懒觉，千万别吵我。"

这两个人，其实谁都不在乎珍珠，他们在乎名、在乎利、在乎地位，在乎能不能从别人身上得利、在乎能不能将不利甩锅给别人……

在这个世界上，如果说还有在乎珍珠的人，大概也就只有我爸和我。

我姐死的那个晚上，就像李昊宇说的那样，刘雅兰就在不远处。她隐身在黑暗中，眼睁睁地看着自己导演的大戏缓缓拉开帷幕。

我的姐姐，也许就是她推下水的。之后她不露痕迹地接近"男主"，成为先得月的近水楼台。

李昊宇的脸色好看得很，阴晴不定，青红交加，像一尊失败的雕塑。

…………

从监控画面里，我得到了一份意外之喜。李昊宇带着两个孩子回到了家，刘雅兰不在家。

他女儿担心地问："妈妈走了吗？"

他儿子则直接问："你们会离婚吗？"

半个小时之后，李昊宇打了个电话，委托一个姓陈的私家侦探去查刘雅兰的一举一动。

我在晨跑时，去了一个僻静的、老旧的公用电话亭。

我提前拟好了内容，拨打了开锁师傅的电话，他工作服上醒目的位置就印有公司名称和电话号码。

我冒充公职人员，对上次出警的情况进行核实，同时进行满意度调查。

我要知道开锁师傅从进门后发生的每一件事。接到我的电话时，开锁师傅简直是喜出望外，他在电话里兴奋的语气让我感觉他是终于找到了救星，在我开始进行询问前，他拜托我先在他老婆面前为他作证，因为刘雅兰在他的衬衣领上留下了口红印。

为此，我不得不先听了将近五分钟的夫妻矛盾。

从开锁师傅那里，我知道了当天的更多细节。

原来，就在开锁师傅打开门锁，在刘雅兰的招呼下进入玄关，等刘雅兰出示业主的证件时，走在前面的刘雅兰突然暴露出胸部，转身扑到他怀里，然后用力拉开了他的上衣领口，在他还糊里糊涂没弄清发生了什么事情时，就用手机拍摄了很多张照片。

然后，刘雅兰在他的惊呼声中将照片出示给他看，她的表情就像在说别人的事一样平静："师傅，今天就这样吧，钱我加倍付给你，证件就算了吧。"刘雅兰晃了晃手里的手机,"不然我就报警说你意图强奸。我指甲里有你的皮屑。"

她边说边低下头用手揪着自己胸口的嫩肉,揪出一个又一个红印子,轻描淡写地说:"刚才你推开我的时候,应该也在我身上留下了指纹和皮屑,"

她抬起头来直视开锁师傅:"不如这样,你拿钱走人,今天就当什么事都没发生过,你什么损失都不会有。"

师傅气得话都说不明白了,在和我描述时,都还气得结结巴巴的,一个劲地表示真的是祸从天上来,口红印大概就是那个疯女人扑过来的时候沾上的。然后在电话里,他和他老婆又吵起来,我只好打断他,问他屋子里那个男人是什么时候出现的,又是从哪个屋里出现的。

师傅说他当时真是气昏头了,这将是他职业生涯中的耻辱,幸好有业主在家,不然他真的不晓得要怎么样处理和收场。

那个男人一开始并没有及时出现,事后他也觉得很奇怪。而那个疯女人的反应更奇怪。这个男人出现时,她吓了一大跳,甚至身体抖动着向后连着退了好几步,都踩到了他的脚。

开锁师傅更是回忆起了一个细节,这个男人刚出现的时候好像是戴着手套的,但是他在刘雅兰还没有回头时就摘下来塞进了裤兜里。

总之,这两个人都奇奇怪怪的。开锁师傅很怕自己卷进了某些案件中去,他忐忑不安地问我究竟有没有发生什么不好的事。我问他警方之后有没有再和他联系过,他说并没有。

我感谢了他高度的警觉和优秀的警民合作意识,并在电话里为他向他老婆再三解释之后才挂掉电话。

在离开电话亭之前,我用酒精湿巾将自己触碰过的所有地方全部擦干净。对于我爸的计划,我有一种无法宣之于口的悲观。这个世界上,坏人做坏事都是心安理得、无所顾忌的,而好人,哪怕是在灰色地带边缘,都需要鼓足勇气、做好足够的心理建设才敢小心翼翼地试探。

我希望他能成功,但我同时也做好了他会失败的准备。

第八章 爱恨

…………

宋琪和卿卿没有传出分手的消息，但是今天宋琪没有来接送卿卿上下班，卿卿也没有出现在中药房的周围，一次也没有。这都是胡丽告诉我的，她作为一个已经休假在家准备结婚的孕妇，即使人不在院里，对院里的动向依然掌握得如此精准，不得不说这八卦能力真的可圈可点。

黎致远站在宿舍门口等我。

"宝珠，你是不是最近都没有好好吃饭？"他递过来一碗汤，"不烫不凉，刚刚好，快喝掉。"

一碗温热的汤喝下肚，简直无处不熨帖。我谢过他，然后快马加鞭地跑去住院部。

当我午休时，我爸给我的那个老年机终于第二次响了起来。他用兴奋而又努力克制的语气告诉我，他已经通过安全的方法，将柏荣齐躲在他外婆家的消息透露给了警方，不出意外，柏荣齐在这两天就会被带回本市接受调查。而柏荣齐的债主们已经联合起来，向法院递交了起诉书，对柏荣齐所欠的债务进行正规合法的维权行为。

还有另一个好消息，明天上午，李昊宇总公司的审计小组将会到达本市，对分公司的所有合同、账目、资金流水等进行全面的审核。而刘雅兰的父母，将会带着儿子、儿媳以及他们的孩子，在明天凌晨坐上来往本市的汽车，在没有通知刘雅兰的情况下，直接去刘雅兰居住的别墅区。

他们兴致勃勃地前来，是因为有人告诉他们，刘雅兰的老公——他们的半个儿子又大赚了一笔，准备将现在所住的别墅卖掉，换成更大更好的别墅，他们的女儿女婿飞黄腾达了，他们可以沾光过上人上人的好日子了。

我爸说："大戏开唱了，宝珠，你好好听，等以后事了了，要事无巨细地、一五一十地告诉妈妈和姐姐，爸爸终于像个爸爸了。"

第九章 线索

李瑞阳真的是很郁闷的,他郁闷到几乎想撞墙。

他怎么就忘不掉刘宝珠呢?

他说过两清了,大丈夫一言既出,驷马难追,说不纠缠,就应该彻底放弃,不然黏黏糊糊的不像个男人,平白惹人讨厌和反感。

刘宝珠到底哪里好?

李瑞阳至今依然记得自己一眼在人群中看到她时怦然心动的感觉,他的心漏跳了节拍,他无法控制地想要接近她。事实上,不管是在她之前,还是在她之后,他不是没有过其他女人,甚至在这几年里,他不是没有机会去找她的下落,只是他一直没想好找到之后要怎么办。

美女很常见,像刘宝珠这么拽的真的不常见。男人要是像刘宝珠这样拽,迟早要挨打,换成女人,或者拽也是一种魅力。

其实他心里多少已经明白了,她说她有男朋友了,或许不是一句推脱之词。不甘心又怎么样?大丈夫何患无妻?他想了又想,想不明白自己不甘心的究竟是什么,只好打住不想,转头去想这次的公务。

这个柏荣齐,不管人品多卑劣,但在犯下的连环性侵案上,做得不说是滴水不漏,至少是没有明显的把柄和确凿的罪证的。根据现有的受害者的描述,鉴证科从酒吧里并没有找到足以佐证受害者说辞的物证,比如违禁药等违禁品。

第九章　线索

在酒吧一条街，从年初到现在已经连续发生了数十次女性酒醉后被强奸的违法犯罪案件，市里非常重视这一次的行动。但这个案件没有那么容易办成铁案。所以，找到柏荣齐后的第一场审讯将会是非常重要的。

这一次的跨省行动，当地警方给予了充分的配合和支持，今晚将会一同赶赴柏荣齐的外婆家。根据可靠情报，柏荣齐回来后一直躲在这个城中村。

在和当地警方的交谈中得知，柏荣齐在当地的声誉算得上良好，都说他是个成功的商人，出手又大方，颇得街坊四邻的好感。这不奇怪，许多罪犯表面上都是功成名就的，但这不能掩饰他犯下的罪行。

李瑞阳和搭档小刚子在居民楼的一个麻将馆里找到了柏荣齐。在被他们抓捕的那一刻，柏荣齐甚至露出了惊讶的不敢相信的神情，他一直在喊："是不是弄错了？我是回家度假的。"

这是个狡猾的人，李瑞阳意识到了。

在他询问柏荣齐是否知道警方因为什么抓他时，柏荣齐露出了气愤的表情："警官，我的债务都是被人骗的，我相信法律，要是打官司判我输，该赔多少就是多少，我绝无二话。"

四两拨千斤，这是个对审讯有一定经验的人。李瑞阳心想。

当晚，他们返回了本地。

到达后的第二天上午，大队长亲自进行了第一次审讯。

柏荣齐对有人报警说他强奸显得非常惊讶，他的表情如果是演出来的，那他的演技绝对达到了影帝级别。他说他是爱女色没错，但从来不会勉强女人。他说性是最美好的事情，讲究的就是水到渠成，男女双方都享受到快感才是性行为本身的意义，何况，凭他的条件真的不需要做出勉强对方的行为，男欢女爱后主动联系他的女人不是一个两个。

…………

听爸爸说，李昊宇很忙，下班后他先是请了公司的财务主管在办公室密谈如何将几个账户的余额分散地、不被追查地转出去。晚上八点他还见了一位很有名的离婚律师，又接待了一位私家侦探。

另一头，刘雅兰真正地开始做自己，睡懒觉、不做饭、不对李昊宇嘘寒问暖、逛街购物做美容，生活十分悠闲惬意。她给阿亮打了两个电话，一个对方未接听，一个接通后两人因为没有柏荣齐的消息而结束了通话。

监控画面里，今天上午，在刘雅兰还没有从睡梦中清醒过来时，她的父母以及弟弟、弟妹一行人浩浩荡荡地到了她的小区。她家的大门已经被咣咣咣地敲响了好几次，隔着屏幕我都能感觉到门板震动。

刘雅兰匆匆忙忙地从楼上下来开门，大声地嘀咕："是谁啊？真没素质，物业是怎么管理的？"

打开门看见自己的家人时，我想她肯定是不可置信的，因为这种夸张的惊讶和不淡定是第一次出现在她身上。

刘雅兰都破音了："你们疯了吗？这个时候跑到这里来？你们要干什么？"

她爸瑟缩着轻声说："这不是看你老不理睬我们吗？就寻思着过来看看你。"

刘雅兰冷笑一声："看我？我都说了，晚几天一定把钱打回去。你们现在快走吧。现在就走。"她一边说，一边要将这一行人推出去。

她妈妈笑着说："阿兰，我们是听说你和昊宇现在越来越好了，特意带孩子来长长见识，想着让孩子们向姑姑学习，以后也像你这样有出息。"她越过刘雅兰走进客厅，觍着脸笑着说，"就让我们住几天，长长见识再回去吧。"

刘雅兰坚定地说："不行，要么现在就回去，要么就别指望我打钱回去。你们自己选。"

见她一直坚持，她弟弟有点不太好意思，温顺地说："姐，你别生气，爸妈说想见识见识，看看你住的地方咋样，我寻思着就带他们和孩子一道过来看看你。"他将手里提着的东西递过来，"那我现在就带他们回去了。"

画面里看不清这一小袋到底是什么，但刘雅兰的态度明显软和下来，她没有赶他们走，于是老老小小都进了屋。

在同一时刻，李昊宇迎来了从京市来的一位中层领导，他张罗着一起往楼下的餐厅去给对方接风洗尘。

而在警局,柏荣齐的审讯正在紧锣密鼓地进行。

…………

下班前,我看到小高层那里飘出了几个红色气球。下班后,我爸告诉我,他已经从阿亮当年一起在汽修厂当学徒的朋友那里得知了一些事情。通过我爸的讲述和我这两天监听到的内容,我拼凑出了一个当年的大概。

那年珍珠报警后,事情在刘雅兰的有心推动下迅速传遍了学校。在珍珠自杀之前的每一天都会有男生不怀好意地靠近珍珠。珍珠很沉默,在学校里一句话都不说,和刘雅兰渐行渐远,和李昊宇再未见过面。

柏荣齐彼时被羁押在看守所里。

有一天,刘雅兰神秘地找到阿亮,说请他帮她一个忙,当时阿亮的这个朋友也在,并开车送阿亮和刘雅兰去了一个地方。正是李夏的家。

之后不久,李夏和阿亮的妹妹阿美就成了柏荣齐脱罪的证人。后来,柏荣齐被释放了,珍珠成了"狐狸精"。

姐姐死的那天黄昏,爸爸和妈妈正在卧室里吵架。阿亮按照刘雅兰的要求来家里找珍珠。

珍珠会跟他出去,或许只是想弄明白,为什么李昊宇没有去约定的地方,只有她去了一个错误的地方,为何阿美会出面指认自己。

"如果……我没有睡着……"

"如果我没和你妈吵……"

我和爸爸同时开口,又同时停下来,我们都低着头没有去看对方的表情。

那晚,姐姐说绝不会让流言打倒自己,我在她的被窝里睡着了,爸爸和妈妈正在声嘶力竭地争执究竟谁该为此负更大的责任,妈妈说如果珍珠想上诉,我们就留在这里,如果不想,她就带我们两姐妹回娘家去……

爸爸没有留意到,与自己家相邻不远的这个大男孩反常的举止。

而阿亮呢?他将姐姐引到了李昊宇面前。但他肯定没有走远,他隔着老家一排排的槐花树,看着我的姐姐走过去,他明明能看到我姐瘦得空荡荡的背影，他明明知道我姐过得有多煎熬，但是他仍然作了恶。

我只是不知道，究竟是他还是刘雅兰将我姐姐推下了池塘。

阿亮的朋友还说起了一个细节。有一天，他陪阿亮去了刘雅兰家，刘雅兰家需要用车拉东西，他俩开着店里的小货车去帮忙，结果却看见刘雅兰正在写信，她的抽屉里有很多一模一样的信封，没有邮票。

阿亮在窗外敲响了玻璃，刘雅兰显然吓了一跳，忙不迭地将信收到抽屉里，抬头看见是他们，才露出一个"快要被你们吓死"的表情。

开车的时候，他听到阿亮和刘雅兰在车里起了小小的争执。

阿亮好奇地问："怎么李昊宇给珍珠写的信都在你这儿啊？"

刘雅兰轻描淡写地说："珍珠怕被奶奶发现，所以都放在我这里。"

阿亮当时不高兴地说："你是不是管得太宽了？"

刘雅兰拉着阿亮的袖子撒娇："那怎么办？你知道珍珠奶奶很凶的，被发现就惨了，难道我管一半都不管啦，这算什么朋友吗？"

刘雅兰软软地说："阿亮哥哥，我就是帮他们传传信、传传纸条而已。"

"好啦好啦，知道了。"

阿亮的朋友说，他之前从来没有遇见过这种温柔软糯的女孩，所以才记得特别清楚。

说完这些，爸爸开始眼含泪花。

他从怀里掏出一个薄薄的信封，看了我半响才说："钱啊，真是个好东西。但这个钱花得真值，这个阿亮也不简单的。"

这是他花了大价钱让这个朋友从阿亮那里偷的。但当我从爸爸手里接过打开后，我的想法和我爸的一模一样，这个钱花得真值啊！

这是一张照片，照片里有一封信。

这是一封能证明珍珠的男朋友不是柏荣齐的信。

实际上，我的姐姐当时一心学习，根本没有所谓的男朋友，只有当下的刻苦努力和对未来的美好希望。

信上的笔迹我很熟悉，但我用了点时间才确认，这是我姐姐的笔迹，娟秀而整齐的笔迹。当年的姐姐，从纸上跃到了我面前。

  李昊宇同学，听闻你也想考最好的学府，这和我的想法一样，我最向往的学府就是医科大里的顶级，我衷心地祝愿你心想事成。
  未来很多事都需要时间去验证，你会懂我要说的是什么，对吧？
  我们隔着不远不近的距离，在同一片天空、同一个校园，一起为自己的明天而努力，希望我们都能成为自己想要成为的人。
  有些话不要说得太满，也不要说得太早，我希望在合适的时机成为彼此共同的美好回忆。

  这封能证明珍珠的男朋友不是柏荣齐，甚至能证明珍珠没有所谓男朋友的信，在阿亮手里。但还有一封信，署着李昊宇的名字，阿亮的朋友以为没有意义，就没有拍。
  我爸说："阿亮的朋友不知道这些的真正意义，所以他只趁阿亮不在家偷偷拍了其中一封，他会继续找机会的。"
  到那时候，我爸还需要准备一大笔钱。
  爸爸说："乖女，我一直都不觉得自己是一个人在做这些事，你妈无处不在。"
  我懂他词不达意的话里包含的意思。冥冥之中，我的妈妈用她的方式一直在推进着我爸所有的计划。
  "我怀疑另一封是李昊宇的信，写了真正见面地址的回信，否则阿亮没有必要藏起来。"我爸讥诮地说，"这个阿亮，他口口声声说自己不了解全貌，但他故意藏起这两封信的目的是什么？"
  对啊，可笑，还能是什么呢！
  "乖女，你爸我做得还不差吧？"我爸抹了抹眼角，用欢欣的语气问，"刘雅兰的日子很不好过吧？"

是的，很不好过。监控画面也证实了这一点。

刘雅兰的妈妈很能作妖。刘雅兰女儿的房间已经被她妈妈腾出来给她弟弟的两个儿子睡，楼下客厅里的玩具，能给男孩子玩的已经被瓜分了，只剩下这些娃娃。

刘雅兰那些昂贵的保养品和补品已经被她妈搜刮一空了。还有她那些大牌的衣服，裹在了她妈肥硕的身躯和她弟妹稍显丰满的身躯上，她那些华而不实的大牌包包很多也挂在了她们身上……一片鸡飞狗跳。

我爸揉着腿，从这个空旷的屋子里这头走到那头，一边走一边大笑，他的脸上有着不加掩饰的开心。

我认为这份开心是他应得的。在他杂七杂八地说了很多之后，他用打听八卦的语气问我："乖女，那个黎致远，你俩现在发展得怎么样了？"

他带着一个父亲独有的骄傲的情绪说："我打听过了，这小子就是年龄大了点，身材瘦了点，左腿不太方便了点，工作环境药味重了点……"

他在挑了一大堆缺点后，终于说到优点："听说人还行，也没有不良嗜好，工作多年风评也好，要是你俩定下来了，我也放心。"

最后，他挺起胸膛鼓励我："宝珠，虽说他家条件挺好的，但你不用担心，咱们家也不差，你不用担心嫁妆。"

说这话的时候，他的眉眼舒展，尽管他一直弯着腰在揉已经变形的膝关节。我看着他的脸，又看向他身后的窗口。

直线距离并不远的医院宿舍里，黎致远所住的窗口清晰可见。他好像正在做饭。我想起了自己做过的那个旖旎的梦。

当我回到自己宿舍的时候，我在进门时多停留了一秒钟，也许两秒。事实上，今天白天李昊宇和刘雅兰夫妻俩都过得很充实。在李昊宇去为总公司的中层干部接风洗尘时，内部审计小组带着授权书进驻了分公司，在大家一片惊讶中，将所有的公司规章制度执行表、内外部合同、各种文件、所有人员财务报销的票据、各个项目部门的内部控制执行情况等进行了封存，并宣布将进行为期一周的自查工作。

第九章 线索

这次的审计立项据说是从公司成立以来针对分公司最严格的一次,速度是最快的,过程是最保密的,分公司几乎没有人收到过任何的风声,包括分公司实际控制人李昊宇。

等他为这位中层干部接风洗尘回来,公司里的面貌简直是焕然一新,大家看向他的眼神更是欲说还休,有一些人甚至不敢直视他的眼睛。

等他看到授权书的时候就全部明白了。

他关上办公室的门,问中午还在跟自己谈笑风生、把酒同欢的中层领导:"这是为了什么?老潘,咱俩什么交情?你怎么一点口风也没漏给我?"

老潘叹了口气:"我要是漏出一点口风,现在接受内审的就是你和我两个人。内审只有两个目的,一是查清是否存在贪污腐败,二是评估分公司项目的风险。老李,我真没法提前漏口风给你,这次的内审从提案到授权只用了四天。"他指了指外边的领导,"他亲自带队的,我可不敢抱着侥幸心理。"

我想起我爸描述这一段时得意的笑声,终于也像我爸那样笑起来了。

李昊宇处于水深火热之中,监控画面里,刘雅兰也不遑多让。

刘雅兰的妈妈有着超强的心理素质,带着她儿媳妇在刘雅兰家每一个角落里仔细翻找。

"这个是什么?看起来很贵的样子?"她妈妈在厨房看见咖啡机的时候问她家阿姨。她尝过了咖啡之后,说:"这真是有钱找罪受,这么贵的机子,打出来的东西就像是烧焦了的豆浆加上苦瓜汁,还没有西瓜汁好喝。"

在知道楼梯边的那个小小的灯居然价值四位数时,她更是不停地咋舌,甚至动手想拆下来。

高潮就发生在中午吃饭的饭桌上。她妈提出了一个要求,让刘雅兰大动肝火。

她妈轻飘飘地说:"阿兰,你看你弟弟和弟妹在家也没有什么事情做,不如让他们也来这边,你帮着找份工作,车子也不用买了,平时就开开你的车子,反正这房子这么大,挤挤就能住。"

她不顾刘雅兰已经变色的脸,自顾自地继续说:"等你和昊宇买了更大的房子,这个房子就给你弟弟住吧,反正你们也不住了。"

餐桌上的气氛已经降到了冰点,只有两个小孩子兀自在打打闹闹。

刘雅兰冷笑了一声,说:"我看行,要不这边上再买一套,给你和我爸两个人住。"

她妈挺知足的:"那倒不用,这里没有牌搭子,我和你爸还是住家里更好。你有那个钱不如帮着家里把房子重新盖一下,现在我们那条街上的老院子,也就剩我们家了。"

"行,给你把整条街都买下,再给你修个宫殿。"刘雅兰冷笑起来。

除了她妈,没人茬茬说话。

"当初是你自己上大学前说的,等你以后能挣钱了,有出息了,你有的都分你弟弟一半,这话不是我瞎编的吧?"她妈振振有词,寸步没让。

"这么多年了,我给家里多少钱了?"刘雅兰没拍桌子,但声音逐渐不受控制。阿姨原本在厨房忙着洗刷厨具,见状躲到了卫生间。

"当年如果不是你弟弟愿意,你能去读大学?你能嫁给李昊宇?你能过上现在的好日子?"她妈声音也不小,我需要把耳麦声音调小才不至于让耳朵痛。

"你以为我过得容易吗?"刘雅兰喊,"我为了现在的生活做了多少努力?我又做了你们多少年的提款机了?总之一句话,玩两天你们就走,必须走,否则我以后一分钱也不会再给。"

"我跟你爸明天就走,你弟弟、弟妹来了就不走了,就在你这里,你帮你弟弟一把。"她妈没放弃,"你家昊宇的公司总要用人,什么人能比家里人放心?"

"他们能做什么?"刘雅兰轻蔑地说。

"昊宇公司总需要司机吧,你弟妹别的不会,管管钱还是在行的吧?"她妈积极建议。

刘雅兰说:"你想什么美事呢?公司里用人都是有要求的,老弟有什么？汽修厂工作的经历吗？"

刘雅兰她爸咳嗽一声："孩子们都在呢，你弟也快三十的人了，给留点颜面。"他提了另一个要求，"你不是在我们当地投资了个公司，要不……"

他的话还没说完，刘雅兰飞快地打断了他："爸，这事在你女婿面前可千万不能提，听见了没？"她神情严肃，甚至探头去看阿姨是否听见了，"你要是提了，别说以后拿钱，就是这一次的钱也拿不到，听到了没？"

她爸忙不迭地点头："知道了知道了。"

看样子，这大概就是我爸说的，李昊宇在公司当硕鼠不当得利的钱被家里的蛀虫蛀空了的原因。

李昊宇很惶恐，如履薄冰，行走的钢丝可能很快就会断。

所有的集团、企业都一样，没有能经得起审计的子公司。刘雅兰为什么笃定自己不敢随便离婚，就是因为她手里能提供流水的那几个账号，那是他历年来灰色收入的账号。在他的位置，想要用手里的权力换点钱或者色，已经是非常容易的事情了。公司装修赚一笔，项目竞标赚一笔，虚报员工数量吃空饷赚一笔……只要他想，他有很多可以换钱的办法。

单位里谁不怕被内部审计？没有人能经得起查。何况这一次的内审过于不寻常了。他的第一反应是糟糕，第二反应是庆幸，糟糕的是审计来得太快太猝不及防了；庆幸的是假如被查出问题，集团多半会因为担心公司形象受损，波及股市，让股民人心动荡导致股价大跌，而不将他交给司法系统。当然，这些财富是保不住了，但那总比身陷囹圄来得好吧。

审计期间，他还是可以正常地工作和社交的，所以当下班时间到时，他第一次准点下了班。回到家时，即使做了冷淡面对刘雅兰的心理建设，他还是被屋子里乌泱泱的人以及他们热情的态度给吓到了。

我之所以知道，是因为我在监控画面里亲眼看到了开门后他目瞪口呆的样子。而我的宿舍门一直没有响过，胡丽后天就要大婚了，她没有时间再东奔西跑了。

隔壁似乎传来了"笃笃笃"的声音，黎致远没有使用轮椅。听胡丽说过，他最近在练习用拐杖。我的心在这一刻开始平静。

心是最不受控制的，它是有着自我意志的。它绝不单单是左右心房和心室那么简单，它包含着思想，触及了灵魂。

人的心脏，远远小于一头成年猪的心脏，猪心如果被片成数百片，每一片都将嫩而滑，这是猪身上最嫩的肌肉之一，因为它每时每刻都在运动。清蒸猪心只需加一点点盐，不用加其他任何佐料就足够鲜美。

我的心脏在左边胸腔里跳动，它以每分钟八十二次的频率不疾不徐地跳动着，强健，有力。

…………

清早，当我打开宿舍门时，黎致远站在门口。他穿着简单的白衣黑裤，在晨光中看着我微笑。

"宝珠，今天我终于比你早了。"他将手里的饭盒递给我，"一起去吧，今天我们两个都是工具人。"

原来程鹏也安排了他。我以为我们是需要一起行动的，但是等他在胡丽楼下将我放下，然后对我说他要去程鹏那里时，我才知道我们其实是要分头行动的。

上午很忙碌，比在门诊还要忙，我需要将所有的事项都记住，比如结婚戒指需要在哪个流程用什么道具送上去，安排什么人在什么时间做什么事情。我感觉我不太像伴娘，更像婚礼统筹策划。

胡丽有点紧张，她一直在担心明天会出什么岔子，也一直在纠结到底要不要化个好看的新娘妆。我真心觉得结婚比医院里的十场手术还要麻烦。

十二点半，程鹏和黎致远以及卿卿、宋琪都到了胡丽这边，和我们一起吃的中饭。

卿卿比平时要沉默，只浅浅地涂了口红，算得上是她妆容最清淡的一次了，她和宋琪之间的气氛有点微妙得不可言说。

宋琪又有点刚来医院时胡丽说的那种拽得二五八万的样子了。

程鹏在边吃饭边插科打诨的过程中，终于小小地怨了一回："拜托，宋琪,明天就是我的大日子了,你和卿卿有什么话今天就说开吧,大家都是成年人了,我不想你们这样板着脸出现在我的婚礼上。"

宋琪咽下了嘴里的食物说:"我没有什么要说的,要说什么的也不是我。"

他的表情并不柔和,也没有看卿卿。

卿卿也没有看宋琪,但她在宋琪开口说话的瞬间停止了吃饭的动作,等宋琪说完才继续吃饭,不过她同样什么也没有说。

我和胡丽面面相觑,我不知道该说什么,胡丽则是大剌剌地问:"那你俩是准备要分手吗?"

我感觉全桌的人都停下了吃饭的动作去看胡丽,包括宋琪和卿卿。

程鹏赶紧拿纸巾擦掉嘴巴边漏出来的水,嘴里嘀咕着:"我的姑奶奶啊,咋啥都往外说呢?"

胡丽耸耸肩,无所谓地说:"任何不以分手为目的吵架都是秀恩爱。我不得弄清楚他们俩到底是怎么打算的吗?万一分手了,卿卿明天在婚礼上哭,那不就抢镜了吗?以后别人一提我们的婚礼,就说有个大美女伴娘失恋痛哭的事,谁还会记得结婚的新娘子啊?"

卿卿再一次被气笑了:"抱歉,让你失望了,我们不会分手的。"

胡丽撑她:"那你俩在我们面前秀恩爱合适吗?"她看向程鹏,又看看黎致远,"这里有一对马上就要走向爱情坟墓的结婚人士,还有一对超大龄的单身狗。"

卿卿回了她一个大白眼,主动伸手去拉宋琪:"要你管,我们乐意。"

宋琪看着被她拉住的手,没有握紧,也没有松开。

我和胡丽都看到了,胡丽给我回了个"你且等着的眼神",继续刺激卿卿:"你说了算吗?宋琪没表态,我就不信你,人家宋琪行情可俏着呢,昨天我在家刷手机,还在医院群里看到小护士们打赌呢,都赌你肯定输。她们说,毕竟你也算是大龄剩女了。"

卿卿每次都能被胡丽惹怒,这次也不例外:"胡说,我怎么没看到?"

说着就要收回手去翻手机。宋琪下意识就收紧了手指,拉住了卿卿的手:"这些人怎么这么无聊?"

之后他俩的手就没有再分开了,卿卿用左手拿勺喝了一碗汤,胡丽得意地看着我,我偷偷给她点了个赞。之后卿卿和我留在胡丽家,宋琪和黎致远跟着程鹏走了。

下午,我和卿卿正在整理明天的伴手礼时,黎致远给我打了个电话,当屏幕亮起来显示是黎致远时,和我一起找手机的卿卿低下了头,从鼻孔里哼了一声。黎致远在电话里问我现在方不方便,我带着手机去了厕所,听到卿卿在背后嗤笑了一声。

黎致远不是黏黏糊糊的人,卿卿以为我们要说的甜言蜜语之类的。这种话不太会从黎致远嘴巴里说出来,他问方不方便,一定是有什么不方便给别人哪怕是胡丽和卿卿知道的。

和我有关的,而他又能接触到的,我在第一时间只想到了刘雅兰。

黎致远的声音在电话里显得低沉而轻柔,他说:"宝珠,我不知道这个对你来说会不会重要,不过你看一看总没有坏处。"

挂掉电话之后我继续和卿卿整理了半个小时左右的伴手礼,然后下楼等他。黎致远开车过来,给我带来了一段视频,地点是在他们的别墅区内的一个小亭子,主角就是刘雅兰和李昊宇。

昨晚李昊宇回到家时,满满一屋子人在他家的客厅里欢迎他,画面一度比较和谐,饭桌上谁都没有说让人不开心的话。刘雅兰显然因为李昊宇在她家人面前给自己留了面子而放松下来了,她重新捡起了对李昊宇的嘘寒问暖、无微不至,而李昊宇也默默地扮演了一个好丈夫、好女婿的角色。

现在黎致远带过来的这段视频应该是今天清晨拍下来的,发生在我昨晚看到的监控视频之后。

天色不算很亮,但视频画面十分清晰,清晰到能看到李昊宇头发中的一两根白发,也能看到随风微微摆动的竹叶。李昊宇将他公司的情况一五一十地说给刘雅兰听。刘雅兰在视频里大惊失色,连呼"不可能"。

"不管咱俩以后会怎么样,眼前的这一关咱俩必须齐心协力一起渡

第九章　线索

过。"他问刘雅兰，"你那里还有多少钱？"

李昊宇推着自己的眼镜框，视线毫不放松地盯着刘雅兰，追问家里还有多少可以动用的现金。刘雅兰目光闪烁地沉吟着，一时没有说话。

李昊宇说："眼下就别想着给你爸妈钱买车买房了，渡过这个难关才是正事。"

刘雅兰一再表示没有什么多余的钱，孩子们消费高，课后辅导费用基本上报的都是最好最贵的。李昊宇没好气地说："你那几个账号千万给我收好，谁也不能说，公司再怎么查，也查不到这几个账号上去。"他接着补充，"你和你们家的人明天玩一天，就赶紧买票让他们都回去，不要让他们在这个时候添乱。"

他们在说话的时候，视频画面晃动了一下，然后刘雅兰的妈妈蹑手蹑脚地进入了画面，隐藏在竹林的后头。我能听见的，估计她也能听见。

李昊宇最后说："这次答应给你爸妈的六十万，现在拿不出来，等过了眼前这一关再说吧。"

李昊宇走后，刘雅兰一个人坐在亭子里，等他走远了，没好气地喊她妈快出来。刘雅兰的妈妈从树木后现身，对着刘雅兰说："我们什么时候要六十万了，怎么这么多？我们就要了三十几万，其余的钱呢，你不会都给阿亮了吧？"

她妈没等到她的解释，越想越生气："难怪阿亮这几年的日子过得好起来了，你自己家里不帮，去帮一个和别人结婚生子的野男人？你这是要气死我。你弟弟为了你，现在过得这么没出息，也不见你伸手好好地拉一把……"

刘雅兰打断了她："妈，你闭嘴，别在这里说。"然后她推着她妈一步一步走远，她妈一直在激动地说着指责的话，"当初就不让你和阿亮来往。他有什么？无父无母，就剩自己和妹妹，哪怕那几年把他的工资给你当学费，那也只有那么多，你倒好，现在几十万几十万地给他……"

她们越走越远，逐渐在画面里消失，视频画面继续晃动后终止了。

黎致远和我站在楼下的树荫里，前后左右都是空无一人的小路，有人靠近随时能看见。

"宝珠,我哥公司经常会对采购和销售进行内审,无非就是贪污腐化吃回扣的事,她老公这回肯定会被查清。"他关切地问,"这不会影响你吧?"

不影响,一点也不影响,我让他放心。他又匆匆忙忙地开着车离开了。

回到楼上时,卿卿看我身后没有人跟进来,又哼了一声:"你俩现在到底什么关系?刘宝珠,你这是在搞地下情吗?"

恰好胡丽睡好午觉起来,她揉着脸对卿卿说:"你老关心黎致远做什么?宋琪可没你想的那么好拿捏,你可别得陇望蜀,把宋琪给弄丢了,到时候后悔都来不及。"

胡丽说的是真心话,虽然她俩老是互撑,但怎么也比其他人更亲近。

我想起以前不知道是谁说过的一句话:"你们三个人,以后最幸福的一定是胡丽。"

她虽然撑卿卿,但关键时刻也会护着卿卿,所以卿卿虽然难相处,和胡丽的关系就一贯是欢喜冤家的感觉。

等一切都忙完,已经是晚上七点多了。胡丽要求我们在她家陪她睡,卿卿点头了,但我拒绝了,因为宿舍里还有事等着我去做呢。

李瑞阳更上火了。审讯进行得非常不顺利。对于应对审讯,柏荣齐可以说是绝对有实战经验的,他全盘否定有强迫性行为的存在,坚称一切都出自双方自愿。那就再找证据,要更细致地找出证据才行。他和小刚子再次带队坐上了执法车向酒吧开去。

他俩一路讨论案情。这次实地勘察的重点是酒吧里的酒窖,如果能发现受害者在此地留下的毛发,再由化验室做毛发分解,一旦检测出相关违禁品,就是能将柏荣齐和强奸案连接起来的最有力的证据。

对于报案的两位受害人,均未能在其血液中检测出违禁品,庆幸的是可以做毛发分解,确认其体内是否存在"蓝精灵"——学名叫FM2(氯

第九章 线索

硝安定），也就是大家常说起的"听话水"。这个药因为某连环性侵案而被大众熟知。但由于这个证据链不具备排他性，不能排除是在其他地方接触到的，无法将它和柏荣齐连接起来，必须寻找突破口。

李瑞阳对于柏荣齐这种道貌岸然的强奸犯是深恶痛绝的，他坚信像柏荣齐这一类人，祸害的绝对不是某一个，他们往往利用受害女性更害怕曝光的心理，在得手后更加猖狂。而这类性侵的发生，往往因为药物的原因，导致女性无外伤，无挣扎。即使报警，也很有可能在找到的监控录像里看见自己乖乖跟着走的情形，只要没检查出药物成分，就很难被定义为强奸。

但这对受害女性的伤害是深远的。这个过程不但会让受害者感到失去对身体的掌控力，还会使其失去对生活的控制力，在失控的生活中出现更严重的心理问题，甚至自杀。而柏荣齐这一类案犯，却往往能逃脱法律的制裁。

小刚子叹了口气："希望这次我们能有收获。"

一行人很快就到了目的地。

从大门进去的那一刹那，李瑞阳仍然不受控制地想起那个穿着卡其色长裤和白衬衣的身影。这真是……李瑞阳在心里骂了自己一声。

酒吧的酒窖就在地下室。

事实上，如果没有赌博、高利贷，没有强奸案，柏荣齐一直算得上是一个成功的商人，无论是以前还是现在。店里的员工证实了这一点。

大家戴上了手套，从酒窖门口开始一一核对，一一还原，这是一项细致而又烦琐枯燥的工作，能起到的作用则是非常大的。

终于，他们在酒窖后面隔间里的一个大桶里找到了一个可疑的作案现场，一块蜷缩着放在空干冰桶里的地毯。

没时间了，如果还找不到确凿的证据，他们只能眼睁睁地看着柏荣齐走掉。而就在这时，小刚子发现了一个眼药水瓶，就躺在酒桶的凹槽里，目测里面是空的。希望一切都还来得及。

…………

晚上八点三十五分，我回到了自己的宿舍。隔壁没有任何声音，也没有开灯，黎致远可能留在了程鹏那里。

我打开了监控画面。在刘雅兰和她妈回到家里后，她们爆发了一场激烈的争吵。刘雅兰的妈妈质问她，为什么李昊宇会说这次本来该拿六十万给他们买车买房，是不是以前每次都这样，给家里的钱只是一小部分，其他的给了阿亮这个杂碎。阿姨借口买菜躲了出去，没有外人在，一家人包括刘雅兰都撕下了面具。

"我就说阿亮这个穷鬼怎么日子越来越好了。"这是刘雅兰的母亲说的话，"你弟弟还比不上一个野男人吗？啊，你也不怕昊宇知道吗？"

她越说越气："哦，也是，昊宇以为这些钱都给了我们，难怪他有时候看到我们就不高兴，也不愿意回老家。原来我们背了这么大的一口冤锅。"

刘雅兰说："你够了啊，现在家里出了点事，你们赶紧走吧，现在就订票，早点回去，别在这里添乱了。"

刘雅兰妈妈没好气地说："我说过我和你爸回去，你弟弟和弟妹就留在这里帮你吧。"她苦口婆心地劝，"阿兰，你可不能这样对你弟弟。那可是你弟弟，这不比阿亮这个野男人亲？那六十万无论如何都要全部给我们，反正你家昊宇也知道是给家里用的。"

"妈你能不能先闭嘴？家里真有事，我心里乱得很，你们都回去，我把事理清了，钱到时候一定给你。你再闹下去，到时候我都拿不到钱了，你还能去哪里拿钱？"刘雅兰已经很不耐烦了，"我说过很多次了，我好，家里才会好。"

大概是以往这样说大家都会默认，所以刘雅兰一说完，其他人都低下了头。唯有她妈将头高高扬起，怒目圆睁："那你说了这么多年，你倒是说到做到啊。你现在过得这么好，这么大的别墅住着，随随便便拿出个几十万养野男人，你弟弟呢？你弟弟有什么？"

这时候，他弟弟开口劝妈妈："妈，姐也不容易，大城市里压力大，我们就先回去吧。"

第九章 线索

"你就是个憨货,你也不想想你两个儿子,没钱到时候结婚都难。你姐说得好听,实际上胳膊肘向外拐。"她妈气得脸红脖子粗,"她自己问你姐夫要六十万说是给我们买房买车,实际上不过是给我们十几万,其他的钱都给别人啦。"

这个话一出,她爸就不淡定了,先站起身来问是不是真的。

"哪里不真?我两只耳朵听得清清楚楚的。"他妈喊道。

于是场面开始混乱,她妈和她弟妹开始了表演。她们俩在屋子里看见好东西就往包里装,刘雅兰在制止的过程中和她妈推搡起来,她弟妹也加入了推搡的战场。最后以她妈一个巴掌落下帷幕。

于是这一家人终于待不下去了,准备当晚就回老家。刘雅兰看着她弟弟,脸色阴晴不定,但最终开口让她弟弟留下来,让她爸带其他人回老家。

而李昊宇今天从家里出门上班后一直待在办公室里,办公室比其他任何时候都要冷清,进来汇报工作的寥寥无几。

…………

差五分钟十一点的时候,有灯光从窗口透了过来,那是隔壁的灯打开了,黎致远回来了。而我听到了刘雅兰和她弟弟一段重要的对话。

对这个弟弟,刘雅兰的态度是和对父母不一样的。

她弟弟说:"姐,其实我和爸妈一起回去也挺好的,主要还是我自己没什么用,留在这里也帮不上你的忙。"

刘雅兰问他:"阿礼,你怪不怪我?"

他弟弟阿礼说:"姐,我也不是读书的料,读书和不读书也没什么很大的区别,你能读出来,总比我一直浪费钱复读好。再说这么多年,你已经给了家里不少钱了。"

刘雅兰愤怒地说:"就是啊,我给了这么些年的钱,怎么家里就什么都没有呢?"

她弟弟阿礼沉默了一会儿:"你打回家的钱都是老妈管的,爸妈都爱打牌,我老婆一个人带两个孩子,唉……"他问,"姐,我留下来,能帮上你什么忙吗?"

刘雅兰沉默了一会儿说:"阿礼,你姐夫应该是要栽了,你得帮我想个办法把这点财产转出去,我不能跟你姐夫一起折进去。"

这真是一个狠人。而现实就是这样,自私、凉薄、心狠手辣的人往往过得比心软的人更好,嘴硬心软的人往往不招人喜欢。

闹钟在凌晨四点半叫醒了我。化妆师将在五点半到胡丽楼下,接亲的队伍将在九点十八分到达,而十点十八分,新郎必须接上新娘出发,先去新房,然后再去喜宴现场。

等我拉开宿舍门时,黎致远已经等在门口了,晨曦中他整个人像在发光一样。

"其实你不用送我,我可以打车去的。"我对他说。

"宝珠,我已经至少一个星期没有和你单独相处了,像昨天和今天这样开车送你,我觉得挺好的。"他皱着眉头,"或者你不想看到我?"

我不知道该怎么接话,只好接过他手里的饭盒。

"时间太赶了,简单做的鸡蛋饼,你将就吃些。"黎致远叮嘱说,"酒席上,你往自己的杯子里倒上白开水,程鹏那帮朋友都挺能喝的,如果他们劝酒,你就说自己过敏。"

"我不过敏,我挺能喝的。"我这样告诉他。

他哑然失笑,看了我一眼:"真看不出来啊,我眼前的还是位酒仙。"

真的,我和卿卿都挺能喝的,也许是随外婆,外婆身体好的时候,每餐都要喝一杯米酒。外婆常说,米酒是甜的,一点度数都没有,人心里苦就得给自己找点甜。

我进屋的时候,卿卿在窗前回头看我:"一起住在宿舍就是好啊,近水楼台的。"她的脸逆着光,语气很平常,至少不像是讽刺,我姑且把这当成是打趣吧。

胡丽紧张得吃不下任何东西,胡丽妈妈为她精心准备的早餐一点都没动,幸好我带来了鸡蛋饼。果然她开心地吃了一块,就再也不肯吃了。

化妆师已经开始工作了，胡丽的工作就是安静地坐着、等着，层层叠叠的洁白的婚纱裙衬得她轻盈又精致。

在这个过程中，卿卿将已经熨烫好的伴娘服递给我，居然是黎致远选的而她非常嫌弃的那套，而且只有这一套，并没有她一眼相中的那套小礼服。

卿卿喊我："刘宝珠，来，给你涂个口红。"

我这才发现她居然没有里三层外三层地化妆，连粉都没打。

胡丽抿着嘴含糊地说："你们也收拾一下，收拾得漂亮点，我说让你们不化妆那是开玩笑呢。"

卿卿"喊"了一声："我化不化妆有什么区别？不化妆照样闪耀全场，我就是不想化而已。"

我看见胡丽对她翻了个白眼，而她反弹回去还给了胡丽。

胡丽很紧张，其实程鹏比她还紧张，他的整个后背都是汗湿的，额头上也不知道是被这群小姑娘吓得还是热得，一直在不停冒汗。他看到我就像看到救星一样："宝珠，宝珠，我还是站你身边吧，能凉快一点。"

他边擦汗边对挡着不让他接新娘子的小姑娘们赔着笑脸。

等终于走到新娘子身边时，我看见他小心地护着胡丽站起来，然后将胡丽抱起来往门外走，人群中都是一张张喜悦的笑脸，唯有胡丽父母正在笑，又忍不住红了眼睛。

喜宴非常热闹，敬酒的时候我基本上属于打酱油的路人，宋琪一个人能顶三个人，程鹏那帮爱闹的朋友都被他一往无前的气势给镇住了，闹归闹，疯得没正形的不多，到黎致远陪着敬酒时基本上就像是见到长辈一样收敛了。

所以我没喝上酒。只有在敬长辈时，其中有一桌和程鹏、胡丽喝过后，都纷纷再举起杯。

有的喊我："刘医生，你好，初次见面，祝你工作开心。"

有的说："刘医生，闻名不如见面，终于见到你本人了，来，喝一个。"

还有小孩子举着酸奶要跟我碰杯："阿姨，还有我，我也祝你天天开心。"呃，不知道我什么时候这么有口碑，这么受欢迎了。

胡丽见我一头雾水，冲着我向黎致远的方向挤眉弄眼，直到黎致远过来喊爸妈和哥嫂的时候我才恍然大悟。

胡丽和程鹏敬完了整个喜宴的酒，只有一桌年轻人比较爱闹，他们怂恿着胡丽和程鹏喝交杯酒，反正胡丽名正言顺地喝的是白开水，所以我们也没有扫兴去阻止。等他们要求程鹏必须坦白恋爱经过时，我听到卿卿难得地附和着起哄了。

程鹏说他追了胡丽有大半年的时间了，胡丽还认为自己是在为医疗耗材而拉拢人心，所以一直对他颇有微词，当时他心里苦啊。为了追她，他把中药房里所有的同事都请遍了……

胡丽因为回忆而甜蜜地微笑，我真希望这一刻他们美好的心情能永远保持下去，永远不要变。

可是打败爱情的，往往就是生活里琐碎的细节、一点一点累积的失望、一次一次冷下去的温度……直到最后，两人都面目全非，两人都发出"等闲变却故人心，却道故人心易变"的感叹，然后发现爱啊，是真的会消失的。

就像杯里的红酒，在灯光下看起来璀璨夺目，在口腔里的味道却不一样，刚刚喝进嘴里，舌尖首先品尝到甜，之后舌头两边感觉到酸，咽下去后在舌根微微发苦，然而最开始的那一点甜，可能就是你坚持下去的动力。

胡丽，我祝你永远幸福永远甜蜜，即使有一天程鹏不能让你觉得甜，也一定要自己让自己甜。如果说一定要有个人有能力让你幸福，我希望你明白，这个人只可能是你自己。

大家起哄要程鹏和胡丽亲一个，程鹏和胡丽照做了；大家起哄让伴郎伴娘亲一个，卿卿和宋琪照做了；大家还起哄喊着再亲一个时，卿卿靠过来，亲了我一下。我并不想间接地跟宋琪接吻，这真的让人不知道该说什么才能形容这种心情。我只能去卫生间默默地用酒精湿巾给自己的嘴巴消毒。

等我从卫生间出来时，正好看见卿卿和宋琪在大家的起哄中又一次接吻，我只能扭头当没看见。黎致远站在他那一堆亲属中，看着我微笑。

等该做的事情都做好了，我打车回了宿舍，我想看夫妻大战。

第九章 线索

刘雅兰在昨晚送走她的亲人之后,和弟弟再次回到了所住的小区,没有出来。李昊宇没有回家,估计又去了小女友家。

我一直没有等到想看的戏。在我准备入睡时,卿卿在门外喊我:"刘宝珠,开门。"

我打开门,卿卿还穿着伴娘服,手里还抱着那束被胡丽直接送到她手里的新娘捧花。她推开我走进门,先把脚上的高跟鞋给踢掉,然后整个人趴在我床上,脸埋在被子里含糊不清地喊我:"刘宝珠,拿你的睡衣来,我要在这里睡。"

等将半醉的她送进浴室,门又被敲响了。

走进来的是黎致远,他身上也有明显的酒味,我不知道他喝了多少,但他眼神迷离,轻皱着眉嘟哝着说:"宝珠,我居然还要嫉妒一个女人。"然后他俯下身也在我唇上轻轻噏了一下,一触即分,"这下……"

门再次被敲响了,这次是宋琪。

"表姐,卿卿是来你这里了吗?"然后他看向黎致远,"远哥,是不是打扰到你了?"

好热闹啊,刘宝珠这个小小的宿舍,坐着两个大男人,谁也没有想走的意思。

宋琪和黎致远坐在餐桌前面面相觑。

事实上,宋琪是追着卿卿来的。他本来以为今晚会有一个让人难忘的夜晚,谁知道他洗好澡出来,卿卿已经不见了,电话都没带。

当时不知道因为什么,他想去黎致远的房间,但是没有人应门。所以他猜,只有可能在刘宝珠这里。果然他在这里先找到了黎致远。当然,他对黎致远没什么可腹诽的,黎致远的人品他是信得过的。

那他信不过的是卿卿吗?他只是没想到,之前那个满心满眼都是他,一见到他眼睛都会亮起来,会因为他向朋友们介绍自己而开心,说给了他最纯粹的爱的女人,现在会让他感觉到有那么一点别扭。

她和黎致远搭讪的样子，和往日跟自己搭讪的样子，有什么区别吗？

他不知道，但他很不喜欢这种感觉。

刘宝珠看起来已经收拾妥当，穿着极其简单随意的睡衣，随意到基本上他妈都不会穿这种款式的睡衣。而刚从浴室出来的卿卿也穿着这样的睡衣，和平时精致讲究的样子有天壤之别。

卿卿很疑惑："你们怎么都来了？"

刘宝珠递了一件外套给卿卿，两姐妹穿着款式相同的睡衣，再披着款式相同的外套，头发都是自然地披散在肩头，一样不施粉黛，这样一看还真的有五分相似。

宋琪说："我来找你，远哥来找宝珠。"

最后，刘宝珠将他们都赶了出来，留下了已经穿着睡衣的卿卿。

宋琪去黎致远宿舍待了一会儿，他问黎致远："远哥，你跟宝珠定下来了吗？"

对于这件事，其实宋琪是很意外的，他记得自己和刘宝珠相亲的那个晚上，他们一帮人都在失忆清吧，黎致远当时也是在的。

当自己紧张地和刘宝珠聊天时，黎致远就和宋源坐在那群看热闹的朋友中，怎么就没人看出来黎致远也动了这样的心思呢？

黎致远将左脚拿了下来，拄着拐杖在屋子里转着圈一圈一圈地走。

宋琪又惊讶地问："你什么时候用上拐杖了？"

黎致远腋下夹着拐杖，右脚努力配合着，空荡荡的裤管甩来甩去，显得有点好笑，但宋琪没笑。

黎致远反而笑着说："多一项技能也好，万一有不时之需，总好过不能走，不能跑，只能眼睁睁看着吧。"

虽然不知道黎致远说的不时之需是什么，但宋琪识趣地没有继续说这个话题，而是拐回原来的话题："远哥，你跟刘宝珠，现在到底是什么关系啊？"

是啊，到底是什么关系呢？

黎致远低头喝了杯水，也给他递了杯水："就太阳和向日葵的关系。"

向日葵，味苦，性平，入肝经，平肝祛风，清热利胆，治一切疮……

有她时她是太阳，我目不转睛。无她时，我低头谁也不见。

…………

我和卿卿没有聊上几句话她就睡着了。

隔壁宋琪已经离开了，我听到他的脚步踢踢踏踏下楼的声音。这一层，此刻只剩隔壁的那盏灯还没有熄灭。我没有打开监控，连设备都没有去碰。卿卿不是胡丽，如果被她发现了，肯定是不能用看恐怖片作为借口来搪塞过去的，那就早点睡吧。

卿卿的呼吸平缓而绵长，应该是睡得很香。就在我也恍惚要入睡的瞬间，我依稀听到了那个老年机的铃声，一共响了两声，就在我床头书桌的抽屉里。响一声，是说"别担心，明天小高层六楼见"；响两声，代表"乖女，方便的话给我回电话"；响三声，意思是"事办成了，乖女，你爸最厉害吧"……

这是上一次见面我爸和我约定的，老是用同一种方法容易引起注意。

我睁开眼睛，黑夜中卿卿的头侧向床的里面，呼吸的节奏不紧不慢，她应该没醒。

我下了床，拿出老年机去了卫生间。我打开了水龙头。

"我是刘宝珠。"我轻声说，这次我没有喊"爸爸"。

"乖女，"他的声音有点闷，"今天晚上七点，柏荣齐已经回家了。"

他警告我说："你什么也别做，让爸爸来想办法。放心，这是爸爸意料之中的事。"

这也是我意料之中的事，所以我并不失望，我可以等。

挂掉电话，我在卫生间继续待了一会儿。

柏荣齐自由了，他的人自由了，但追债的人一定会围追堵截，那他会做什么呢？刘雅兰那里还有四十万等着他伸手去拿。可刘雅兰现在能拿出钱吗？我期待这场好戏。

我打开门时，被门口靠着的黑影给惊了一下，是卿卿。

黑暗中，她的眼睛像猫一样在发光："刘宝珠，你神神秘秘地干什么呢？"

我没回答她，故意甩着湿答答的手问她："你怎么起来了，睡不着吗？"

她问我："刘宝珠，你这有吃的吗？"

我给她煮了一碗泡面，她只吃了一小半，然后看着我吃。

她说："宋琪说今年国庆结婚，问我考虑清楚了没？"

"那你考虑清楚了没？"我问她。

她坐在床上无聊地揪被子："口渴，刘宝珠，给我一杯水喝。"

我给她倒了一杯水，她喝了一口，嫌弃得很："怎么也不加点柠檬？一点味道都没有，难喝死了。"

"你到底想说什么？"我问她。

"你觉得我该结婚吗？"她又问我。

我从不劝人结婚，当然，也不劝人离婚。婚姻对于我来说，还不如和胡丽一起睡觉、吃泡面来得自在舒服，但我想，她需要听的不是婚姻的好与坏。

"前几天我做了个梦，梦见黎致远了。就像身体里有什么要涌出来一样。你知道，人和动物没有太大区别，都有发情期。"我问她，"你和宋琪呢？"

卿卿没说话，她没看我，一直揪着被子，好半天才将被子一拉盖住头，喊着："睡觉，睡觉，困死了。"

我松了一口气，但也提着一颗心。

此刻已是第二天的凌晨，柏荣齐昨晚获得自由，他什么时候会联系刘雅兰？会不会已经联系过了？

躺在柜子里的监控设备能告诉我答案，然而我躺了回去，躺在卿卿身边，她还没睡着，她的呼吸乱而浅。我不会冒险。

…………

卿卿醒来后，在我衣柜里东翻西找，找了半天才找到一件她勉勉强强看得上的衣服穿着去上班。我没有挽留她，看着她走远后关上门，打开了自己已经想了一夜的监控设备。

昨天从下午开始刘雅兰的车行程覆盖全城，城东、城西、城南、城北几乎都去过，她带着她弟弟阿礼，两个人很少说话，但是他们短暂地说起过阿亮。

她弟弟说："姐，阿亮哥好像要离婚了。"

刘雅兰说："嗯，我知道。"

阿礼问："你会跟姐夫离婚吗？"

他的语气是有遗憾和可惜的。

刘雅兰没确认："这个以后再说，不急。"

我爸说，柏荣齐在昨晚七点左右重获自由，而监控画面显示，七点二十二分，刘雅兰接到了他的电话，在电话里他将四十万提到了六十万。

刘雅兰回复他以冷笑，说："你做到我的要求，四十万一分不少地拿走，不然就一毛钱都别想。"

刘雅兰接电话的时候，她弟弟就坐在副驾驶座位上，她没有避开她弟弟。她说："明天中午，我会告诉你要做什么，你放心，不会为难你，我只是要个保证，到时候再约具体时间和地点。"

柏荣齐在电话里不知道说了什么，她冷笑着拒绝了："钱我有，你得拿出你的诚意来。"

之后她挂掉了电话。

车里沉默了一阵，她将车子停在了复兴路的路边，然后她说："阿礼，现在只有你能帮我了。"

阿礼说："姐，违法乱纪的事情我不想做。"他不自在地咳了两声，"我要是出事了，我老婆肯定会自己走掉的，你侄子就没人管了。姐，你也别走错路，不然害的是孩子。"

我听到刘雅兰似乎是冷笑了两声。

"你说什么样的事是好事，什么样的人是好人？"她停顿了大概三秒，接着问,"你还记得你喜欢的那个珍珠姐姐吗?就是这个人害了珍珠,他才是坏人。"

阿礼说:"姐,我没印象了,太久以前的事了吧?那时候我才多大啊?"

"你不记得不要紧,你只要知道这个人手里有我不能给别人看的东西,我一定要拿回来。"刘雅兰说,"我已经给了他十五万了,现在还要四十万。"

她冷酷地说:"我不能给了,你姐夫要是折进去,以后从这个位置上退下来,我没有来钱的办法了,再说这四十万绝对不是最后一次,我给了这一次,以后还会有无数个四十万。"

她的声音低了下去,带着破釜沉舟的狠:"除非永绝后患。"

怎么样永绝后患她没有说,但她将会和柏荣齐约时间和地点,也会告诉柏荣齐她需要什么样的保证。

我想起在柏荣齐跑回老家的前一个晚上她在柏荣齐楼下的所作所为,不禁疑惑得很。为了不错过她们约定的时间地点,我冒险将所有的设备带在身上。

今天的门诊人很多,大部分时候我都没法一心两用,而有一个病患让我感觉到有一些不对劲。她的病历本是外地某医院的,两个月前她已经做过详细的检查,确诊为卵巢癌Ⅱ期,当地医院建议尽快入院手术、化疗、配合中药治疗,但患者放弃了当地最好的医疗技术,选择来我们医院。

像这样的患者一般会选择直接挂妇科专家号,不会考虑挂像我这样名不见经传的年轻医生的号,何况她看着我的眼神有点特别。

我同样也建议她现在抓紧时间入院治疗,她却摇摇头说:"我家里还有个十二岁的孩子,正是小升初的关键时期,我不放心。"

她看着我的表情给我一种有难言之隐欲言又止的感觉,她不是随便挂的号,她就是来找我的。但这是一张完全陌生的脸,也没有乡音难改的家乡话,我不知道她为何而来,又要做什么。我没有问,只是目送她离开。她回头看了我一次,有眼泪从她眼眶里滑落。我心里隐隐约约有个猜想。

第九章 线索

一整个上午,我都不能关注监控,所以等所有挂号的患者都看完,我锁上了诊室门,立刻拿出设备。

刘雅兰家里的监控画面没有什么有用的信息,但车里有。

刘雅兰和她弟弟阿礼开车来到城西的某个天桥下,两人都没有说什么有意义的话。当车子停在天桥下之后,我看到刘雅兰下了车。她戴着口罩和帽子,绕到副驾驶座这边,敲了敲车窗。

她打开门让弟弟下来,弟弟似乎是抗拒的,说了一句:"姐,还是别这样做了,万一出事怎么办?"

我听到她坚定地说:"放心,不会出事的,你相信我。"

然后两人一起,沿着天桥下的阴凉处往对面走,消失在天桥下的桥墩子后面。一个小时以后他俩回到了车上,刘雅兰手里拿着一个小小的黑色袋子,里面不知道装了什么东西,看起来很轻很小。

他们一同回到了车里。我听到刘雅兰说了一句"好闷啊",她弟弟一直没有说话。

在经过了良久的沉默后,她弟弟清了清嗓子说:"姐,真的要这样做吗?他不会报警吗?"

刘雅兰安慰他说:"阿礼,你要相信我,这个计划一定行得通的。"

阿礼嗫嚅着,良久才说:"姐,我不敢。"

刘雅兰突然凶起来:"有什么不敢的,你怕什么?又不是要你杀人,杀人的事……天塌下来有我顶着。你就放心去做,只要拿到东西我就没有后顾之忧了。这四十万就不用给别人,到时候你别说买车,就是在老家买房子都行。"

"姐,那要是失败了呢?"阿礼问。

"不会失败的,你姐什么时候失手过?你就放心去做好了。"刘雅兰说。

但是阿礼显然没有信心,他再三地劝解和阻止:"姐,要不跟姐夫说下?姐夫虽说不喜欢我们家,但这些年对我们家还是很不错的。"

刘雅兰斩钉截铁地告诉他:"绝对不行,阿礼,绝对不能告诉他。"

但刘雅兰一直没有给柏荣齐打电话。

我十分心焦,生怕错过这个讯息。好在没有让我失望,医院午休快要结束时,下午一点四十七分,她终于给柏荣齐打了一个电话。

在电话里,她要求柏荣齐去她指定的地方,但是柏荣齐没有同意,反而坚持让刘雅兰去自己指定的地盘。他在电话里说了什么来说服刘雅兰我不知道,但是刘雅兰在沉默地听了将近一分钟之后,放弃了让柏荣齐去自己指定的地方的计划,同意去柏荣齐说的地方。

他们约在了庆春二巷135号,就在今天晚上九点。

庆春二巷135号,那个地方我知道,并且比较熟悉,也是我考虑过的动手地点之一。

先说一个坏消息,警方暂时解除了针对柏荣齐的强制措施。

化验结果出来了,在小刚子发现的那个蓝色眼药水瓶子里发现了微量 γ-羟基丁酸,也就是所谓的蓝精灵,这种药物小剂量会令人产生性快感,以及暂时性记忆丧失。

第二个坏消息,从两名报警的受害者的毛发中提取出来的违禁品成分和从眼药水里提出来的不匹配。

第三个坏消息,那张地毯上未发现可分解的人体毛发,这个地毯被人精心细致地收拾和清洗过。

第四个坏消息,眼药水瓶身上采集到的那个指纹,清晰纹路仅七个,未达到指纹鉴定的标准,不能判定它就是柏荣齐的指纹。

定罪太难了,警方没有任何能将柏荣齐和性侵案联系起来的证据。

想起昨天的情景,李瑞阳一拳砸在桌上,懊恼地说:"没有关键证据,让他得意地走了。"

小刚子苦恼道:"是啊,去哪里找这个关键证据呢?"

李瑞阳把所有相关的资料找出来,招呼小刚子一起加班:"来吧,我们重新梳理一遍。"

从受害人供述来看，两名受害者都指认柏荣齐是她们意识不清之前最后记得的人。但之后她们清醒过来时，她们躺在酒吧的办公室里，身边没有其他人。柏荣齐说新酒太上头，她们喝醉了。虽然衣裳未见不整，但自己的身体有什么异样，作为成年人这点判断还是有的。但重点是，她们不能准确地指认犯人是不是柏荣齐，以及是在哪里、用什么方式对她们进行了性侵。

从嫌疑人口供来看，柏荣齐全盘否定强奸的存在。他承认会和一些客人发生性关系，但是声称那都是两相情愿的，至于报警的这几位女士，他说真的记不清有没有和她们发生过关系。从物证上来看，法医未提取到精液，受害者体表无伤痕，指纹鉴定不符合认定条件，从受害者身体中检测出的违禁药物与从酒窖里的眼药水瓶中提取的不匹配……

一桩案件想要作为刑事案件提起公诉，证据链必须环环相扣的。李瑞阳不得不承认，光凭现在的证据，司法机关无法批准逮捕柏荣齐，哪怕提起公诉也很大概率会失败。

小刚子颓然说道："难道就这样看着他逍遥法外？"

"当然不行。"李瑞阳用十分肯定的语气说，"让我们从头开始，将从酒吧里带回来的所有物证再查一遍。"

两人带队一头扎进物证里，谨慎地查找着各种蛛丝马迹。

一个被夹在酒吧宣传册中的很小的照片袋引起了李瑞阳的注意。这个照片袋很旧了，依稀还能看清几个字——老照片冲洗店庆春二巷135号。

第十章　行动

晚上刘雅兰和柏荣齐的行动，怎么样告诉我爸呢？一直以来，只有他能联系我，我没有直接联系他的方法，也许我们应该约定一个，以备不时之需。无论如何，今晚我会在那里。如果是约的其他地方，也许我不该冒险，约在这里我还是有些把握。庆春二巷135号，这里我曾经跟随柏荣齐来过五次，我独自一人来过两次。

这条小巷子里白天的、晚上的街景我都见过。这里离庆春天桥不远，曾是个比较热闹的地下商业街，如今住户已经不多了，仅剩的商家也是濒临淘汰的传统手艺人。沿着街边的台阶往地下商城走，会路过一家不太大的照片冲洗店。这是家有历史的、老派的、旧式的店铺，柏荣齐曾去这家店洗过照片。柏荣齐为什么会约在这里？这里有什么值得他看重的？刘雅兰又为什么会同意？

晚上六点，天色开始暗淡了下来。隔壁，黎致远今天没有回宿舍，他本来就应该有自己的生活和社交的圈子，在他自己的世界里保持他干净温暖的微笑，带着自己的满身药香，做自己喜欢的事，爱值得爱的人。

我要出发去夜跑了。然而我才拉开宿舍门，卿卿正好从楼梯转角走上来。

"你现在要出门？什么时候回来？"她穿着漂亮的细高跟鞋挡在我前面，"你要去哪里鬼混啊？"

我告诉她我要去夜跑，她说她要在我宿舍里吃泡面。我让她明天再来，她翻着白眼，一口否定我的说法："不要，我现在就要吃。你把钥匙给我，我等你回来。"

我需要尽快打发她，于是说："晚上我要和黎致远滚床单，你在不太方便。"

"我是来告诉你，国庆我要结婚了，请你空出档期做伴娘。"卿卿脸都气红了。

我听到背后楼梯口有人轻轻咳了一声。

卿卿挑起了她好看的眉："呦，滚床单的人来了。"

是黎致远。他刚好上楼，在我们的目光里，他用手举成空拳放在唇边轻轻地咳嗽了一声，双眼戏谑地看着我。

我赶紧转过头去对卿卿说："要不明天给你煮？"

卿卿把钥匙拍回我手心，哼了一声："谁稀罕？"

黎致远已经走到我身边了，我低下头能看见他的鞋尖，于是我快速转身越过他下楼。

卿卿在背后说："果然是近水楼台啊，都做梦梦见你了。黎主任，这是真的吗？我怎么不信呢？"

我依稀听见黎致远在说："嗯，托你的福。"

我能听出他声音里带着笑意。

我赶去了庆春二巷。

庆春二巷其实是主路延伸出来的一个分支，左边是用围墙围起来的天主教堂，右边一排都是白墙黑瓦的老房子。135号不是某一幢的号码，而是统指这条巷子里从马路台阶延伸下去的那个相互通起来的半地下商场。

柏荣齐和刘雅兰约的是晚上九点，我在七点五十六分到了那里。

我没有从巷子口进入，而是从其中一幢空置楼的围墙下，沿着房子与房子之间的小空隙走进了巷子里，然后从西出口的台阶进了地下商场。

这个半废弃的地下商场布局呈回字形，四周沿着墙有商铺，中间有数条隔开的通道。相片冲洗店的店名就叫"老照片冲洗店"，店主正坐在店里的摇椅上昏昏欲睡。

　　灯光昏暗，老式的挂灯居然还有个灯罩，时不时有飞蛾在灯罩上扑闪。地下有一家老式棉被店，店主正在弹棉花，"嗡嗡嗡"的声音不绝于耳。

　　地下商场只有这两家还开着灯，其他地方都是黑洞洞的，整个商城因为太过安静，好像所有角落都能听到弹棉花的声。

　　我悄悄地进入，没有引起任何人的注意。但是我该躲在哪里，我有点犯难。会在冲洗店谈吗？我很怀疑，毕竟隔墙有耳。那么，会在冲洗店的暗房吗？我的视线转向最后面的那个小铺子，那就是照片冲洗店的暗房。和其他店铺不一样的是，暗房上锁了。

　　刘雅兰的车离这里只有很短的距离了，代表她车的小红点移动速度很慢，估计正好遇到行车高峰期。柏荣齐也应该在来的路上。

　　我推开暗房对面第三个商铺的门走了进去，躲在最偏僻的角落。我隐身在黑暗中等待，等待刘雅兰实施她的计划，也等待柏荣齐执行他的计划。

　　两分钟后，暗适应让我在黑暗中寻找到了从外面透过来的光点，我借着产生光点的缝隙看到了外面。

　　突然，有轻微的脚步声传了过来，夹在弹棉花的声音里，我听得不是很分明，我的视线范围也看不到声音的来源。但我的汗毛竖了起来，这个脚步声越来越近，沙沙沙的，有人在蹑手蹑脚地往我这个方向靠近。

　　他从我的左边而来，没有出现在我的视线范围内。

　　我没有轻举妄动，刘雅兰还没有到，也不是柏荣齐，因为此刻我已经看到他了。又过了一会儿，透过这个小小的缝隙，我看到柏荣齐神情轻松地从出口处走了进来，没有因为这是半废弃的地方而忽视自己的着装和风度。

　　经过几天的羁押，他没有任何颓废的模样。他走进了老照片冲洗店，店主终于从摇椅上站起来。他们在交谈，说了什么听不见，然后两人都往店里的门后走，从我的视线范围内消失。

　　弹棉花的店老板终于累了，他放下了手里的工具，"嗡嗡嗡"的声音终于停止了，世界安静得可爱。他关上了棉被店的门，伸了个懒腰，同样也向出口走去。整个地下商城，只有冲洗店一盏灯光还亮着。

十分钟后，柏荣齐拎着钥匙又走进我的视线里，冲洗店的老板没有跟着他从里面出来，只有他一个人站在出口的位置等。

而我的左边，那个轻微移动的声音还在。这是谁？

我尽量平稳地呼吸，在心里计算着时间。滴答滴答，刘雅兰从巷子口走进来需要六分钟，滴答滴答，她应该快要到了。

她弟弟在哪里？旁边这个和我一样潜伏着的人是他吗？

柏荣齐的身影动了，他招了招手，而后上了两级台阶，我能看到他的小腿和皮鞋。他似乎是站在原地和来人僵持了一会儿，而后他的皮鞋开始往下走，他的身后紧接着下来了一双秀气的脚。

刘雅兰来了，她穿着舒适但价格不菲的运动服，手里拎着十分有名的菜篮子包，走进了这个昏暗且破败的地下商城。

等他们走进来之后，我开始能听到一点他们说话的声音。

刘雅兰说："……最好不要骗……"

而柏荣齐嬉皮笑脸地看着她，试图把右手搭在她的肩上，却被她拍掉了。柏荣齐好像是在说："放心，一定让你不虚此行。"

他们两个人一前一后地向暗室这边走过来。逆着光，我看不清两人脸上的表情，能感觉到气氛不算融洽，但也没有剑拔弩张。

再往里，刘雅兰不肯再走了，她停在那里。

"这么黑，你到底让我看什么？你说的能让我挣钱，指的是什么？"

柏荣齐在前面招手："已经走到这里了，和再往里走有什么区别，你就较真这几米路？我要害你，在这里害和在那里面害还有区别吗？"

刘雅兰不为所动："算了，我对你说的赚钱的路子没有兴趣，就不去看了。你跟我去车上吧，按照我说的给我个保证，你就能把钱拿走。"

柏荣齐喊她："刘雅兰，你也别清高，我告诉你，我这个生意可是面向所有人，只要你想，你的客源将源源不断。"

"这么赚钱找我干什么？自己一个人都赚了多好，你嫌钱多了烧手吗？"刘雅兰没那么容易上钩。

"那你要不要看看你自己的底片？还有视频，都在这里面。"柏荣齐停止了之前诱哄的语气，冷笑着说，"或者你要看看你们学校别人的，都有。"

刘雅兰的身影好像被固定了，她一点都没动："你都放在这里？"

柏荣齐轻蔑地笑："你们女人怎么都这么没脑子？我能都放在这儿的话还会告诉你，还会喊你来看？我是脑袋被驴踢了吗？"他冷笑了两声，"不过，我把你的带来了，洗出来给你看看？不然你怎么知道底片对不对？"

他看刘雅兰还没动，继续抛出诱饵："哦，还有视频，录像机我带来了。你也知道，十八年前的录像机，没有数据线，没有U盘，你钱给到位，我让你自己删除，这样你可以放心了吧？"

刘雅兰这才往这边走过来。柏荣齐打开了这边某处墙壁上的灯，黑暗中突然亮起的光线很刺眼，我下意识地闭上了眼睛，但我听见了柏荣齐开锁的声音。然后他们一起进去了。

左边的隔壁没有动静，冲洗店的店主没有动静，我也纹丝不动。

一、二、三、四、五……

我默默地计算着他们进入暗室的时间，我的呼吸平稳，没有憋气也不会有大喘气，我的眼睛始终看着外面，哪怕没有动静。

我看到冲洗店的老板终于撩开店里的那道门帘，手里拿着东西出现在店里，他好像是在哼着歌。

有脚步声响起来了，不止一个人，因为脚步声乱而有力，从外面传进来，从台阶上走下来两只脚，男人的，穿着跑鞋的。

这又是谁来了？

冲洗店的老板也听到了，他手忙脚乱地将刚刚拿在手里的东西往抽屉里塞，然后迅速地往店外走，准备关灯走人。就这半分钟的工夫，来人已经走到了里面，两人身材笔挺，拿着手电筒穿着便装，是李瑞阳和他的搭档。

店老板关掉了灯，整个地下室就只剩下柏荣齐打开的墙灯和两个警察打开的手电筒。

第十章 行动

在店老板急匆匆地要走出去的时候,李瑞阳扣住了他的手。

"嘿,问你点事,老板。"店老板用力想甩脱他的手,但他没有松开,"我们是警察,配合一下。"

听说是警察,店老板连忙礼貌地向他们打招呼:"哎哟,警官辛苦了,这么晚了难道还在查案吗?什么案子查到这里来了?"

他用自由的那只手摸摸脑门,又装模作样地看了看手表:"呵呵,我得回家了,不然老婆要在家里骂了。两位警官慢慢查,我先走一步了。"

李瑞阳没有松开他:"你老婆不是前两年就过世了?房子都卖了,怎么,你赶着回哪里去啊?"

看样子,警方已经调查过他的资料了。

店老板笑着说:"咳,这不家里人又介绍了一个嘛,刚住一起,平日里管得严着呢。"

李瑞阳拖着他往回走,边走边说:"不急,办完我们的事,警车送你去,保管不耽误你的事,我们还能帮着你解释呢。"

李瑞阳的搭档笑着配合:"还有谁的解释能比警方的解释更有效啊。"

店老板见挣脱不了,就说:"不知道两位警官这是需要我协助调查啊,还是来抓我啊?不都得有个说法,走个程序吗?"

"看样子还挺懂行的,放心。"李瑞阳喊搭档,"小刚子,来,程序走一个。"

他的搭档小刚子打开了那边墙上的灯,啪地先敬了个礼。

"你好,我是某大队警员陈志刚。"然后他掏出了证件,"这是我的警员证,这是传唤通知书,请配合我们的工作。"

店老板问:"我这是犯了什么法,牵涉到什么案子了?警官,我可是奉公守法的好公民。"

李瑞阳没有理他,而是借助手电筒的光环视了周边的环境,然后问他:"那边开着灯,是谁在那里?"

店老板支支吾吾的,李瑞阳将手电筒举起来,向这边一步一步地走。

灯光下，他的目光警惕而又专注。

我不知道暗室里现在是什么情景，柏荣齐会不会开门，但是我很希望李瑞阳能撞破柏荣齐和刘雅兰在一起的一幕。

李瑞阳走过来了，他举起手推门，我的心也随着他的手被提得高高的。

暗室的铁丝网门是打开的，但里面的那扇门没有被推开，锁放在门前的地上，门被反锁了。

"里面的人请开门，警察办案。"李瑞阳再次拍门。

门毫无阻碍地应声而响，有人从里面打开了门上的那个小窗口。我看不见是谁，虽然因为有门的阻隔而显得声音有点小，但是我还是听出了刘雅兰的声音。

她在门里柔声问："你好，警官，请问有什么事？"

透过这一小块窗口，可以看到里面很黑，看不清里面的具体情景。我看见李瑞阳拿手电筒往里照，刘雅兰赶紧挡住了往里射的光："警官，我在洗照片，要避光，麻烦不要用光照。"

李瑞阳换了个位置，我只能看到他的后脑勺。

他说："女士，我是警察，需要进来查看情况，麻烦你开门。"

刘雅兰不慌不忙地说："警官，请问您是需要办理什么案件？和我有什么关系？我能看看相关的证件吗？毕竟，我也有点害怕。"

小刚子拖着店老板的手腕走过来，将手里的证件递给她："看吧，我们是按法律法规办事，女士你放心，我们不是坏人。"

刘雅兰从小窗口里伸出手接过去，仔细地翻阅。她的脸在微弱光线的照射下，显得柔和而娴静。然后她抬起眼帘："警官，你看，你这个传唤证是针对对面的老照片冲洗店的，我跟他没有任何关系，这个店是我个人租下来的，我好像是可以拒绝您进来检查的。"

李瑞阳用手电筒扫射窗口刘雅兰的脸，她闭上眼侧过头避开手电筒的光："警官，麻烦把手电筒拿开点，太刺眼了。我又不是嫌疑人，您这样是不是太不礼貌了。"

第十章 行动

李瑞阳将手电筒拿低了一点，问店老板："这个女人不是你新找的老婆？"

店老板赔着笑脸，说："哎哟哟，可不敢冒犯了，这位女士我可高攀不起，不是，不是的。"

李瑞阳又将手电筒抬高，问："这位女士，请出示你的有效证件，你们有没有关系这得我们判断。"

刘雅兰看着他，眼神没有闪躲："我证件没带在身上。"

李瑞阳："那就不好办了，我们有必要请你跟我们走一趟，毕竟你出现在办案现场。要是证实与你无关，警方会送你回来的。"

"那您稍等，我看看我包里有没有证件。"她关上了小窗户。

李瑞阳退了几步，更靠近我这边了，他宽厚的背影将对面的情景挡得严严实实。

小刚子凑到他身边问："李队，证件还在她手里呢。"

李瑞阳安抚道："放心，她要是拒不归还或者再做点什么，我们能用正当理由破门而入。"他用手电筒照了照一脸不耐烦、正使劲甩着手腕要挣开的店老板，说："一会儿好好找一找他店里的营业执照，看看这个暗室是不是他一起租下的。"

从我这个角度，正好能看见店老板咕噜咕噜转动的眼睛，他的鼻翼开始翕动，这是呼吸运动的反常反应。正常人鼻孔不会随着呼吸不停地放大缩小，他的额头上有汗，他没有表面上看着得那么冷静，他很紧张，他的店里肯定有不能被警方查到的东西。

这边刘雅兰再次打开了小窗口，她说："还好带了驾驶证，警官，这可以吗？"

李瑞阳上前几步接了过来："刘雅兰，北方人啊，那怎么会在这里？"

刘雅兰温柔地回答："我老公从北方调到这里工作了，我自己平时喜欢摄影，就租了这里。"

李瑞阳将证件递给她，同时从她手里拿回自己的证件："好，女士，打扰了，这么晚了，一会儿回去自己注意点安全，这条巷子里太黑了。"

他和搭档带着店老板往回走了几步，又回头问："女士，有没有发现最近这里有什么异常呢？或者见到什么奇怪的人了吗？"

"我来得少，来了也都在黑乎乎的暗室待着，平时真没有注意，不好意思啊。"刘雅兰柔和地笑着喊住了要走的警察，"能麻烦您帮我把墙上的灯关掉吗？"

她指着墙上刚被打开的第二盏灯，语气温柔。

李瑞阳往回走的时候，我看见了他眉头紧锁的模样。他在这空旷的地下商城轻轻地咳了一声，然后伸手关掉了灯。

整个地下商城一片漆黑，唯有李瑞阳手里举着的手电筒还发出明亮的灯光。他发现了什么异样？刘雅兰的？还是发现了有其他人？比如我？

冷静，看着，等着，我没有慌。但左边隔壁的呼吸音重了。

就在这时候，已经要走到冲洗店门口的店老板猛然挣脱了那个年轻警察的手往出口冲去。

李瑞阳往前赶，抓住了他的后颈衣服。手电筒的灯光乱晃，我看不清楚具体的情形，声音很混乱，像是两人在混战。我听到"啊"的一声，是李瑞阳的声音，然后"砰"的一声响，手电筒掉在了地上，滚了几下，居然没有坏，光线正对着商城里面。

我看见李瑞阳倒在地上双手捂着眼睛，他放声大喊："小刚子，快追，别让他跑了，快快快。"

小刚子没有犹豫地向出口追去，他的脚步消失在台阶上。

李瑞阳捂着眼睛，费劲地从地上爬起来，嘴巴里骂着自己："居然这也会中招，你是不是傻？"

然后他揉着眼睛往前跑，跑了几步后身体一软再次摔倒在地上。他还在用力撑起身体想站起来，但是他逐渐失去了对身体的控制。我看见他的手终于无力地一软，脸直接砸在地面上，彻底不动了。

他被麻醉了。

第十章 行动

  这个时候，应该将他放平躺倒将头脸侧向一侧，将上下牙关分开，以防他咬伤自己，也避免有呕吐物引起窒息。但是我隔壁还有一个人隐藏着，对面暗室还有柏荣齐和刘雅兰没有出来，我不能动，绝对不行，我握住了拳头。

  刘雅兰打开了小窗，因为地上手电筒的光线正好对着商城里面，我能看见她的脸从小窗口那里往外看，里面有人在跟她说话，很快暗室门打开了，柏荣齐和她都走了出来。

  "快走，他被迷晕了，没有三四个小时醒不来。"柏荣齐说。

  他手里拿着一个装照片的袋子，还拿着一个老式的摄像机，这里面有刘雅兰想要的，也有我和我爸想要的。

  刘雅兰也盯着这个摄像机，她的眼神很怨毒。她从菜篮子包里拿出一个东西对准了柏荣齐的脖子，我听到了"吱"的声音，柏荣齐在被击中后"啊"地叫了一声，手里的东西啪掉在地上，照片散落一地。

  刘雅兰再次伸手时，柏荣齐回身扭住她的手将她推向暗室，刘雅兰顺势扑向地上的摄像机，柏荣齐也扑了上去，用力扯住了刘雅兰的头发，而刘雅兰的电击棒也同时击中了他的肚子，两个人同时倒下。

  柏荣齐还想爬起来，然而刘雅兰的动作更快。她再次扑过去补了一棒，柏荣齐彻底昏了过去。刘雅兰喘着粗气爬起来，她撩开散落的头发，蹲下去将照片一张一张捡起来，然后去找掉落的摄像机。

  我该不该现在出去？我还在犹豫时，黑暗中，我的隔壁有个黑影冲了出去。

  是那个一直潜伏在黑夜中的人。他是刘雅兰的帮手吗？他要干什么？

  我没有动。他只用了三秒钟就冲到刘雅兰身后。在刘雅兰想要回头看的时候，他扬起手里的东西，对准她的脖子后面重重一击。刘雅兰啪的一声倒在地上也没有动静了。

  他不是刘雅兰的人。

  黑暗中他轻轻地嘘了口气，好像终于放松下来。他背对着我，蹲下去将摄像机拿在手里,又将刘雅兰包里的照片拿了出来,但是他没有都拿走,只拿走了其中几张,将剩下的又塞了回去。他走进了暗室,在里面只待了一分钟不到,马上又退了出来,手里多了一个小本子。

他边往外走,边从背后拿出一个黑色的小包,将东西全部装进去。他紧张但有序地做完这一切,终于抬起了头。

这一下,我终于见到了他的庐山真面目。原来是他。

他快速向出口跑去。

但出口那里,小刚子着急忙慌地跑进来:"李队,李队,你没事吧。"

看到李瑞阳倒在地上人事不省,他立刻伸手去探鼻息和脉搏,之后他长长地出了一口气,自言自语:"妈呀,吓死宝宝了。"

他才捡起地上的手电筒,地上躺着的柏荣齐和刘雅兰再次引起了他的惊呼:"我去,出大事了。"

他举着手电筒向里面走。

那个黑影退回到黑暗中,逐渐向我这边悄悄地走过来。

小刚子已经在打电话请求支援了。

那个黑影沿着黑暗一直退,终于退到了我所在商铺的前面。

小刚子在电话里汇报:"……李队晕倒了……不知道什么原因,但是好像没有生命危险,还是派辆救护车过来吧,嗯嗯……"

他已经快走过来了……

救援人员一到,谁都走不了了……

我的心跳终于加剧了,手心开始发热。

那个黑影退到了我面前,突然,他转过身来,准确地贴在我外面的门上,堵住了我所有向外的视线。

在这个门缝里,我看见了他的眼睛。黑暗中,他的眼睛正死死地盯着我。我倒吸了一口凉气。

我刚刚看清他,而他一直都知道我在。他才是那只"螳螂捕蝉,黄雀在后"的隐身黄雀,从进入这个地下商城后,我的一举一动就落在他的眼里。

第十章 行动

我自以为比他冷静，比他呼吸声小，比他不容易被人发现，其实不过是他故意靠近，故意发出动静，让我知道黑暗中有这么一个人。

他将身体稍微远离，让我的视线能看到外面，然后他快速地解下背包，放在虚掩的铁丝网下，用很小很小的声音说："找机会出去，带给你爸。"

在门缝里，他知道我在看着他，第一次对着我咧开嘴笑起来。

小刚子的手电筒照向这边，紧张地大声喊："谁在那里？"

黑影背对着他，面朝着我，用口型没有发出声音地对我说：跑。

接着他在黑暗中朝另一边跑去，没有特意放轻脚步声，因此立刻引起了小刚子的警觉和注意，我看见小刚子寻声追了过去，他在小刚子的叫喊声中冲向出口。

我听到小刚子先是大喊"不要跑"，然后低声说了一句"今晚真是邪了门了，跑死我了"，就追了出去。

我从虚掩的门下钻了出去，将那个黑色小包背起来，快速往外走。

刘雅兰和柏荣齐躺在地上人事不省。

离出口不远的位置，李瑞阳也趴在地上没有动静，但他的胸膛上下起伏。

于是我什么都没碰，沿着之前来的路走出去，没有去看小刚子是否追到了人，将这里所有的一切甩在身后。

我的手里提着十八年前柏荣齐拍下的所有的照片和视频，经过这么多年，我终于能清楚地知道我可爱的姐姐在当年遭遇了什么。谢谢你，你就是我爸轻描淡写说的那个"以后有机会介绍你认识"的和我爸密切合作的人吧。

所以他将你的照片寄给我，所以他给我的资料里有柏荣齐的、刘雅兰的，却没有你的。

所以他知道柏荣齐的动向，所以他能拿到他说的重要的资料，所以他说他有办法……

我不知道原因，不知道你的故事，但是我发自内心地谢谢你，林凯，谢谢你做的这所有的一切。我想起那天晚上在酒吧，他用低沉但不十分沙哑的声音说"鄙姓林"的情景，不由得长长地嘘了一口胸中的沉闷之气，让这室外清新的空气荡涤尽地下商城带来的陈腐之气。

远远地，我好像听到了警车轰鸣而来的声音。

我没有回头，我一直快步走在远离现场的路上，我无法控制自己激动的心情，脚下的步子越来越快，然后我在安静的道路上、在稀稀拉拉的人群中飞奔起来。

我先回到了自己的小窝，换掉了今晚穿的所有衣服，将那个黑色的小包装进了我的大包，然后用剪刀剪坏了今晚穿的鞋子，在浴室里点燃了它们。

确认灰烬被冲掉后，我回到了自己的宿舍。

林凯被抓住了吗？李瑞阳被送往医院了吗？柏荣齐和刘雅兰被带走了吗？那个冲洗店的老板被抓住了吗？他的店里究竟有什么见不得人的东西？

我没有时间想，更没有时间打开我刚到手的东西，因为有人在使劲敲我的门。

"开门，刘宝珠，我看到你从外面回来了。"

是卿卿的声音，和平时有点不太一样。

我先藏好东西再打开门，扑鼻而来一股酒香。

如此美好的夜晚，当浮一大白。

喝醉后的卿卿更美艳了，她白净的脸上有粉色的绯红，眼神迷蒙。她用手指头勾着包，一甩一甩地敲我的门："你不是要去滚床单吗？"然后她踉跄着又去敲黎致远的门，"开门，开门。"

宿舍楼很安静，只有卿卿没有顾忌的声音在回响："你不是要和黎致远去滚床单吗？怎么一个人待着？啊？又骗人啊？"

好吧，本来我的声誉在李瑞阳来过之后就不太好，这下子更加岌岌可危了。

没等我们走回宿舍，黎致远已经开了门。

第十章 行动

他看起来很累的样子,额头上有汗,呼吸快而浅。门只开了一半,他探出了上半身问我:"宝珠,没事吧?要不要我打电话给宋琪让他来接卿卿?"

原本安静下来的卿卿听到这些,突然激动起来。她一挥手从我手里挣脱出去,转身走到黎致远的门口,伸手揪住了黎致远的衣领。

她喊着说:"你们不是要滚床单吗?"

我赶紧上前捂住了她的嘴,她在我手心挣扎着发出"呜啊呜啊"的声音。

我对黎致远说:"对不起啊,她喝多了。"

"我没有,刘宝珠,你别老是一副假惺惺的样子。"卿卿挣脱了我的手,很激动地说,"你以为你很冷静,只不过是你冷心冷肺,对谁都不用心,你以为你很理智,不过是因为你对谁都不关心。"

她脚步不稳地踢着我旁边的已经有一些掉渣的墙壁。

"你刘宝珠就是个可怜虫,你根本就不在乎别人,你就是一条冷血的蛇。"

宿舍楼开始有人亮起了灯。

黎致远在给宋琪打电话,卿卿转身过去抢他的手机,我赶紧上去抱着她的腰往回拉。卿卿扔掉了手里的包,两只手抓住了黎致远的门框。

我只好哄她:"好了,乖啊,回去睡觉了,明天要头痛了。"

但是卿卿不依不饶地在门口闹。离黎致远最近的宿舍门打开了,有小护士探出头来问:"刘医生,没事吧,需要帮忙吗?"

"没事没事,谢谢你的关心哈。"我赶紧道歉。

卿卿好像更生气了,她死死地扣着我的肩膀:"我有事,刘宝珠,你把我家弄得天翻地覆,你说没事,我有事,过不去的大事。"

我拉住她的手腕:"卿卿,回家吧,我……"

"我没有家了,刘宝珠,都怪你,我爸说的,你就是个祸害。"

卿卿挣脱我的手,"啪"地给了我一个耳光。

其实她的速度不快,力气也不大,我可以躲开的,我只是不知道当时为什么没有躲开。

黎致远喊了一声,从屋子里出来上前抓住了卿卿那只高高挥起的手。

"卿卿，别闹了，宋琪已经到医院门口了。"

他左腋下拄着拐杖，左脚裤管空荡荡的。这是他第一次拄着拐杖出现在同事面前。

他用力地拉着卿卿进了我的宿舍，将别人好奇地围观的目光隔绝在门外。

卿卿跌坐在椅子上，冷笑着看正伸手摸我左脸的黎致远。

我退了两步，对黎致远摇头表示我没有事。

卿卿哧地笑了一声，问黎致远："黎致远，你到底知不知道，站在你面前的是个什么样的人？"

她睨着我："都怪你……"

黎致远再次制止了她："卿卿，你喝醉了，明天醒来，你会后悔的。"

卿卿再次嗤笑了一声："后悔，我好后悔，为什么那天我要告诉她我妈要做手术，为什么又要喊卿瑞回家？我悔死了……"

她又哭了："我一点都不后悔，我不后悔打她耳光，我也不后悔抢她男人，我就是要抢走所有喜欢她的好男人……"

门无声无息地开了，门口站着黑着脸的宋琪。

宋琪接走了卿卿，他在拦腰将卿卿抱走的时候，回头欲言又止地看着我，但是他没有说什么。

黎致远也没有问什么，只是叮嘱我早点休息，就拄着拐杖回房了。拄着拐杖的他比任何时候都更像一个残疾人。而我锁上了门，争分夺秒地打开了那个小黑包。

一共有五张照片，和我之前收到的照片一样，只是场地不同，但是这一次，我能清楚地看见照片上的人脸，男的毫无疑问是柏荣齐，女生我曾经见过，在我爸给我的资料里，只不过那时候我看到的是一张黑白遗照——是那个同母亲一起在车祸中身亡的李夏。

没有我姐的照片，但摄像机里有两段我姐的视频。

一段视频记录了柏荣齐在"助力贫困爱心圆梦"欢迎会上初见姐姐的场景。

第十章 行动

幕布拉开，灯光亮起，姐姐穿着跳古典舞的长裙和大家一起出现在屏幕里。她笑得如明媚的向日葵，镜头里逐渐只剩下她青春的身影。

还有一段，是姐姐被迫害的视频，我不敢看。

但我看得最认真的，是那些清楚地记录了刘雅兰和柏荣齐密谋让我姐姐一步一步走进陷阱的视频。

第一个视频是在某个房间的书桌上，我收到的那张照片就出自这里。

视频是偷拍的。刘雅兰和柏荣齐坐在桌前说话。刘雅兰说起自己家里要让自己辍学去打工的事，很是伤心，柏荣齐在安慰她，但是逐渐他的安慰变了性质，他开始对刘雅兰上下其手。他拉开了刘雅兰校服裙子的拉链，在刘雅兰的挣扎中，他一个劲地保证自己是真心喜欢她，他会好好供她上学，让她不要害怕家里，让她安心，以后自己一定会娶她的……

画面很清晰，这个老摄像机至今还能在网上查到，在当年是非常昂贵的一款。我在画面不可描述前关掉了这个视频。然后打开了第二条视频，这个视频详细地记录了刘雅兰和柏荣齐密谋的前因后果。

柏荣齐承诺会负责刘雅兰接下来高中的所有费用，还会给她一笔钱作为对她的酬谢。

他们的计划是这样的——

利用珍珠的信任，刘雅兰提前让我姐写了那首诗。这很容易做到，借口练字或者就是好玩都可以。

之后某一天，刘雅兰会将李昊宇给珍珠的信里的约会地址改成小树林。柏荣齐在视频里嘲笑刘雅兰的点子烂，说："刘珍珠不会去的，我约过她多少次，她理都不理我。"他贱贱地对刘雅兰说，"不过，我就喜欢她这个样子，尤其是她警告我要告诉校长的样子。"

刘雅兰哼了一声，拧了他一把。他觍着脸笑着说："她跟你不是一种性格嘛，我保证最喜欢的还是你。"

刘雅兰带着几分得意地拍掉了柏荣齐不规矩的手说："你是你，我是我，我跟你在她心里能一样吗？我有办法。不过，你得把钱先给我，家里催债的催得急,要是不给,我妈估计她会让我现在就辍学去打工。"

柏荣齐问她怎么保证珍珠一定会按照她说的去树林,刘雅兰问:"隔壁班李昊宇你知道吗?"

柏荣齐点头。

刘雅兰说:"李昊宇对她很热情,珍珠一开始也不太理他,但其实我知道,珍珠心里对李昊宇是不一样的。"

"有一次珍珠上学路上摔伤了腿要迟到了,是李昊宇发现了她的情况,骑自行车送她来学校的。"她说,"我夸李昊宇又帅,成绩又好,篮球也打得好,珍珠一次也没有反驳过。"

柏荣齐打断了她的话:"我怎么听着是你喜欢这小子?"

刘雅兰不说话了,她的表情变得耐人寻味,柏荣齐说中了她的心事。但她随后说起了珍珠的"假正经",用嘲讽的语气说起了珍珠给李昊宇的回信。

"有些话不要说得太满,也不要说得太早,我希望在合适的时机成为彼此共同的美好回忆……哈哈哈,这句话说得真好,这难道不是吊人胃口吗?"刘雅兰说,"她才是高手呢,就像书上说的,这叫'待价而沽'。"

年轻的刘雅兰还不像现在这样会控制自己的情绪,说着说着,视频里的她阴沉着脸说了一句:"有人捧在手里的珍珠才是珍珠,要是踩进泥巴里,不也是烂泥巴吗?"

嫉妒,在她伪装出来的"友情"下,是像毒蛇一样的嫉妒。

下午放学,珍珠从刘雅兰手里接过了李昊宇的信,她用为难的语气对刘雅兰说:"阿兰,已经要期末考试了,我上次就说你以后别这样了。想要考上好大学,不是嘴巴说说就行的,用写信的时间多做一套试卷不好吗?"

刘雅兰捏着她的鼻子,对她做了个鬼脸:"知道了,教导主任。他说这是这个学期最后一封,以后一定好好听你的话去做,像你说的那样一切等考上大学再说。"她亲昵又好奇地挨着珍珠的肩膀,"快,快打开看看他究竟又写了什么？"

"阿兰，以后你别再帮他递信了，我们还是学生，学生的任务就是学习。"她的语气十分认真和严肃，"你知道医学院有多难考吗？"

刘雅兰亲昵地摇着她的手臂："知道了，啰唆的妈妈，快看看吧。"

珍珠打开信，少女娇嫩的脸上逐渐染上了粉色。刘雅兰抢过信，自己看起来："哇，他好浪漫啊。咦，他约你今晚在树林见面。"刘雅兰惊讶地说，"那你会去吗？"

"不行，我妈今晚要加班，我家那头小猪一个人在家肯定怕的，我不去，你去跟他说一声，让他别等。"珍珠说。

"我不高兴做你们的传声筒啦。"刘雅兰闷闷不乐地说。

"好啦，再麻烦你一次吧。"珍珠合起双手对刘雅兰说。

然后她微笑着看着刘雅兰走出教室，于是她又坐回课桌前，安静地写作业，书本和试卷在桌上堆得高高的。

刘雅兰很快就回来了，她神秘兮兮地对着珍珠的耳朵说了很久，珍珠被她弄得很痒，笑着躲开她，又被她拉回去，然后，珍珠的脸色变得很严肃。

夜晚，珍珠和那只小猪躺在床上，她们聊起了以后，直到家里那只小猪睡着后，轻轻地走出了家门。

而我在哪里？我就在她身后，我使劲地喊："姐姐，不要去，快回来，姐……"

然而我的呼喊一点作用都没有，她一直走啊走，我急得扑过去抱住了她的腿。姐，别去，有陷阱，刘雅兰在骗你，柏荣齐会伤害你，姐，求你了，快回来，不要去……

可是没有用，我眼睁睁地看着她一步步走出家门，一步步走下楼梯，一步步走进树林，一步步走向了她的不归路……

我是哭着醒来的，醒来时眼泪打湿了枕头。

凌晨两点，李瑞阳清醒过来的第一时间，他大声地喊："小刚子，快，那个刘雅兰有问题。她在酒吧出现过。"

在旁边守着他的女警一惊,伸出手问他:"李队,清醒了吗?这是几?"

她示意李瑞阳看自己伸出了几根手指头。

李瑞阳大喊一句"我去",一个翻身下了床,趿拉着鞋子就要往外跑,但他还有点晕,腿也有点软,直接撞到了门上。

女警在身后喊住了他:"李队,小刚子和大队长他们都在庆春二巷,让你醒来先做个全身检查。"

李瑞阳边揉脑袋边爬起来:"不了,我马上过去。"

女警大喊:"不行,这是大队长的交代,说你的情况和案件息息相关,务必做全面的检查才行。放心,耽误不了。"

李瑞阳吐槽了一句,赶紧给小刚子打电话。

电话刚接通,小刚子在那头大喊:"哎呀,李队长,真是吓死个人了,我以为你挂了呢。"

李瑞阳啐了他一口:"你才挂了,我问你,刘雅兰,就是那个在暗室里的女人,抓没?"小刚子说:"没有。"

李瑞阳着急地大喊:"这女的有问题,咱俩去酒吧查案那天晚上,她就在酒吧里。可惜了,让她从现场跑了。"

小刚子说:"没跑。"

李瑞阳很惊讶地连声问:"你不是没抓她吗?她自己在那里等你?"

"不是。"小刚子说。

李瑞阳快要被他气死了:"有屁快点放,别一个字一个字地往外蹦,你想急死我啊。"

"胡说,我明明是两个字两个字地蹦。"小刚子说。李瑞阳着急地大喊:"别说废话。"

小刚子更得意了:"李队长,咱俩立功了,大功。"

真的是大功。现在的他们还不知道,他们即将揭开的是一起全国最大的违禁药制造、贩卖、使用案。

李瑞阳在焦急地等待阶段性的血药浓度监测抽血化验。他的左脸火辣辣地痛，颧骨部位瘀青肿胀，这是晕倒时脸着地摔的。

　　女警去找急诊科的医生了。

　　李瑞阳听到护士在说刘宝珠的八卦，据说昨天夜里十一点左右，刘宝珠在和那个叫黎什么的男人滚床单时被同医院的卿卿给揍了。

　　小护士在讨论这一团乱麻的关系中究竟谁喜欢谁、谁抢了谁的时候，李瑞阳觉得心里如同一锅沸腾的水，酸甜苦辣咸，五味杂陈，得不到安宁。

　　事实上，按照他跑步的速度，从这里跑去刘宝珠的宿舍不过三分钟。可是他能以什么身份跑去敲开她的门呢？不过，以他的眼光来看，那个叫黎什么的男人不过是个平平无奇的中年男人罢了，除了显得年轻点、文雅点，没什么突出的。他愤愤不平地想了想。

　　就在这时，他接到了小刚子欣喜若狂的电话："啊哈，我就说我是个未来神探嘛，找到证据啦，哦吼，找到证据啦！"

　　…………

　　我姐的视频，我不会也不敢再看第二次。

　　我要尽快把这个摄像机给我爸。

　　我不知道昨晚林凯有没有成功从警察的追逐下跑掉，我也没有去打听。我正常地洗脸刷牙，准备去上班。但我将背包背在我身上，这太重要了，重要到我一刻也不敢让它离开我的视线。

　　我爸说，他要给珍珠翻案，我们最美好纯洁的珍珠，清清白白地来，也要清清白白地走。而这里面有证明珍珠清白的直接的证据。尽管我知道，如果我爸看了，他一定会心碎。

　　他曾经伪装成老乡，故意去接近姐姐的高中同学，假装好奇去询问当年的事，去艰难地寻找证据，他曾经一遍一遍地去体验姐姐当年遇到的让人窒息的遭遇……如今，这一切的罪证都能在这个摄像机里原原本本、一五一十地呈现。

　　真相一直都在，可它被人恶毒地藏起来了，谣言和假象肆意地攻击着被害的人。

看诊的时候,我将白大褂直接罩在背包外面,这让我看起来很古怪,我知道,所以我一上午都没有离开诊室。但是我一直关注着窗外,也关注着包里的老年机。

隔壁诊室的小赵医生在来我的诊室询问事情的时候,看到我这个奇怪的样子,爆发出了一阵爽朗的笑声,还在这短暂的休息时间拉着我,一定要我站起来给她看一下。

她说:"宝珠,难得看到你这个样子,你这样就像是……"她居然还皱着眉毛认真地思考着如何形容,"你就像乌龟壳长反了的小乌龟。"

好吧,能在忙碌枯燥的看诊中让同事们放松一乐,这感觉也不错。

有病患好心地提醒我,问我是不是太着急把衣服穿错了,我表现出一副恍然大悟的样子,并多谢她,她发出了善意调侃的笑。

能让病患在焦躁不安的等待中放松一乐,这感觉也不错。

然而一直到下午,依然没有我爸的消息。

诊室里的病患在刷手机的时候,说到了一则自媒体新闻,引起了我全部的关注。

新闻里说庆春路附近的一条狭窄的小巷子被警察封了,昨晚救护车到了现场,抬走了三个人,疑似发生了重大命案,具体情况要等警方公布的警情通报。

抬走的三个人,只有可能是李瑞阳、柏荣齐和刘雅兰。

这真好,刘雅兰和柏荣齐终于一起出现在警方的视线里了。这次,柏荣齐又会怎么狡辩呢?

我想起了昨晚包里的那个小黑本,里面有编号有名字,还有奇怪的序码,这是什么?是用密码记录的账本吗?我不知道,但我只要将它给我爸就行,他会知道怎么利用。

我等了一天,一直没有等到任何的消息,老年机没有响起,红气球没有飘起。

我想，只有一种可能，林凯出了意外，他和我爸还没有联系上。

我能为他做些什么吗？

不，我什么都不能做，我们本应该是两个陌生人，但我们曾在李瑞阳第一次去检查酒吧时交谈过，如果还有交集，只怕容易出现纰漏。

我只能等。监控画面里，李昊宇明面上所有的资产包括银行账户、房产、车子、股票等，已经被公司法务部申请财产保全冻结了。他急得像热锅上的蚂蚁，疯狂地打电话找刘雅兰，然而他一直联系不到刘雅兰，连刘雅兰的弟弟都联系不上。

他当然联系不上，因为刘雅兰的弟弟此刻在刘雅兰车子的后备厢里。

在我的耳机里，我分明听到了沉闷的持续不停的敲击声。太阳在往上爬，温度在缓慢升高，如果继续捂下去，后备厢里的温度会高出地表温度，这会是对生命极大的威胁。而我明知道他处在这种威胁中，也只有我知道他处在这种威胁中，我是目前唯一能救他的人。

我的心应该冷硬如刀才对。我听着他敲击的节奏，心就像在刀尖上跳舞，他的节奏开始混乱，他敲击的力度开始降低，他还能坚持多久？时间滴滴答答流逝，他的生命也在滴滴答答流失⋯就在我终于忍不住要找公用电话报警的时候，终于有路人发现了异常，然后报了警。

…………

我没想到有一个不速之客会来医院找我。护理台的护士来诊室问我："刘医生，有个人说是你的故人，想要现在见一见你，问你方便吗？"

直觉告诉我这一定不会是我爸和林凯，但我完全没想到来的人居然是李昊宇。

第一次，我和他没有隔着相片，没有隔着刘雅兰，没有隔着监听器，就这样直接面对面地见到了。

李昊宇会来找我，我真的很意外。

在我面前的他表现得举止大方、进退得宜，带着成功人士的自信和自得，十分具有欺骗性。

他不止一张面孔，这个曾经的白衣少年，这个给珍珠写过很多炙热情书的人，这个让珍珠期待着美好未来的人，这个又给了珍珠致命一击的人，此刻就坐在我面前，只有一米左右的距离。

我的脑海里全都是他凉薄至极也恶毒至极的那句——你简直不知廉耻。

我的姐姐，不该得到这样恶毒的评价，不该背负这样的污名。

而在李昊宇向我问起刘雅兰的行踪时，我终于感受到了我爸这个计划的美妙之处。

此刻，想必刘雅兰的弟弟阿礼会想找这个让自己一直待在后备厢、差点被捂死的姐姐问个清楚。而李昊宇正在我这里想找到将他所有账户转空了的法律意义上的妻子问个清楚。而他们在寻找的人，这个善于伪装、工于心计的刘雅兰，此刻正和嫌疑人柏荣齐一起待在警察局里，等着被警察将方方面面问个清楚。

好一出精彩的大戏啊。爸爸，你在看你导演的剧本吗？你现在知道林凯的消息了吗？你们都安全吗？

坐在对面的李昊宇说，他是在刘雅兰的通讯本上找到我的信息的，因为刘雅兰长期被失眠困扰，情绪抑郁，从昨晚开始家里就不见她的身影，孩子们都十分担心她，所以他来我这里找一找。

我不清楚他的真实目的，所以只能顺着他的话寒暄。在他确认刘雅兰不在我这里，而我也不知道她在哪里的时候，他终于问起："刘医生，你的名字和我的一位故人很像。"

我微笑着问回去："哦，是吗？你的故人叫什么名字？"

他看着我的脸，好像在回忆："她叫刘珍珠。"

"这是我姐。"我垂下眼睛，掩盖住自己的情绪，"你怎么会认识我姐？她过世已经十八年了。"

"我们是高中校友。"他说。

我抬起眼睛，故作很疑惑："怎么可能？雅兰姐说和你是在北方上学的时候才认识的。"

在他错愕的眼神里，我继续问："你的投资最近有起色吗？雅兰姐到处借钱想帮帮你，她对你可真好啊，可惜她找我借五十万，我只有五万块，帮不上你的忙。"

他保养得宜的脸上自认英俊潇洒的神态终于崩掉了。

然而，我还没有品尝到恶作剧得逞的快感，他接到的一个电话，让他肉眼可见地慌起来，也让我不由自主地握紧了拳头。我敏锐地意识到，这才是我面临的第一个真正意义上的危机。

交警找到了车辆的登记信息，在车主刘雅兰联系不上的情况下，找到了紧急联系人李昊宇并通知他，在刘雅兰的车的后备厢里发现了一个年轻人，现在需要送去医院，需要他立刻赶去并做出合理解释。

而此刻交警也好，李瑞阳所代表的刑警也好，双方都没有进行信息交流。一旦李瑞阳的队伍开始对出现在地下商场的三个人进行交通工具的排查，交警这边的信息一提交，警方一定会对刘雅兰的车子进行全面细致的检查，我爸装的针孔摄像头将暴露无遗。

怎么办？

李昊宇挂掉电话，没控制住情绪，当着我的面狠狠地咒骂了刘雅兰一声。他立刻意识到了失态，起身向我告别。

我可以用担心刘雅兰的借口跟着他一起去，在这个过程中寻找机会，但眼前这个人和刘雅兰一样不值得信任，和他同行也许就是与狼为伍。

而我必须珍惜这个时间差，因为不知道这个时间差会有多长时间。也许要等李瑞阳醒来，也许下一秒针孔摄像头就会被警方发现。

一旦这两个针孔摄像头被发现，警方很有可能会找到卖家，卖家很有可能会记得我爸，因为这是市面上最贵的一种针孔摄像头，内置锂电超长待机，自带发射装置，无须接线……一旦找到我爸……我不敢继续想下去。

李昊宇已经拉开了诊室的门。怎么办？去还是不去？

有冷汗沿着我的后背脊梁迅速滑下。

不能去。我的身上背着珍珠的清白，背着我爸十几年的心血，这比什么都重要。那就赌一把？赌概率？赌运气？

不，我不赌。赌运气是走投无路的选择，让我想想我的路。

我只有为数不多的时间，在警方拖车之前，或者在李昊宇开车回家的路上。我坐在凳子上，心情沉重得一时竟无法起身，我想我的脸色一定不好看。

有人敲门之后拉开了诊室的门，黎致远进来了，他问的话只说了一半："宝珠，胡丽说一起去宋琪那儿……"然后他停下来问我，"宝珠，是不是发生了什么事？"

我没有力气回答他，只摇了摇头，他脸上的关心如此情真意切，一瞬间，我脑海里闪过向他求助的念头。

我能向他求助吗？不，即使我相信他会保守秘密，但这件事从始至终都只是我爸和我的事，和旁人无关。不能给人承诺却又利用别人的好，这和强盗有什么分别？

于是我说："我只是有点累了，不想动，你们去吧。"

他点点头，应了声"好"，就出门了。

首先我要安置好我背上的东西。我想到了胡丽，这么多年，她从未辜负过我。我给她打电话让她等我一下，并说我会去中药房找她，她说他们已经到宋琪小区门口了。

我意识到了不对，这不可能，黎致远才走。

黎致远并没有和他们约好一起走，他是故意出现在我的诊室的。

事实上，黎致远出了诊室的门脸色就变了。他看见刘雅兰的老公来找宝珠了，所以他是故意等在宝珠诊室门口的。

今天早上，他去物业缴费的时候，得知刘雅兰的老公涉嫌贪污公款，公司已经有审查组到物业公司进行房产信息的调查了。

物业公司已经收到通知，刘雅兰夫妻名下的资产包括房产和车辆都已经进行了财产保全，可以使用，不能转售。而刘雅兰从昨天下午开车出去之后，就一直没有回家。今天下午，刘雅兰的老公曾到物业公司查监控录像找刘雅兰的行踪。

这一切迹象表明，刘雅兰出事了，这事还有可能和宝珠有某种关系。至少，对宝珠来说这件事情很重要，而且很不好。她的脸色是自己从来没有见过的难看。于是他开车在穿行的车流中跟上了刘雅兰老公的车。

他的车始终不远不近地跟在刘雅兰老公车子的后面，刘雅兰老公的车开得很不稳定，时快时慢，也许开车的人情绪不稳，他们经过庆春天桥，经过庆春地下商场，经过正在做晚课的教堂，又绕回庆春天桥下。

前面不远处，刘雅兰的车就停在那里，他远远地看到了车牌号。

刘雅兰的老公已经靠边停车了，黎致远没有停，他开车超过刘雅兰的老公，然后放慢了车速摇下了车窗玻璃。他往前开了一小段停在下一个路口的树下。然后他沿着开满了不知名小花的路走了回来。

他听到有人在七嘴八舌大声地说着八卦，刘雅兰的车里有个被困在后备厢的男人，而车钥匙就在车里，男人说车是自己的，也是自己把自己锁进去的⋯⋯

宝珠担心的是什么？是刘雅兰？是那个快要昏迷的男人？这个男人是之前试图绑架宝珠的那个吗？

他借着搭讪的话头，从现场围观的群众手机里看到了现场照片，也看到了快昏迷男人的脸。

不是那个要绑架宝珠的人。那宝珠担心的会是什么？

黎致远想起被绑架那晚，又想起宝珠装在她宿舍门头上的那一个针孔摄像头。

会不会宝珠担心的，就是这个？

他尽量让自己靠近一点，但又隐在人群中。

刘雅兰的老公已经出示了自己的证件。他面不改色地撒谎，说那个快要昏迷的男人是自己的小舅子，因为来了这里不肯回老家和自己老婆生气，不知道怎么地就把姐姐的车开出来了，自己和老婆都已经找了他快一天了⋯⋯

因为之前的男人一口咬定是自己不小心把自己锁进后备厢的，交警倒没有为难李昊宇，只是将车里的一个装了不明液体的小瓶子扣了下来，督促他带说明书和购买发票去交警大队领取，就让他把车开走了。

刘雅兰的老公开始拨打代驾的电话，告诉了代驾自己的详细位置。人群渐渐散去，黎致远混在人群中往自己的车走，然后他坐在车上，静静地等待着。

大概十五分钟后，他看到刘雅兰的老公开着自己的车，后面由代驾开着刘雅兰的车，往市区开向了回别墅区的路。

他一直不远不近地跟着，思考着自己应该怎么做。

在车子快要到别墅区的时候，他给宝珠打了一个电话，单刀直入地问："刘雅兰的车，我该撞左边还是撞右边？"

他知道宝珠会懂他的意思，他也知道宝珠知道他知道了。

他听到宝珠在电话里没有犹豫，肯定地说："右边副驾驶。"

于是，他没有踩刹车，也没有故意加大油门，保持着原来的速度，在小区入口处直直地撞了上去，他没有挂掉电话，"砰"的一声，他的身体不受控制地向前冲，然后被安全带拉着狠狠地弹回了座位。

他接着问："一个还是几个，都放在哪里？"

没有人知道，在黎致远撞车的同一时间，在医院等了半天、抽了好几管血又吐了两次但精神亢奋的李瑞阳终于返回了工作岗位。

他抓着小刚子的肩膀问："冲洗店老板的车呢？柏荣齐的车呢？刘雅兰的车呢？快给我查在哪里？这么重要的事情，你怎么能忘记呢？"

…………

黎致远忍着头晕眼花和胸口被方向盘撞的疼痛，解掉安全带打开车门下车，在下车前，他拉松了左脚假肢的固定装置。

刘雅兰的老公已经过来了，他用强硬的语气高声喊："搞什么？你怎么开车的？"

第十章 行动

吓蒙了的代驾司机也哆嗦着下车:"吓死我了,这可不是我的责任啊,这是你的全责啊。"

小区门口的保安也跑了过来:"哎哟,黎先生,你这是怎么啦?李先生,你不要着急,大家都不要急啊,都是我们小区的业主,都是一家人。"

黎致远堆上笑容,赶紧表态:"对不起,我的错,我全赔,我全赔。"

他对李昊宇说:"李先生是吗?实在对不起,实在对不起。"

他往前走两步,想要去握手,结果左脚的假肢终于没让他失望地松开了,他踉跄着往前扑了一下,赶紧撑在刘雅兰的车上,撩起裤管在众目睽睽下重新装好。

"真对不起,今天这个假肢没装好,在车上磨得太痛了,我想着已经到家门口了,就低头整理了一下,真是太抱歉了,是我的全责。"

代驾终于松了口气:"李先生,这和我没关系的啊,是他的全责。"

黎致远安抚道:"是我的全责。小兄弟,放心,不会影响你的。"

李昊宇责怪地说了一句:"自己不方便开车更要小心啊,走保险还是私了啊,这车撞得这么厉害?"

"都行,看你方便,是我的责任。"他示意李昊宇先去移他自己那辆停在入口里堵住了通道的车,"你放心去移车,我在这里等你。"

李昊宇移车必须移进小区里面再走出来。

等李昊宇去移车了,他又掏出现金递给保安:"小哥,麻烦你帮我陪这位小兄弟去那个便利店买点水买点烟压压惊,顺便给你自己也买点,给那位李先生也买点,买好烟。"

保安陪着代驾司机走开了。

黎致远迅速进入驾驶座,从驾驶座倒向副驾驶座,终于摸到了那个小小的东西。

然后他假装在车里推了推已经变形打不开的副驾驶座的门,嘴里嘟囔着,又从驾驶座出来,走到右边宝珠说的地方,借着看车况的动作掩护,将那个小小的东西摸在了手里。

他松了一口气。

等李昊宇重新走回来,他告诉黎致远决定私了。

黎致远一直陪同着,请人估价,喊拖车来将车拖去修理厂,一点都没故意推诿,在这么好的态度以及愿意高价赔偿的情况下,终于没有人抱怨了。

而黎致远隔着薄薄的裤子,感觉到裤兜里那个小小的显然价格不菲的小东西,模模糊糊地想:宝珠今晚可以睡个好觉了吧。

处理好后,他没回自己家,去找了宋琪,就像他和宝珠在诊室里说的那样。

宋琪的心情很不好,那晚卿卿说的话,宋琪听到心里去了。

但黎致远不是来开解宋琪的。感情的事外人是不好多说什么的,尤其这两个人和自己关系匪浅,男的是像自己的弟弟一样的好友,女的是宝珠的表妹。

他来,是因为听说宋琪的父亲宋院长已经听到了医院里的闲言闲语,这不管是对卿卿,还是对宝珠,都不是一件好事。

医院也同样是个小社会,不会永远是一派歌舞升平的海晏河清,也不可能所有人都衷心地盼着宝珠前程远大。不知有多少人在暗中盯着宝珠的位置,盼着她自己出错,从而把她从妇产科挤出去。

所以他来找宋琪,想让宋琪在合适的时间,以合适的话题开头,用插科打诨的方式侧面澄清一下这两天的桃色流言,不能因此而让宋院长对宝珠有反感的情绪。

宋琪听了他说的话,苦笑一声:"行啊,远哥,我以前怎么没看出来你对宝珠动了心思?你藏得够深啊。"

这次黎致远没有回避他的问题,但也没有就着他的话题谈起自己的心事,他就是轻描淡写地说:"宋琪,我是个瘸子。我用了五年的时间,才能像个正常人那样走在她面前,所以我不急,我可以等,我也不怕等。"

宋琪说:"远哥,我怎么觉得我被卿卿套路了?"

黎致远说:"在你对卿卿下结论前,和卿卿开诚布公地谈一谈吧。"

宋琪嘲笑他:"你怎么和宝珠说同样的话,连语气都一样?"

黎致远哑然失笑,他很喜欢宋琪说的这句话。

同一时间,李瑞阳和小刚子有了新线索。

他们现在还在庆春二巷。对他们来说,这里就是个大宝藏,惊喜一波接一波。首先,他们在这里发现了晕倒的柏荣齐以及他身上的违禁药,这是直接将柏荣齐和违禁药联系在一起的重要佐证,也是他们此行本来最主要的目的,而现在的惊喜远远不止这一点。

刘雅兰包里有六张两人合拍的照片,看起来是老照片,其中一人明显是年轻时期的刘雅兰本人,另外一人身份未知。其中,刘雅兰的照片场景不同,有穿校服的,有全裸的,有男女大尺度的,最主要的是,这六张照片中,在刘雅兰的照片里,男主角赫然正是柏荣齐。只要能找到当年的受害者,只要刘雅兰愿意指证,这无疑能成为柏荣齐是累犯、惯犯的佐证。

再则,他们在冲洗店店主王强的抽屉里找到几个密封装着的可疑针剂及胶囊,刑警队已经连夜安排鉴证科进行化验。

然后,在柏荣齐和刘雅兰晕倒的不远处,那个李瑞阳想进去的暗室里面有两台台式电脑,已经带回局里由技术部门进行处理。经验告诉他,这里面将有大宝藏。

而最重要的是,在冲洗店后面的小黑屋里,他们发现了别有洞天的一幕。小刚子再次被惊呆了:"李队,我们这次真的挖到宝了。"